야코프의
천 번의 가을

2

THE THOUSAND AUTUMNS OF JACOB DE ZOET
by David Mitchell

이 도서의 국립중앙도서관 출판예정도서목록(CIP)은
서지정보유통지원시스템 홈페이지(http://seoji.nl.go.kr)와
국가자료공동목록시스템(http://www.nl.go.kr/kolisnet)에서 이용하실 수 있습니다.
(CIP제어번호: CIP2018035528)

야코프의
천 번의 가을

THE
THOUSAND AUTUMNS
OF
JACOB DE ZOET

2

데이비드 미첼 장편소설
송은주 옮김

문학동네

일러두기

1. 주석은 모두 옮긴이주다.
2. 본문 중 고딕체는 원서에서 이탤릭체나 대문자로 강조한 부분이다.

차례

②

3부
바둑의 고수
007

4부
장마
249

5부
마지막 장
263

감사의 말 273
역사적 배경 275
역사소설에 대하여 279
옮긴이의 말 287

①

작가 노트

1부
신부를 위한 춤

2부
산채

3부

바둑의 고수

간세이 13년 칠월
1800년 8월

XXVII
데지마

✧

1800년 8월

작년 교역 철에 모세는 뼈를 깎아 수저를 만들었다. 물고기 모양의 정교한 수저였다. 흐로터 주인님은 잘 만든 수저를 보고 모세에게 말했다. “노예는 손가락으로 먹는 거다. 노예가 수저를 가지면 안 돼.” 그러더니 수저를 빼앗아갔다. 나중에 나는 흐로터 주인님과 옷을 잘 차려입은 어느 일본인 옆을 지나가다가 흐로터 주인님이 이렇게 말하는 소리를 들었다. “이 수저는 바로 그 유명한 로빈슨 크루소가 손수 만든 거랍니다.” 나중에 샤코는 바르트 주인님이 오스트 주인님에게 그 일본인이 로빈슨 크루소의 수저 값으로 옻칠한 공기 다섯 개를 지불했다고 말해주는 것을 들었다. 도르사이는 모세에게 다음에는 수저를 더 꼭꼭 숨겨두었다가 쿨리나 목수와 거래하라고 했다. 그러자 모세가 대꾸했다. “왜? 흐로터 주인님이나 헤리츠존 주인님이 다음번에 내 지푸라기 속을 뒤져 내가 번 것을 찾아내면 빼앗아갈 텐데. 맨날 이러는걸. ‘노예는 아무것도 가지면 안 돼. 노예가 소유물이니까.'"

샤코는 주인님들이 돈을 가진 노예는 더 쉽게 도망갈 수 있기 때문에 물건이나 돈을 갖도록 허락하지 않는 거라고 말했다. 필란더르는 그런 소리는 하면 안 된다고 했다. 큐피도는 모세에게 수저를 더 많이 깎아서 흐로터 주인님에게 주면 주인님이 모세의 가치를 더 높이 평가해 틀림없이 더 잘 대해줄 거라고 말했다. 나는 좋은 주인이라면 그 말이 맞겠지만 나쁜 주인에게는 통하지 않는 얘기라고 대답해주었다.

큐피도와 필란더르는 저녁 파티에서 음악을 연주하기 때문에 네덜란드 직원들의 총애를 받는다. 그들은 스스로를 '하인'이라 칭하며 가발이나 레이스 같은 멋진 네덜란드 말을 쓴다. 그들은 '내 플루트'와 '내 스타킹'에 대해 이야기한다. 하지만 필란더르의 플루트와 큐피도의 비올라다감바와 그들의 우아한 의상은 다 그들의 주인 것이다. 그들은 신발도 신지 않는다. 포르스텐보스가 작년에 떠나면서 그들을 판클레이프에게 팔았다. 그들은 자기들이 옛 상관장으로부터 새 상관장에게로 '넘겨진' 거라고 말하지만, 각각 5기니에 팔린 것이다.

아니, 노예는 '이건 제 손가락입니다'라거나, '이건 제 피부입니다'라는 말조차 해서는 안 된다. 우리 몸조차 우리 것이 아니다. 우리는 가족도 가질 수 없다. 언젠가 샤코가 '바타비아에 있는 내 자식들' 이야기를 했다. 그렇다, 그는 자식을 낳았다. 하지만 그의 주인은 그 자식들이 '샤코의 것'이라고 생각하지 않는다. 그의 주인에게 샤코는 암말한테서 망아지를 얻은 말이나 다름없다. 여기 그 증거가 있다. 샤코가 자기 가족을 몇 년이나 보지 못했다고 너무

심하게 불평하자 피셔 주인님과 헤리츠존 주인님이 그를 호되게 매질했다. 샤코는 이제 다리를 절며 걷는다. 말수도 적어졌다.

한번은 이런 질문이 떠올랐다. 내 이름은 내 것일까? 노예로서의 이름을 말하는 것이 아니다. 노예로서의 내 이름은 주인의 변덕에 따라 바뀐다. 나를 훔쳐간 아체족 노예상인은 나에게 '곧은 이'라는 이름을 붙여주었다. 바타비아 노예시장에서 나를 산 네덜란드인은 나를 '워싱틴'이라고 불렀다. 그는 나쁜 주인이었다. 양 주인님은 나를 양 펜이라고 불렀다. 그는 나에게 재단 기술을 가르쳐주고 자기 아들들과 같은 음식을 주었다. 세번째 주인이 판클레이프 주인님이었다. 그가 나를 '웨'라고 부르게 된 건 실수 때문이었다. 그가 멋진 네덜란드어로 양 주인님에게 내 이름을 물었을 때 그 중국인은 "어디 출신이냐"는 질문인 줄 알고 "웨라는 섬"이라고 대답했다. 그래서 내 다음 노예 이름이 정해졌던 것이다. 하지만 나는 그 착오가 오히려 기뻤다. 웨에서 나는 노예가 아니었다. 웨에서 나는 내 부족 사람들과 함께였다.

내 진짜 이름은 아무에게도 말하지 않는다. 그래서 아무도 내 이름을 훔쳐갈 수 없다.

내 생각에 그 답은 '그렇다'이다—내 진짜 이름은 내 것이다.

가끔씩 또다른 생각이 떠오른다. 내 기억은 내 것일까?

날렵하고 용감하게 거북바위에서 바다로 뛰어들던 형의 기억……

나무를 풀처럼 휘고 바다를 울부짖게 하던 태풍의 기억……

노래를 부르며 갓난아기를 흔들어 재우던, 고단하지만 즐거워하던 어머니의 기억……

그렇다—내 진짜 이름처럼, 내 기억은 내 것이다.

한때는 이런 생각도 해보았다. 이 생각은 내 것일까?

그 답은 안갯속에 숨겨져 있었다. 그래서 마리뉘스 선생님의 하인 에일라튀에게 물어보았다.

에일라튀는 그렇다고, 내 생각은 내 마음속에서 생겨났으니까 내 것이라고 대답해주었다. 에일라튀는 내가 선택한다면 내 마음은 내가 가질 수 있다고 말했다. 나는 물었다. "노예라도?" 에일라튀는 마음이 강하다면 그렇다고 말했다. 그래서 나는 섬 같은, 깊고 푸른 바다가 지켜주는 웨 같은 마음을 만들어냈다. 내 마음의 섬에는 고약한 냄새를 풍기는 네덜란드인도, 삐딱한 말레이 하인도, 일본 사람도 없다.

피셔 주인님이 내 몸은 가졌을지 몰라도 내 마음까지는 아니다. 시험해봐서 안다. 피셔 주인님의 수염을 깎아주면서 그의 목을 베는 상상을 한다. 그가 내 마음을 가지고 있다면 이런 사악한 생각도 알 것이다. 하지만 그는 나를 벌주기는커녕 눈을 감고 앉아 있을 뿐이다.

하지만 자기의 마음을 갖는 데 따른 문제도 있다는 것을 알았다. 내 마음의 섬에 있을 때 나는 네덜란드인처럼 자유롭다. 거기에서는 닭고기와 망고와 설탕에 잰 자두를 먹는다. 거기에서는 따듯한 모래 위에서 판클레이프 주인님의 처와 잔다. 거기에서는 우리 형과 우리 부족 사람들과 함께 배를 만들고 돛을 짠다. 내가 그들의 이름을 잊어버려도 그들이 나에게 일깨워준다. 우리는 웨 말로 이야기를 하고 카바 뿌리로 만든 음료를 마시고 조상님께 기도를 드린다. 거기에서 나는 주인을 위해 바느질을 하거나 청소를 하거나 물건을 나르지 않는다.

그때 외침소리가 들려온다. "내 말 듣고 있는 거냐, 이 게으름뱅이 개야?"

그때 외침소리가 들려온다. "나를 위해 움직이지 않겠다면, 어디 채찍 맛 좀 봐라!"

내 마음의 섬에서 돌아올 때마다 나는 주인에게 다시 붙잡힌다.

데지마로 돌아올 때면 붙잡히면서 얻은 흉터들이 약간 쑤신다.

데지마로 돌아올 때면 안에서 이글거리며 타오르는 분노의 불길을 느낀다.

'나의'라는 말은 즐거움을 가져다준다. '나의'라는 말은 고통을 가져다준다. 이것은 노예뿐 아니라 주인에게도 마찬가지로 참된 단어다. 그들이 취해 있을 때면 우리는 그들에게 보이지 않는 존재가 된다. 그들의 대화는 소유나 이익, 손해, 구매, 판매, 훔치기, 고용하기, 빌리기, 사기치기로 향한다. 백인에게 삶이란 소유하고, 더 많이 소유하고, 또 더 많이 소유하기 위해 죽도록 노력하는 것이다. 그들의 탐욕은 놀라울 정도다! 그들은 옷, 노예, 마차, 집, 창고와 배를 가지고 있다. 항구와 도시, 대농장, 계곡, 산, 섬을 가지고 있다. 그들은 이 세상과 그곳의 정글, 하늘과 바다를 가지고 있다. 그런데도 그들은 데지마가 감옥이라고 불평한다. 자기들이 자유롭지 않다고 불평한다. 마리뉘스 선생님만이 그런 불평을 하지 않는다. 그의 피부는 백인의 것이지만, 그의 눈을 통해 영혼은 백인의 영혼이 아니라는 것을 알 수 있다. 그의 영혼은 훨씬 더 나이가 들었다. 웨에서라면 그를 콰이오라고 부를 것이다. 콰이오는 조상의 섬에 머물지 않는 조상이다. 콰이오는 매번 새로운 아이로 돌아오고, 돌아오고, 또 돌아온다. 좋은 콰이오는 무당이 되기도 하지만, 이 세상에서 나쁜 콰이오보다 더 나쁜 것은 없다.

마리뉘스 선생님은 나에게 네덜란드어 쓰는 법을 가르치라고 피셔 주인님을 설득했다.

피셔 주인님은 그 생각을 좋아하지 않았다. 그는 읽을 줄 아는 노예는 '혁명적인 생각'으로 제 신세를 망칠 수도 있다고 했다. 수리남에서 그런 경우를 보았다면서. 하지만 마리뉘스 선생님은 피셔 주인님을 설득하며 내가 사무원 사무실에서 도움이 될 거라고, 나를 팔 때 훨씬 더 높은 값을 받게 될 거라고 말했다. 그 말에 피셔 주인님도 마음을 바꾸었다. 그는 저녁 식탁에서 더주트 주인님을 내려다보며 말했다. "더주트 사무원, 자네 같은 사람한테 딱 맞는 일이 있네."

✧

피셔 주인님이 식당에서 식사를 마치면, 나는 그의 뒤를 따라 차석 상관장의 집으로 걸어간다. 우리가 롱 스트리트를 가로지를 때 나는 그의 머리에 그늘이 드리우도록 양산을 들어야 한다. 쉬운 일이 아니다. 술이 머리에 닿거나 햇살이 눈에 닿으면 그는 부주의하다고 나를 때릴 것이다. 오늘은 주인님이 흐로터 주인님의 카드놀이에서 돈을 많이 잃어 기분이 좋지 않다. 그는 롱 스트리트 한가운데에서 걸음을 멈추고 소리지른다. "수리남에서는 너 같은 냄새나는 깜둥이 개새끼를 어떻게 훈련시켜야 하는지 안다고!" 그러더니 있는 힘껏 내 따귀를 갈기는 바람에 나는 양산을 떨어뜨린다. 그가 나에게 소리지른다. "그거 집어!" 내가 허리를 굽히자 그가 내 얼굴을 발로 찬다. 이게 피셔 주인님이 제일 좋아하는 장난이다. 나는 그의 발을 피해 얼굴을 돌렸지만 굉장히 아픈 척한다. 그러지 않으면 그는 속았다고 생각해 나를 다시 발로 찰 것이다. 그가 말한다. "흙바닥에 내 물건을 떨어뜨리면 어떻게 되는지 똑똑히 알겠지!" 나는 대답한다. "예, 피셔 주인님." 그러고는 그를 위해 그의 집 문을 열어준다.

우리는 층계를 올라 그의 침실로 간다. 그는 침대에 누워 말한다. "이 망할 감옥은 너무 더워 쪄 죽겠다……"

올여름엔 바타비아에서 배가 도착하지 않았기 때문에 '감옥'이란 말이 많이 나온다. 백인 주인들은 배가 오지 않을까봐, 그래서 교역 철도, 새 소식도, 자바에서 오는 사치품도 없을까봐 걱정하고 있다. 돌아가기로 되어 있는 백인 주인들은 돌아가지 못하게 될 것이다. 그들의 하인이나 노예도 돌아가지 못할 것이다.

피셔 주인님이 바닥에 손수건을 내던지고 소리지른다. "똥!"

이 네덜란드어는 욕일 때도 있고 나쁜 이름일 때도 있지만, 이번에는 피셔 주인님이 나에게 그가 제일 좋아하는 구석에 자기 요강을 놓으라고 명령하는 것이다. 계단 끝에 변소가 있지만, 그는 게을러터져서 계단을 내려가지도 않는다. 피셔 주인님은 일어나서 바지춤을 풀고 요강 위에 웅크리고 앉아 끙끙댄다. 주르륵 하고 흘러내려 쿵 떨어지는 소리가 들린다. 냄새가 방안에 퍼진다. 피셔 주인님은 바지 단추를 잠근다. "거기 그냥 서 있지 말란 말이다, 이 게으른 고모라 놈아……" 점심때 마신 위스키 탓에 그의 목소리가 나른하다. 나는 요강을 나무 뚜껑으로 덮고 오물통이 있는 바깥으로 나간다. 피셔 주인님은 자기 집안에 더러운 것이 있는 건 참을 수 없다고 하기 때문에, 다른 노예들처럼 변소에 요강을 비울 수가 없다.

롱 스트리트를 따라 네거리까지 가서, 보니 앨리로 들어서 방파제 길에서 왼쪽으로 돌아, 상관장의 집을 지나 병원 뒤편 근처의 오물통에 요강을 비운다. 파리떼가 잔뜩 모여 웅웅대고 있다. 나는 황인처럼 눈을 가늘게 뜨고 파리가 내 코에 알을 까지 못하도록 코를 찡그린다. 그런 다음 바닷물이 든 통에 요강을 씻는다. 피셔 주인님의 요강 밑바닥에는 백인 세계에서 풍차라고 불리는 이상한 것이 그려져 있다. 필란더르는 그것으로 빵을 만든다고 했지만 내가 어떻게 만드느냐고 묻자 내게 참으로 무식한 놈이라고 했다. 자기도 모른다는 뜻이다.

나는 차석 상관장의 집까지 먼길을 되돌아온다. 백인 주인은 여름 내내 무더위를 불평하지만, 나는 햇볕이 내 뼈를 따듯하게 덥혀주는 것이 참 좋다. 그 덕에 겨울을 날 수 있는 거다. 태양은 나에게 고향 웨를 생각나게 한다. 돼지우리를 지나는데 도르사이가 나를 보고 피셔 주인님이 왜 롱 스트리트에서 나를 때렸느냐고 묻는다. 나는 표정으로 대답한다. 주인님에게 이유가 필요한가? 그러자 도르사이도 고개를 끄덕인다. 나는 도르사이가 좋다. 도르사이는 백인 세계까지 가는 길 중간쯤에 있는 희망봉이라는 곳 출신이다. 그의 피부는 내가 여태껏 본 것 중에서 가장 검다. 마리뉘스 선생님은 그가 호텐토트족이라고 했지만 상관의 직원들은 그를 '스페이드의 잭'이라고 부른다. 그는 나에게 오늘 오후에 읽기와 쓰기를 공부하러 더주트 주인님 집에 가느냐고 묻는다. 나는 대답한다. "응, 피셔 주인님이 일을 더 시키지만 않는다면." 도르사이가 아우베한트 주인님과 투미 주인님이 서머 하우스에서 당구를 치고 있다고 말해준다. 이는 아우베한트 주인님이 피셔 주인님에게 내가 게으름을 피우고 있다고 이르지 않도록 빨리 가라는 경고다.

차석 상관장의 집으로 돌아오니 코고는 소리가 들린다. 나는 어느 계단이 삐걱거리는 소리가 나고 어느 계단이 소리가 나지 않는지 알고 있어서 계단을 살금살금 오른다. 피셔 주인님은 잠들었다. 피셔 주인님의 허락 없이 쓰기 공부를 하러 더주트 주인님 집에 갔다가는 마음대로 했다고 벌을 받을 텐데, 이거 문제다. 그렇다고 더주트 주인님 집에 가지 않으면 게으름을 피웠다고 피셔 주인님에게 혼날 것이다. 하지만 허락을 받으려고 피셔 주인님을 깨웠다가는 낮잠을 방해했다고 벌을 받을 것이다. 결국 나는 피셔 주인님의 침대 밑에 요강을 밀어넣고 나간다. 그가 깨어나기 전에 돌아올 수 있을지도 모른다.

더주트 주인님이 사는 톨 하우스 문이 살짝 열려 있다. 옆문 뒤에는 빈 궤짝과 통이 가득한, 문이 잠긴 큰 방이 있다. 평소처럼 제일 낮은 계단을 두드리고 더주트 주인님 목소리가 들리기를 기다린다. "웨냐?" 하지만 오늘은 아무 대답이 없다. 나는 놀라서 그에게 내가 왔다는 신호를 주기 위해 있는 대로 소리를 내면서 계단을 오른다. 그래도 여전히 아무런 인사가 없다. 더주트 주인님이 낮잠을 자는 일은 거의 없지만 오늘 오후에는 그 역시 더위를 이기지 못했는지도 모른다. 계단을 다 올라 주인님의 담당 통역이 교역철 동안 지내는 곁방을 지나간다. 더주트 주인님의 방문이 반쯤 열려 있어서 안을 들여다본다. 그는 낮은 책상 앞에 앉아 있다. 내가 온 것을 알아차리지 못한다. 그의 얼굴이 오늘은 그의 것이 아니다. 그의 눈빛이 어둡다. 그는 두려워하고 있다. 입술은 반쯤 벌어진 채 소리 없이 무슨 말인가를 하고 있다. 내 고향 섬에서라면 그가 나쁜 콰이도에게 저주를 받았다고 할 것이다.

더주트 주인님은 앞에 놓인 두루마리를 뚫어져라 보고 있다.

그것은 백인의 책이 아니라 황인의 두루마리다.

너무 멀리 떨어져 있어 잘 보이지 않지만 거기 쓰인 글자는 네덜란드 글자가 아니다.

황인의 글이다—양 주인님과 아들들이 저런 글자를 썼다.

더주트 주인님의 책상 위 두루마리 옆에 공책이 놓여 있다. 네덜란드 단어 옆에 한자가 몇 자 적혀 있다. 나는 이런 추측을 해본다. 더주트 주인님은 두루마리를 자기네 나라 말로 옮기던 중이었다. 그것이 나쁜 저주를 풀어놓았고, 나쁜 저주가 그에게 씌었다.

더주트 주인님은 내가 온 것을 알아차리고 고개를 든다.

XXVIII
동중국해를 지나는 영국 군함 포이보스호, 펜핼리건 함장의 선실

1800년 10월 16일 세시경

〔존 펜핼리건이 읽는다〕 정말로 자연은 고의로 이런 섬들을 너무나 접근하기 어렵게 만들어놓고, 그곳 주민이 외국과의 교역 없이도 유쾌하고 즐거운 삶을 살아갈 수 있도록 필요한 것은 무엇이든 풍요롭게 제공함으로써, 나머지 세계와는 동떨어져 별개로 존재하는 일종의 작은 세상으로 설계해놓은 것 같다……

함장은 하품을 하다 턱에 경련을 일으킨다. 호벨 대위는 일본에 대한 책이라면 엥겔베르트 켐퍼가 쓴 것보다 더 나은 책은 없으니, 그 책이 오래되었다 해도 상관하지 말라고 한다. 그러나 한 문장을 끝까지 겨우 다 읽었을 때쯤 펜핼리건은 앞부분이 벌써 가물가물하다. 그는 선미의 창 너머로 불길하게 꿈틀거리는 수평선을 쳐다본다. 고래 이빨로 만든 문진이 책상에서 굴러떨어진다. 항해장 웨츠가 윗돛대를 조정하라고 명령하는 소리가 들려온다. 꼭 알맞은 때야. 함장은 생각한다. 아침에 청록색이던 황해는 짙은 잿빛으로 바뀌었다. 하늘은 여기저기 납땜을 한 듯 보인다.

치그윈은 어디 있으며, 내 망할 커피는 어디 있는 거야?

펜핼리건은 문진을 도로 줍다 오른쪽 발목에 통증을 느낀다.

기압계를 힐끗 보니 바늘이 위쪽 한가운데에 붙박여 있다.

함장은 엥겔베르트 켐퍼의 책으로 돌아와 비논리의 매듭을 쑤석거린다. '필요한 것은 무엇이든'이라는 표현의 필연적 귀결은 인간의 욕구는 보편적이지만, 사실 왕이 필요로 하는 것은 갈대 베는 사람이 필요로 하는 것과 전혀 다르고, 난봉꾼에게 필요한 것은 대주교에게 필요한 것과 다르며, 그에게 필요한 것은 할아버지에게 필요한 것과 전혀 다르다는 것이다. 그는 공책을 펴고 파도에 흔들리지 않으려 애쓰며 이렇게 적는다.

이를테면 1700년의 그 어떤 교역의 선구자가 평민이 차를 양동이 단위로, 설탕을 부대 단위로 소비하는 때가 오리라고 예견할 수 있었겠는가? 윌리엄 3세와 메리 2세의 신민 중 그 누가 오늘날 중산층의 엄청난 면 시트, 커피, 초콜릿의 '수요'를 예측할 수 있었겠는가? 인간의 필수품은 유행을 타기 쉽다. 새로운 수요에 대한 요구가 낡은 것을 대체하면 세계의 얼굴 자체가 바뀐다……

너무 흔들려서 글씨를 쓸 수가 없지만 존 펜핼리건은 만족스럽다. 통풍도 지금은 다시 가라앉았다. 풍요로운 광맥이로군. 그는 접이식 책상에서 면도용 거울을 집어든다. 거울 속 인물은 설탕절임 파이로 뚱뚱하게 살이 찌고, 브랜디로 안색은 붉어지고, 눈에는 슬픔이 배어 있고, 숱 많던 머리는 비바람에 휑해졌다. 하지만 남자의 활력—그리고 이름—을 회복시키는 데 성공보다 나은 것이 뭐가 있겠는가?

그는 웨스트민스터에서 할 첫번째 연설을 그려본다. "누구나 포이보스호가," 그는 무아지경에 빠진 귀족들에게 알려줄 것이다. "누구나 저의 포이보스호가 천둥처럼 울리는 포를 장착한 5층 갑판 대형 전함은 아니지만 18파운드 포를 24문 장착한 꽤 괜찮은 소형 구축함이었다고 기억합니다. 뒷돛대는 포모사해협에서 뽑혀나갔고, 삭구는 낡았고, 돛은 다 해졌고, 콘월리스항에서 받은 보급품은 반쯤 썩었습니다. 늙어빠진 펌프가 실망한 창녀 위에 올라탄 나의 팰머스 경처럼 쌕쌕거렸지만, 그래봤자 별 효과는 없었지요"—폭소가 터지고 그의 숙적은 수치심에 쥐구멍으로 도망칠 것이다—"그러나 그 배의 심장만큼은 영국제 오크였습니다, 여러분. 우리는 우리 민족의 이름을 떨친 저 불굴의 의지로 일본의 굳게 닫힌 문을 두드렸던 것입니다." 귀족들은 존경심에 차서 점점 더 소리를 죽이고 집중할 것이다. "우리가 10월의 그날 못 믿을 네덜란드인으로부터 빼앗은 구리는 징표에 불과했습니다. 우리의 가장 참된 포상이자 포이보스호의 유산은 여러분의 방앗간, 광산, 대농장, 공장의 결실을 위한 시장이었습니다. 그리고 봉건적 몽유 상태에 있던 일본을 깨워 현대의 세기로 이끌어준 데 대한 일본의 감사였습니다. 저의 포이보스호가 동아시아의 정치 지도를 다시 그렸다고 해도 과언이 아닙니다." 귀족들은 제각기 고개를 끄덕이며 말한다. "들어봐, 들어보라고!" 펜핼리건 제독은 계속 말한다. "이 엄숙한 회장은 변화를 가져오는 역사의 다양한 도구에 대해 알고 있습니다.

외교관의 혀, 반역의 독, 군주의 자비, 교황의 횡포……"

우와, 펜핼리건은 생각한다. 이거 괜찮군. 나중에 적어놓아야겠어.

"……그리고 19세기의 첫해에 한 척의 용기 있는 배 포이보스호가 현대의 가장 은둔한 제국의 문을 열도록 역사의 선택을 받았다는 것이야말로 제 평생 다시없을 명예입니다. 국왕 폐하와 대영제국의 영광을 위하여!" 이쯤에서 휘그당원, 토리당원, 무소속 의원, 주교, 장군, 제독 할 것 없이 그 자리에 있는 가발 쓴 놈들은 일제히 일어나 박수갈채를 보낼 것이다.

"함……" 문밖에서 치그윈이 재채기를 한다. "……장님?"

"커피를 가져왔으리라 믿네, 치그윈."

골치 아픈 빚을 우습게 보았던 채텀의 조선공 아들인 젊은 사환이 안을 들여다본다. "존스가 지금 커피콩을 갈고 있습니다. 요리사가 화덕에 불을 붙이느라 시간이 좀 걸렸습니다."

"내가 주문한 건 커피였네, 치그윈, 변명 한 컵이 아니라!"

"예, 함장님, 죄송합니다. 조금만 더 기다리시면 됩니다……" 치그윈의 소매에서 달팽이가 기어간 것 같은 콧물자국이 반짝인다. "……하지만 스닛커르 씨가 말씀하신 그 바위섬이 우현에 보이는데, 호벨 대위님이 함장님께서 보고 싶어하실지 모른다고 하셔서요."

저놈 머리통을 물어뜯은들 무슨 소용이랴. "알겠다, 그러지."

"저녁식사에 대해서는 따로 하실 말씀 없으십니까?"

"장교들과 스닛커르 씨가 오늘밤 나와 함께 식사할 테니……"

그들은 포이보스호가 파도에 크게 흔들리자 자세를 바로잡는다.

"……존스에게 이제 알을 낳지 못하는 그 닭들을 잡아 요리하라고 해라. 깃털 달린 것이라도 내 배에 게으름뱅이를 위한 자리는 없어."

펜핼리건이 계단을 올라 상갑판으로 나가자 바람이 그의 얼굴을 후려치고 폐가 새 풀무처럼 부풀어오른다. 웨츠가 타륜을 잡고 파도치는 바다에서 다루기 힘든 타륜에 대해 이리저리 흔들리는 한 무리의 사관후보생에게 강의를 하고 있다. 그들이 함장에게 경례하자 함장이 바람을 뚫고 외친다. "앞으로 날씨는 어떨 것 같나, 웨츠?"

"좋은 소식은 구름이 서쪽으로 흩어지고 있다는 것입니다. 나쁜 소식은, 바람이 북쪽으로 불면서 속력이 2노트 정도 더 빨라지고 있습니다. 펌프는, 올로클런 씨가 새 사슬을 만들고 있습니다만 또 새는 곳이 있다고 합니다—쥐들이 고물 쪽 탄약고를 갉아놓았습니다."

그놈들은 우리 양식을 갉아먹지 않을 때는 배를 먹어치운다니까. 펜핼리건은 생각한다.

"갑판장에게 쥐 사냥 시합을 열라고 하게. 꼬리 열 개에 맥주 1쿼트씩 더 준다고."

웨츠가 재채기를 하자 바람을 받는 방향에 있는 사관후보생에게 침이 튄다. "다들 좋아할 겁니다."

펜핼리건은 흔들리는 후갑판을 건너간다. 후갑판은 난잡한 상태다. 스닛커르는 일본 망꾼들이 단정치 못한 양키 상선과 시커먼 포문이 달린 영국 군함을 구별할 수 없을 거라 예상하지만, 함장은 아무것도 당연하게 받아들이지 않는다. 호벨 대위는 고물 난간에 데지마의 쫓겨난 전 상관장과 함께 서 있다. 함장이 다가오자 호벨은 돌아서서 경례를 한다.

스닛커르도 돌아서서 대등한 상대에게 하듯 고개를 까딱한다. 그는 바위투성이 작은 섬 쪽을 가리킨다. 배는 400~500야드의 안전한 거리를 유지하며 빠르게 지나간다. "도리노시마입니다."

'도리노시마입니다, 함장님'이라고 해야지. 펜핼리건은 그렇게 생각하면서도 섬을 살펴본다. 도리노시마는 바닷새들의 조분석과 시끄러운 울음소리로 뒤덮인, 작은 지브롤터 암벽보다 더 큰 바위섬이다. 바람이 가려지는 쪽의 돌투성이 자갈 비탈인 곳에나 용감한 배가 닻을 내려볼 법하고, 그곳을 제외한 사면은 모두 깎아지른 절벽이다. 펜핼리건이 호벨에게 말한다. "저 섬에 누가 상륙한 적이 있는지 우리 손님에게 물어보게나."

스닛커르의 대답이 두세 문장쯤 된다.

저놈의 네덜란드어는 뭐 저렇게 목이 막히고 진흙을 후루룩거리는 듯한 소리가 나나. 펜핼리건은 생각한다.

"없답니다, 함장님. 상륙 시도에 대해서는 전혀 들은 바가 없다고 합니다."

"대답이 그보다는 복잡했는데."

"'머리가 돌아버린 얼간이가 아니고서는 아무도 배를 대는 모험은 안 합니다'라고 말했습니다, 함장님."

"내 감수성이 그렇게 쉽게 상처받지는 않는다네, 호벨. 앞으로는 다 통역하게."

대위가 난처한 표정을 짓는다. "죄송합니다, 함장님."

"네덜란드나 다른 어느 나라 중에 도리노시마에 대한 영유권을 주장하는 나라가 있는지 물어보게."

질문에 대한 스닛커르의 답에는 냉소와 '쇼군'이라는 단어가 포함되어 있다.

호벨이 설명한다. "손님이 말하길, 우리 영국 국기를 저 새똥 천지에 꽂기 전에 쇼군과 상의하랍니다." 좀더 말이 이어지고, 호벨은 주의깊게 들으며 두어 가지 세부적인 부분을 확인한다. "스닛커르 씨가 도리노시마는 '일본으로 가는 이정표'라 불린다고 덧붙였습니다. 바람이 이렇게 계속 불면 내일은 일본의 '바깥 담'인 고토 열도가 보일 거랍니다. 히젠 국에 속한 곳인데, 나가사키도 같은 히젠 국에 속해 있다고 합니다."

"네덜란드 회사가 고토 열도에 상륙한 적이 있는지 물어보게."

이 질문에는 대답이 더 길다.

"그의 말로는 회사의 선장들은 절대……"

포이보스호가 거꾸러졌다가 솟구치는 바람에 세 사람은 고물 난간을 꽉 붙잡는다.

"……절대 그렇게 대놓고 상대국을 도발한 적은 없다고 합니다. 왜냐하면 몰래……"

물보라가 뱃머리로 쏟아진다. 푹 젖은 선원이 웨일스어로 욕을 내뱉는다.

"……몰래 기독교를 믿는 자들이 거기 아직 살고 있어서, 들고 나는 사람들을 전부……"

사관후보생 중 한 명이 비명을 지르며 계단에서 굴러떨어진다.

"……막부의 첩자들이 주시한다고 합니다. 행상하는 배들은 우리에게 접근했다가는 선원들과 그 가족이 모두 밀수꾼으로 처형될 것이기 때문에 다가오지 않을 거랍니다."

배가 요동을 치면서 도리노시마는 우현 후방으로 멀어져간다. 함장과 대위, 반역자는 각자 생각에 잠긴다. 슴새와 제비갈매기가 빙빙 돌다가 곤두박질친다. 당직 교대를 알리는 네번째 종이 울리자 좌현에서 근무를 서던 선원들이 지체 없이 나온다. 함장이 밖에 나왔다는 소문이 퍼졌다. 비번인 선원들은 두 시간 동안 한가로이 여유를 즐기러 아래쪽 갑판으로 내려간다.

하늘의 가느다란 호박색 눈이 남쪽 수평선 위로 열린다.

"저기 보십시오, 함장님!" 호벨이 잠시 어린아이가 된 양 외친다. "돌고래 두 마리입니다!"

펜핼리건은 짙은 푸른색 파도밖에 보이지 않는다. "어디?"

"세 마리입니다! 아름답습니다!" 호벨이 가리키며 더 말을 잇지 못하더니, 이내 말한다. "가버렸습니다."

"자, 그럼 저녁식사 때 보세." 펜핼리건은 호벨에게 말하며 자리를 뜬다.

"아, 저녁식사." 스닛커르가 영어로 따라 하며 술 마시는 흉내를 낸다.

제발 나에게 인내심과 커피를. 펜핼리건은 가까스로 희미한 미소를 짓는다.

✧

사무장이 그날 공제할 금액을 급여 대장에 모두 반영하고는 선실을 나간다. 그의 앵앵대는 목소리와 시체안치소 같은 냄새가 나는 숨결 때문에 펜핼리건은 발의 통증 못지않은 두통을 느낀다. 오래전 그의 후견인이었던 골딩 함장이 그에게 조언한 적이 있었다. "사무장과 일하는 것보다 더 나쁜 건 사무장이 되는 것이라네. 어느 집단이나 증오할 대상이 필요하지. 자네보다는 사무장인 편이 낫고."

펜핼리건은 찌꺼기로 걸쭉해진 커피를 마저 다 마신다. 커피 덕분에 정신은 맑아졌어도 속은 홧홧하고 내 숙적은 더 강해졌군. 프린스오브웨일스섬을 떠난 후로 반갑지 않은 진실을 반박할 수 없게 되었다. 통풍이 재발한 것이다. 첫번째는 지난여름 벵골에서였다. 무시무시하게 더웠고, 통증 또한 무시무시했다. 보름 동안 면 시트가 발에 살짝 닿는 것조차 견디기 힘들 지경이었다. 처음 병이 덮쳤을 때는 통과의례려니 하고 웃어넘길 수 있지만, 두번째로 찾아오면 '통풍 걸린 함장'이라는 별명이 붙을 위험이 있고 해군에서 그의 미래도 위태로워질 수 있다. 호벨이 의심을 품을 수도 있지만, 감히 떠들고 다니지는 않을 거야. 펜핼리건은 생각한다. 지금 해군 사관실은 때 이르게 후견인을 잃고 고립무원이 된 대위들로 소란스러우니까. 하지만 더 나쁜 것은 호벨이 다른 잽싼 후견인의 꾐에 넘어가 배를 버리고 펜핼리건에게서 최고의 장교와 미래 함장의 은혜를 빼앗아갈 수도 있다는 것이다. 해군 준장 조이의 무자비한 딸과 결혼해 든든한 연줄을 얻은 아벨 렌 중위는 이렇게 뜻하지 않은 공석이 생길지도 모른다는 생각에 입맛을 다실 것이다. 펜핼리건은 결론을 짓는다. 그러니까 내 통증에 맞서 경주를 벌여야 해. 통풍으로 드러눕기 전에 하느님이 돌보셔서 네덜란드인의 올해 치 구리를 손에 넣고 나가사키의 보물 상자를 열게 된다면 나의 재정적 정치적 미래는 확고해지는 거야.

그렇지 않으면 호벨이나 렌이 구리와 교역소를 차지한 공을 가로챌 것이다—아니면 임무가 완전히 실패로 돌아가고 존 펜핼리건은 은퇴하여 웨스트컨트리 어딘가에서 잘해야 일 년에 200파운드쯤, 그것도 시간 끌다 마지못해 주는 연금이나 받는 처지가 될 것이다. 암담했던 시절에는 행운의 여신이 오직 내 위에 웅크리고 앉아 똥을 싸며 은밀한 즐거움을 맛볼 셈으로 팔 년 전 나에게 함장 지위를 준 것 같았지. 첫째로, 형 찰리가 가족의 남은 영지를 저당잡혀 남동생의 이름으로 빚을 내고 사라져버린다. 둘째로, 그의 전리품 중개상과 은행가가 버지니아로 종적을 감춘다. 셋째로, 메러디스, 그의 사랑하는 메러디스가 발진티푸스로 죽는다. 넷째로, 트리스트럼, 팔팔하고, 단호하고, 존경받고, 잘생긴 트리스트럼이 아버지에게 슬픔과 함선의 외과의가 건져낸 십자가상만 남기고 세인트빈센트곶에서 전사한다. 그리고 이제는 통풍이 내 경력마저 망가뜨리려 위협하고 있어……

"안 돼." 펜핼리건은 면도용 거울을 집어든다. "뒤집힌 것을 다시 뒤집어놓겠어."

함장이 막 선실을 나서려는데 보초—이름이 베인스였나 페인스였나—가 다른 해병인 스코틀랜드인 워커와 교대한다. 둘은 경례를 한다. 포열갑판에서 포병대장 월드론이 펜잰스 출신 소년 모프 웨슬리와 대포 옆에 웅크리고 있다. 어스름과 파도치는 바다의 소음 때문에 그들은 함장이 듣고 있다는 것을 눈치채지 못한다. "다시 말해봐, 모프." 월드론이 말하고 있다. "제일 먼저?"

"젖은 대걸레로 통 안을 닦습니다."

"술고래가 그 일을 제대로 해내지 못하면?"

"화약을 넣을 때 전에 발사한 포의 잔불을 놓치게 됩니다."

"그럼 그게 포병의 팔을 날려버리지. 전에도 한 번 본 적이 있어. 그런 건 한 번으로 족해. 두번째는?"

"탄약통에 약포를 넣습니다. 아니면 화약가루를 붓습니다."

"그럼 그 화약은 꼬마 요정들이 여기로 날라주나?"

"아닙니다. 제가 고물 쪽 탄약고에서 가져옵니다. 한 번에 한 번 발사할 분량씩요."

"그렇다, 네가 가져온다. 왜 손닿는 곳에 여러 번 발사할 분량을 놔두면 안 되지?"

"불똥 하나만 잘못 튀어도 우리 모두 산산조각이 날 겁니다. 세번째는……" 모프가 손가락을 꼽는다. "……장전기로 화약을 넣습니다. 네번째는 포탄을 장전합니다. 다섯번째는 종이 뭉치를 쑤셔넣어 포탄을 고정시킵니다. 파도에 흔들리다 포탄이 바닷속으로 굴러떨어질 수도 있으니까요."

"그건 프랑스 해병에게나 어울리는 광경이지. 여섯번째는?"

"포가의 전면이 배 현장에 딱 닿을 때까지 대포를 굴립니다. 일곱번째는 화문에 기폭약을 넣고, 여덟번째는 부싯돌로 점화합니다. 점화 담당이 '엎드려!'라고 외치면 기폭약이 포신 내부의 화약을 폭발시켜 포탄이 발사됩니다. 포탄이 날아가는 쪽에 뭐가 있건 다 끝장입니다."

펜헬리건이 끼어든다. "발사 후 포가는 어떻게 되나?"

월드론도 모프도 화들짝 놀란다. 월드론은 재빨리 일어나 경례를 하다 머리를 쿵 찧는다. "오신 줄 미처 몰랐습니다, 함장님, 죄송합니다."

펜핼리건이 다시 묻는다. "발사 후 포가는 어떻게 되나, 웨슬리?"

"반동으로 뒤로 밀리다가 포미의 밧줄과 포신 밑의 둥근 쇠 때문에 멈춥니다."

"반동하는 대포는 사람 다리를 어떻게 만들지, 웨슬리?"

"저…… 포에 낀다면 남는 다리가 별로 없을 겁니다."

"계속하게, 월드론." 펜핼리건은 우현 현장을 따라 계속 걸어가면서 화약을 운반하던 소년 시절을 회상하며 머리 위 밧줄을 붙잡고 균형을 잡는다. 173센티미터인 그는 선원들 평균보다 키가 커서 갑판 하면에 머리를 부딪히지 않으려면 조심해야 한다. 그는 포격 연습을 위한 화약을 살 개인 재산이나 상금이 없는 것이 아쉽다. 할당량의 3분의 1 이상을 써버리면 해군 본부에 경솔한 함장으로 비치게 된다. 그가 세인트헬레나의 포경선에서 구해낸 하노버인 여섯 명은 파도치는 날씨에도 최선을 다해 여분의 해먹을 빨고 물기를 짜서 널고 있다. 그들은 한목소리로 "함장님" 하고 외치더니 다시 입을 다물고 일에 열중한다. 더 걸어가니 아벨 렌 중위가 선원들을 시켜 뜨거운 식초와 마석으로 갑판을 닦고 있다. 상갑판은 위장하느라 더럽혀놓았지만, 아래쪽 갑판은 곰팡이가 피거나 공기가 탁해지지 않도록 보호할 필요가 있다. 렌이 한 선원을 등나무 채찍으로 후려치며 고함친다. "박박 문지르라니까—깔짝거리지 말고, 이 한심한 놈아!" 그러고는 그제야 함장의 존재를 알아차린 척 경례를 한다. "안녕하십니까, 함장님."

"안녕한가, 렌 중위. 별일 없나?"

"아주 좋습니다." 못생긴 중위가 기세 좋게 대답한다.

캔버스 천으로 가린 조리실을 지나며 펜핼리건은 급식 담당 하사관들이 요리사와 동료를 도와 음식을 썰고, 불을 계속 피우고, 솥이 뒤집히지 않도록 붙잡고 있는 그을리고 김이 가득한 조리실 안을 슬쩍 들여다본다. 요리사는 소금에 절인 돼지고기 덩어리를—목요일은 돼지고기를 먹는 날이다—거품이 이는 혼합물에 넣는다. 스튜에 배추, 참마 조각, 쌀을 넣어 국물을 걸쭉하게 만든다. 상류층 자제들은 녹말과 소금이 잔뜩 들어간 음식에 코를 싸쥘지도 모르겠지만, 수병들은 뭍에서보다 더 잘 먹고 마시는 편이다. 펜핼리건 전담 요리사인 조너스 존스가 몇 번 손뼉을 쳐서 조리실의 시선을 끈다. "자, 이제 내기할 사람이 다 모였다, 얘들아."

"그럼 게임을 시작하지!" 치그윈이 선언한다.

치그윈과 존스가 각각 닭 한 마리씩을 흔들어 공포에 빠뜨린다.

조리실의 남자 십여 명이 한목소리로 외친다. "하나, 둘, 셋!"

치그윈과 존스가 전지가위로 닭의 목을 치고 조리대 위에 놓는다. 남자들은 피를 뿜으며 퍼덕거리고 미끄러지는 목 없는 닭의 몸뚱이에 환호성을 지른다. 잠시 후 존스의 닭이 여전히 발차기를 하는 동안 심판이 치그윈의 닭을 "죽은 닭"이라고 선언한다. 얼굴을 찌푸린 이들이 흡족한 표정의 남자들에게 동전을 건네고, 닭은 털을 뽑고 내장을 제거하기 위해 작업대로 옮겨진다.

펜핼리건은 장교들의 저녁식사에 대한 존중심이 부족하다고 하인들에게 벌을 줄 수도 있지만, 계속 발을 옮겨 조리실을 지나 병실로 간다. 병실의 나무 칸막이는 천장까지 닿아 있지 않아서 빛이 좀 들어오고 병든 공기가 나갈 수 있다. "아니 아니 아니, 이 머리 없는 여자야, 이렇게……" 말하는 이는 또다른 콘월 사람 마이클 토저다. 십일 년 전 펜핼리건이 중위였을 때, 그가 타고 있던 쌍돛대 범선 드래건호에 형 찰리가 자원병으로 보내준 사람이다. 토저의 무리 열 명—이제는 모두 유능한 뱃사람이 된—은 그후로 죽 자기들의 후견인 뒤를 따랐다. 그는 중간중간 끊어지고 음이 맞지 않는 목소리로 노래를 부른다.

"배가 오는 게 보이지 않나?
전속력으로 달려오는 게 보이지 않나?
배가 오는 게 보이지 않나?
끝에 전리품을 매달고?
오 나의 어린 선원아,
오 나의 어린 선원아,
행복한 선원을 정말로 사랑하네.
그가 즐겁고 명랑하기를."

"'행복한'이 아니야, 마이클 토저." 누군가의 목소리가 반박한다. "'쾌활한'이지."

"'행복한'이나 '쾌활한'이나. 중요한 건 그다음 내용이지."

"선원들은 돈을 다 얻네.
병사들은 놋쇠밖에 못 얻네.
오 나를 홀랑 다 마셔버린 선원을 정말로 사랑하네.
하지만 병사들은 내 엉덩이에 입맞출 수 있지.
오 나의 어린 선원아,

오 나의 어린 선원아,
행복한 선원을 정말로 사랑하네.
병사들은 나를 지옥으로 보낼지도 몰라."

"이건 고스포트의 창녀들이 부르는 노래야. 내가 그걸 어떻게 아느냐면, 영광스러운 6월 1일 이후에 한 명이랑 했기 때문이지……"

"하지만 아침에 보니 여자가 상금을 홀랑 들고 날랐겠지." 그 목소리가 말한다.

"요점은 그게 아냐. 요는 우리가 이 아름다운 지구에서 가장 새빨갛고 가장 금빛 나는 구리를 잔뜩 가진 네덜란드 상인들을 뜯어낼 거라는 거지."

펜핼리건 함장이 허리를 굽히고 병실 입구로 들어온다. 대여섯 명의 환자가 죄지은 듯 뻣뻣해진다. 마맛자국이 있는 래퍼티라는 이름의 런던내기 선의船醫 조수가 일어나, 기름칠을 하고 있던 지지 고리, 외과용 주걱, 뼈 가는 줄이 놓인 쟁반을 한쪽으로 치운다. "안녕하십니까, 함장님. 의사 선생님은 최하갑판에 내려가셨습니다. 가서 모셔올까요?"

"아니야, 래퍼티. 그냥 한번 돌아보는 거네. 좀 나아지고 있나, 토저?"

"제 가슴이 지난주보다 나아졌다고는 말 못하겠습니다만, 여기 있게 된 것은 감사하게 생각합니다. 날개 달린 새도 아니고 호되게 떨어졌습니다. 그리고 월드론 씨가 대포 중 하나에 저를 위한 자리를 마련해주겠다고 했습니다. 새로운 일을 배울 기회가 되리라 생각합니다."

"바로 그거야, 토저, 잘 생각했네." 펜핼리건은 토저의 젊은 이웃에게로 고개를 돌린다. "잭 플레처, 맞나?"

"죄송합니다만, 잭 대처입니다."

"미안하네, 잭 대처. 자네는 왜 병실에 왔나?"

얼굴을 붉히는 젊은이를 대신해 래퍼티가 대답한다. "임질입니다, 함장님."

"임질이라고? 틀림없이 페낭에서 얻은 기념품이겠군. 많이 심한가?"

래퍼티가 다시 대답한다. "고추는 로마 주교의 모자처럼 새빨갛고, 고름이 질질 나오고, 불알은 부어올라 소변을 볼 때마다 아픕니다, 맞지? 수은 처방을 받았지만 한동안은 제대로 돌아다니기 힘들 겁니다……"

펜핼리건은 질책을 받아야 할 대상은 선원이 아니라 해군의 정책이라고 생각한다. 해군에서 성병 치료 비용을 선원에게 물리기 때문에, 선원은 온갖 민간 치료법을 다 시도해본 다음에야 선의에게 간다. 내가 한자리 차지하게 되면 그런 경건한 척하는 바보짓부터 뜯어고칠 거야. 펜핼리건은 생각한다. 함장 역시 세인트키츠섬의 장교 전용 창녀집에서 매독에 걸린 적이 있다. 너무 겁이 나고 부끄러워 차마 트린코몰리호의 선의에게 말하지 못하다가 결국 소변보는 것이 끔찍한 고통이 되었다. 그가 하사관이라면 잭 대처와 그런 경험담을 나누겠지만, 함장은 권위를 지켜야 한다. "창녀를 가까이하면 치러야 할 진짜 비용을 확실히 배웠겠지, 대처?"

"당분간은 잊지 않을 겁니다, 함장님. 맹세합니다."

하지만 또다른 창녀랑 자겠지. 펜핼리건은 예상한다. 그리고 또다른 여자, 또다른 여자…… 그는 다른 환자들과 짧게 대화를 나눈다. 세인트아이브스에서 눌려 뭉개진 엄지손가락을 잘라내야 할지도 모르는 열이 나는 풋내기 선원, 농양이 생긴 어금니 통증으로 눈이 흐리멍덩한, 더 운이 좋은 버뮤다인, 심각한 바베이도스 레그* 때문에 고환이 망고만하게 부어오른, 수염이 얼굴 전체를 덮은 셰틀랜드인. 그가 보고한다. "저는 박살난 바이올린처럼 건강합니다. 물어봐주셔서 감사합니다, 함장님."

펜핼리건은 자리를 뜨려고 일어선다.

"저, 함장님." 마이클 토저가 묻는다. "저희를 위해 논쟁을 해결해주실 수 있으신지요?"

통증이 펜핼리건의 발을 뚫고 지나간다. "그러지, 토저."

"병실의 선원도 여전히 전리품의 정당한 몫을 받게 되는 겁니까?"

"내가 받드는 해군 규정집에 따르면 그렇다네."

토저가 '내가 뭐랬어'라고 외치는 듯한 눈으로 래퍼티를 노려본다. 펜핼리건은 손안에 들어오기 전에는 장담 못한다고 말하고 싶지만, 포이보스호의 숫구치는 사기를 손상하지 않기로 한다. "몇가지 사소한 문제가 있네." 그가 선의 조수에게 말한다. "우선 그 문제에 대해 내시 선생과 의논을 좀 하고 싶은데. 아마 아래의 자기 선실에 있겠지?"

함장이 흔들리는 계단을 한 걸음씩 내려가 선실용 갑판에 다다르자 잡다한 악취가 숨이 막히도록 풍겨온다. 겨울에는 어둡고 춥

* 열대기후로 인한 상피병의 일종.

고 습하며 여름에는 어둡고 덥고 공기가 통하지 않는 곳이다. 수병들은 '골방'이라 부른다. 불행한 배에서 경멸받는 장교라면 계단에서 너무 멀리 떨어진 곳까지 가지 않는 것이 현명하지만, 존 펜핼리건은 지나치게 걱정하지 않는다. 왼쪽 뱃전에서 백열 명쯤 되는 사람들이 위에서 들어오는 희미한 불빛에 의지해 바느질을 하거나 뭔가를 깎거나 낮 동안 느슨해진 해먹이나 사물함 사이 대충 만든 공간에서 불평을 하거나 면도를 하거나 쪽잠을 자고 있다. 함장의 부츠와 버클 소리에 사람들은 그가 오고 있다는 것을 알아챘다. 누군가가 외친다. "함장님이 갑판에 있어!" 제일 가까운 곳에 있던 선원들이 일어나 차려 자세를 하자 함장은 선원들이 그가 불쑥 나타난 데 대한 분노를 적어도 겉으로 드러내지는 않는 데 만족한다. 그는 발의 통증을 감춘다. "최하갑판으로 내려가던 길이다. 하던 일 계속하게……"

"등이나 도움이 필요하십니까, 함장님?" 무리 중에서 누군가가 묻는다.

"괜찮다. 눈을 가리고도 포이보스호의 뱃속까지 다 돌아다닐 수 있어."

그는 최하갑판으로 계속 내려간다. 그가 언젠가 순찰했던 포획된 프랑스 배의 썩어가는 시체 악취까지는 아니라도, 배 밑바닥에 고인 물의 악취가 풍긴다. 물이 철벅거리고, 바다의 불룩한 배腹가 마구 휘돌고, 펌프가 꿀렁거리는 소리를 낸다. 바닥에 다다른 펜핼리건은 투덜거리면서 좁은 길을 따라 더듬더듬 앞으로 나아간다. 탄약고, 치즈 저장고, 묵직한 맹꽁이자물쇠를 채운 술 창고, 신참 수병의 교관인 걱정 많은 우즈 씨의 선실, 밧줄 창고, 선의의 조제실을 손끝으로 구분하며 나아가다 마지막으로 그의 화장실 정도 크기 선실에 이른다. 청동색 불빛이 새어나오고 상자들이 옮겨진다. "날세, 내시 선생, 함장이네."

"함장님." 내시가 웨스트컨트리 출신의 쉰 듯한 쌕쌕대는 목소리로 말한다. "여긴 어쩐 일이십니까." 램프에 비친 그의 얼굴이 엄니를 빼문 두더지처럼 불쑥 나타나지만 놀란 기색은 전혀 없다.

"래퍼티가 여기 가면 자네가 있을 거라 하더군."

"아, 납 황화물을 찾으러 내려왔습니다." 그가 접은 담요를 쿠션 삼아 사물함 위에 올려놓는다. "괜찮으시면 좀 앉으십시오. 통풍이 또 도지신 거지요?"

키 큰 남자가 좁은 선실을 꽉 채운다. "그렇게 눈에 띄나?"

"전문가의 본능입니다…… 제가 그 부위를 좀 봐도 되겠습니까?"

함장은 어색하게 부츠와 양말을 벗고 트렁크 위에 발을 올려놓는다. 내시는 램프를 가까이 비춘다. 그의 앞치마가 마른 피로 딱딱하게 굳어 부스럭거리는 소리를 낸다. 그는 펜핼리건의 부어오른 갈색 발을 보고 상을 찌푸린다. "중족골에 심한 통풍결절이군요…… 하지만 삼출은 아직이네요?"

"아직까지는. 하지만 작년 이맘때랑 비슷하게 안 좋아 보여."

내시가 부어오른 곳을 손으로 찌르자 펜핼리건의 발이 통증으로 움찔한다.

"선생, 나가사키 임무를 생각하면 내가 환자 노릇을 하고 있을 여유가 없어."

내시는 더러운 소맷자락으로 안경을 닦는다. "아편 토근산을 처방해드리겠습니다. 벵골에서 그 약으로 빠르게 회복되셨으니 이번

에도 악화되지 않도록 억제해줄지 모릅니다. 동맥에 부담이 되지 않게 피도 6온스만 뽑겠습니다."

"더는 시간 낭비하지 말자고." 펜핼리건이 외투를 벗고 셔츠 소매를 걷어올리는 동안 내시는 세 개의 각기 다른 약병에서 액체를 따른다. 이 외과의를 군대에서 흔히 만날 수 있는 그런 신사다운 의사, 박식함과 활기로 병실을 빛내주는 사람이라고 말할 수는 없을 것이다. 하지만 이 착실한 데번 사람은 교전중에도 분당 사지 하나씩 절단할 수 있고, 흔들림 없는 손으로 이를 뽑고, 진료비를 부풀려 청구하지 않고, 장교들의 불만을 하사관들에게 절대 떠들지 않는다. "내시, 이 약에 뭐가 들어가는지 다시 알려주게."

"아편, 토근, 초석, 주석, 감초를 섞은 토근 가루입니다." 그는 옅은 색의 가루를 약수저로 덜어낸다. "함장님이 일반 수병이라면 비버향을 넣겠습니다. 의료인끼리는 악취나는 간유라고 부르지요. 그러면 제대로 약을 먹었다는 느낌이 듭니다. 장교한테는 잘 쓰지 않는 수법이지요."

배가 흔들리면서 돌풍 속의 헛간처럼 배의 목재들이 끼익거리는 소리를 낸다.

"상륙하면 약제사로 전업할 생각 해본 적 있나, 내시 선생?"

"없습니다." 내시는 농담에도 웃지 않는다.

"진열된 중국산 병 가운데 내시의 특제 약이 보이는 듯하군."

"장사꾼은……" 내시가 백랍 비커에 아편 팅크제를 방울을 세어가며 넣는다. "……대개 태어날 때부터 양심은 도려내놓습니다. 위선, 법, 아니면 빚으로 느린 죽음을 맞느니 정직하게 익사하는 편이 낫지요." 그는 혼합물을 섞어 환자에게 비커를 건네준다. "한

번에 쭉 드십시오, 함장님."

펜핼리건은 그 말대로 하고 눈살을 찌푸린다. "악취나는 간유를 넣었으면 더 나았을 뻔했네."

"매일 복용할 약을 가져다드리겠습니다. 이제 사혈할 차례입니다." 그가 사혈용 접시와 녹슨 세모날을 내놓고 함장의 팔뚝을 잡는다. "제일 날카로운 칼입니다. 아마도 전혀 느낌이……"

펜핼리건은 이를 악물고 욕실 섞인 비명을 삼키며 고통으로 몸이 떨리는 것을 참는다.

"……없으실 겁니다." 내시는 상처가 바로 아물어 피가 굳지 않도록 도관을 삽입한다. "이제……"

"가만히 있어야지. 알아." 핏방울이 서서히 접시에 웅덩이를 이룬다.

펜핼리건은 흘러나오는 피에서 정신을 딴 데로 돌리려고 저녁식사를 생각한다.

✧

"보수를 받는 정보원은," 반쯤 취한 다니엘 스닛커르가 배가 터지도록 먹은 저녁을 잠으로 소화시키기 위해 도움을 받아 선실로 간 후, 호벨 대위가 솔직히 인정한다. "고객이 가장 듣고 싶어하는 말을 해줍니다." 배가 흔들리자 칸막이벽에 달린 짐벌 장치로 고정한 램프들이 빙글빙글 돈다. "제 아버지는 헤이그에서 대사로 계실 때 돈을 바라고 일하는 첩자 열 명의 선서 진술서보다도 양심 바른 정보원 한 명의 말을 더 높이 치셨습니다. 스닛커르가 우리를 속이고 있다는 말은 아닙니다만, 더 확인해보기 전에는 그의 '첩보'를 한 조각이라도 삼키지 않는 편이 현명합니다—적어도 우리가 자기네의 오랜 동맹의 재산을 잡아채는 것을 일본인이 찍소리도 없이 보고만 있으리라는 그의 낙관적인 예측은 전혀 믿어서는 안 됩니다."

펜핼리건이 고개를 한 번 끄덕이자 치그윈과 존스가 식탁을 치우기 시작한다.

입고 있는 해군 제복 재킷 색깔만큼이나 얼굴이 벌게진 커틀립 소령이 닭다리에서 마지막 고깃조각을 빨아먹는다. "유럽의 전쟁은 이 망할 동양놈들한테 전혀 관심거리가 아닙니다."

"그 망할 동양놈들이 다 같은 생각이 아닐 수도 있지요, 소령님." 호벨이 대꾸한다.

"그렇다면 같은 생각을 하도록 가르쳐줘야지, 호벨 대위." 커틀립이 코웃음을 친다.

"브리스틀에 시암 왕국이 교역소를 두었다고 가정해보십시오……"

커틀립이 승리감에 찬 미소를 지으며 렌 중위 쪽을 힐끗 본다.

호벨은 거침없이 계속 말한다. "시암의 교역소가 브리스틀에 한 세기 반 동안 있었는데, 어느 맑은 날 중국의 전함이 들어와서 우리 동맹의 재산을 허가도 받지 않고 차지하고는, 앞으로 자기네가 시암인을 대신하겠다고 런던에 선언한다고 생각해보시란 말입니다. 피트 수상이 그런 조건을 받아들일까요?"

렌이 말한다. "다음에 호벨 대위님을 비판하는 사람들이 대위님이 유머감각이 부족하다고 풍자하면……"

펜핼리건이 소금통을 넘어뜨리더니 쏟아진 소금을 약간 집어서 어깨 뒤로 뿌린다.

"……제가 브리스틀의 시암 교역소에 대한 대위님의 환상곡으로 그들을 어리둥절하게 만들어주겠습니다!"

"문제는 주권이죠. 적절한 비교입니다." 로버트 호벨이 말한다.

커틀립이 닭다리를 흔든다. "뉴사우스웨일스에서 팔 년을 보내면서 내가 뭔가 배운 게 있다면, 그건 '주권'이니 '권리'니 '재산'이니 '법학'이니 '외교'니 하는 박식한 개념들이 백인과 후진적인 인종에게 의미하는 바가 다르다는 거요. 시드니코브의 불쌍한 필립스, 그는 우리가 거기에서 발견한 후진적인 잡종 흑인들과 '협상'을 하겠다고 기를 썼소. 그 게으른 족제비들이 마치 그곳이 제 것인 양 차지하고 우리 물자를 훔쳐가는 것을 그의 멋진 이상이 막아줬소?" 커틀립이 타구에 침을 뱉는다. "식민지에 법을 세운 건 혈기왕성한 영국인과 런던 머스킷 총이지, 소심한 '외교'가 아니란 말이오. 총 스물네 자루와 잘 훈련된 수병 마흔 명만 있으면 나가사키도 하루만에 손에 넣을 수 있을 것이오. 다만," 그는 렌에게 윙크를 한다. "벵골에서 대위의 매력적인 중국인 첩이 대위의 흠 하나 없는 백색 인종에 노란 물을 들이지 않았길 바랄 뿐이지, 안 그렇소?"

펜핼리건은 속으로 신음을 흘린다. 해군 부대에서 이게 다 무슨 일이람?

병 하나가 탁자에서 미끄러져 떨어지자 탤벗 준위가 손으로 받는다.

호벨이 감정을 있는 힘껏 억누른 목소리로 묻는다. "그 말씀은 해군 장교로서 저의 용기를 의심하시는 겁니까, 아니면 국왕 폐하에 대한 저의 충성심을 폄하하시는 겁니까?"

"이보게, 로버트. 커틀립이 그런 뜻으로 말했겠나." 내가 함장이라기보다는 가정교사인 때가 있다니까. 펜헬리건은 생각한다. "어느 쪽이든 그럴 리가 없잖나. 그는 단지…… 단지……"

"애정을 갖고 팔꿈치로 살짝 찌르신 거지요." 렌이 말한다.

커틀립이 만면에 웃음을 띠고 말한다. "그거 정말 시시한 재담이로군! 애정을 갖고 팔꿈치로 찌른다……"

"재치가 날카로웠습니다만 악의는 전혀 없었습니다." 렌이 판정하듯 말한다.

커틀립이 덧붙인다. "……혹여 기분 상했다면 내가 무조건 사과하겠네."

쉽게 하는 사과야말로 값어치 없는 것이지. 펜헬리건이 그 광경을 지켜본다.

"커틀립 소령님은 스스로를 베는 일이 없도록 '날카로운 재치'를 조심하셔야겠습니다." 호벨이 말한다.

"자네, 병을 슬쩍할 계획인가, 탤벗?" 펜헬리건이 묻는다.

탤벗은 잠시 그 질문을 진지하게 받아들였다가 이내 마음을 놓고 미소를 지으며 일행의 잔을 채워준다. 펜헬리건은 치그윈에게 상볼 뮈지니 와인을 두어 병 더 가져오라 명령한다. 사환은 이렇게 뒤늦게 관대함을 베푸는 데 놀라지만, 술을 가지러 간다.

펜헬리건은 정리를 할 필요를 느낀다. "나가사키에서 네덜란드 동인도회사를 빼앗는 것이 우리의 유일한 목표라면, 소령이 주장하는 대로 곧장 치고 들어갈 수도 있겠지. 하지만 우리가 받은 명령은 일본인과 조약 협상도 벌이라는 거였네. 우리는 전사이면서 동시에 외교관도 되어야 해."

커틀럽이 털이 빠져나온 콧구멍을 후빈다. "총이 최고의 외교관을 만들어주지요, 함장님."

호벨이 자기 입술을 가볍게 두드린다. "호전성은 현지인에게 그리 깊은 인상을 주지 못할 겁니다."

렌이 등을 기댄다. "우리가 인도인을 부드러움으로 제압했습니까? 네덜란드인이 에담 치즈를 선물로 주고 자바인을 정복했답니까?"

"비유가 적절치 못하군." 호벨이 맞선다. "일본은 아시아에 있지만 아시아에 속하지 않아."

"그것도 대위님의 높은 통찰력에서 나온 말씀이십니까?" 렌이 묻는다.

"'인도인'이니 '자바인'이니 말하는 것은 유럽의 오만이야. 사실 그들은 분열되고 나뉠 수 있는 여러 민족의 집합체이지. 그와는 대조적으로 일본은 사백 년 동안 통일된 나라를 유지해왔고, 심지어 이베리아반도의 권력의 정점에 있던 스페인과 포르투갈을 쫓아냈어……"

"일본의 괴상망측한 중세 마상 창 시합 기사들에게 맞서서 우리 대포와 연속 포격, 소총수로 싸우면……" 소령이 입술과 손으로 폭발음을 낸다.

"그 괴상망측한 중세 마상 창 시합 기사들을 본 적도 없으시죠." 호벨이 대꾸한다.

말다툼하는 장교보다 껍데기 속의 조개벌레가 낫겠군. 펜핼리건은 생각한다.

"대위님도 보신 적이 없기는 마찬가지이죠. 하지만 스닛커르는……" 렌이 말한다.

"스닛커르는 제 작은 왕국을 되찾고 자기 자리를 빼앗은 자들을 망신시키려는 속셈으로 뱃속이 가득차 있어."

바로 아래 사관실에서 월드론이 바이올린으로 경쾌한 춤곡을 켜기 시작한다.

적어도 누군가는 이 저녁을 즐기고 있군. 펜헬리건은 생각한다.

탤벗이 뭔가 말하려 입을 열었다가 다시 다문다.

"하고 싶은 말이 있나, 탤벗?" 펜헬리건이 묻는다.

탤벗은 시선이 모두 자기에게 쏠리자 기가 죽는다. "별것 아닙니다, 함장님."

존스가 접시를 떨어뜨리는 바람에 요란한 소리가 울려퍼진다.

"그나저나, 함장님." 커틀립이 식탁보에 콧물을 문질러 닦는다. "함장님의 콘월 출신 수병 둘이 호벨 대위의 고향을 두고 농담하는 걸 들었습니다. 이제 대위가 애정을 담아 팔꿈치로 살짝 찌르는 것 정도는 충분히 즐길 수 있는 사람이라는 걸 알았으니 기분 상할 걱정 없이 그 농담을 옮겨도 되겠지요. '요크셔 사람은 어떤 놈들이게?'"

로버트 호벨은 손가락에 낀 결혼반지를 빙빙 돌린다.

"'어이쿠, 너그러운 마음이 다 사라져버린 스코틀랜드 사람이지!'"

함장은 91년산 와인을 가져오라 한 것을 후회한다.

왜 모든 것이 바보 같은 원을 그리며 빙빙 돌기만 하는 걸까? 펜헬리건은 생각한다.

XXIX
장소 미상

✧

시간 미상

야코프 더주트는 등불을 든 소년의 뒤를 따라 악취가 나는 운하 옆을 걸어 돔뷔르흐 교회 본당 신도석으로 들어간다. 헤이르티어가 제단 탁자에 구운 거위를 놓는다. 동양인의 눈에 구릿빛 머리카락을 가진 등불 든 소년이 성경 구절을 인용한다. "아버지, 내가 속담에 귀를 기울이고 하프를 뜯으며 수수께끼를 풀겠습니다." 야코프는 경악한다. 사생아라고? 그는 헤이르티어 쪽으로 몸을 돌리지만, 거기에는 바타비아의 임시 숙소에 있던 심술궂은 여주인뿐이다. "너는 그 아이의 어머니조차 모른단 말이지?" 위니코 포르스텐보스가 이 모든 상황을 너무나 재미있어하며 반쯤 남은 거위 고기를 뜯는다. 거위가 바삭바삭 구워진 머리를 쳐들고 윈다. "그들이 급히 흐르는 물처럼 사라지게 해주시고, 겨누는 화살이 꺾인 화살이 되게 해주십시오." 거위가 대나무숲 속을, 비스듬한 대나무들 사이의 명암이 조금씩 다른 어둠을 뚫고 날아가고, 야코프도 날아서 델프트 자기 접시에 그려진 세례 요한이 쏘아보고 있는 공터에 닿는다. "동양에서 십팔 년을 보내고서 보여줄 것이 혼혈 사생아밖에 없다니!"

십팔 년이라고? 그 숫자가 야코프의 귀에 확 박힌다. 십팔……

셰넌도어호가 닻을 내린 지 불과 일 년도 안 되었는데…… 그는 생각한다.

그를 명부冥府에 묶어놓은 사슬이 잘리는 순간 야코프는 잠에서 깨어난다. 옆에 오리토가 있다.

하늘에 계신 자비로운 하느님을 찬양하라. 잠에서 깨어보니 톨 하우스다……

……그리고 모든 것이 그대로다.

오리토의 머리카락은 간밤의 정사로 헝클어져 있다.

새벽빛에 먼지가 금빛으로 빛난다. 벌레가 침을 갈고 있다.

"난 당신 것이오, 내 사랑." 야코프는 속삭이며 그녀의 화상자국에 입맞춘다……

오리토의 가느다란 손, 아름다운 손이 잠에서 깨어 그의 젖꼭지를 감싸쥔다……

괴로운 일도 많았지만 이제 당신은 여기 있어. 야코프는 생각한다. 내가 당신을 치유해주겠어.

……그의 젖꼭지를 감싸쥐고, 그의 배꼽 주위에 원을 그리고, 그의 사타구니를 쓰다듬고, 그리고……

"소멸해가는 달팽이처럼……" 오리토가 자줏빛 눈을 뜬다.

야코프는 잠에서 깨어나려 애쓰지만 목에 감긴 밧줄이 꽉 조여

온다.

"……그들을 사라지게 해주시고," 시체가 왼다. "조산한 아이처럼……"

달팽이가 네덜란드인의 몸을 뒤덮는다—침대, 방, 데지마, 온통 달팽이……

"……여인의 조산한 아이처럼 그들이 햇빛을 보지 못하게 해주십시오."

잠이 완전히 깬 야코프는 일어나 앉는다. 가슴이 심하게 두근거린다. 나는 등나무집에 있고, 어젯밤에 창녀와 잤어. 그녀는 옆에서 조용히 코를 골고 있다. 공기는 따스하고 섹스, 담배, 더러워진 침대보, 요강에서 나는 푹 삶은 양배추 냄새가 진동한다. 창세의 빛이 종이 바른 창에 밝게 비친다. 옆방에서 야한 소음과 웃음소리가 들려온다. 그는 여러 가지 죄책감을 느끼며 오리토와 우자에몬을 생각한다. 눈을 감아보지만 그들의 모습은 더욱 선명해진다. 오리토는 감금되어 수확을 당하고, 우자에몬은 난도질을 당해 죽은 모습이다. 야코프는 생각한다. 너 때문이야. 그는 눈을 뜬다. 그러나 생각에는 닫을 눈꺼풀도, 막을 귀도 없다. 야코프는 오가와 우자에몬이 가시마로 순례를 떠났다가 산도적에게 살해당했다는 고바야시 통역관의 말을 떠올린다. 에노모토 승정은 그 잔학 행위에 대한 책임을 물어 불량배 열한 명을 붙잡아 고문해 죽였지만, 고바야시는 복수를 해봤자 어차피 죽은 자가 살아 돌아올 수는 없다는 의견을 피력했다. 판클레이프 상관장은 오가와 집안의 가장에게 동인도회사 명의로 조문을 보냈지만, 통역관은 데지마로 다시는 돌아오지 못했고, 얼마 안 가 그가 죽었을 때에도 아무도 놀라지 않았다. 몇 주 후 고토 신파치가 전날 밤 동쪽 비탈에서 일어난 화재가 오가와 저택의 서재에서 시작되었다고 알렸을 때, 더주트의 마음속에서 에노모토가 오가와 우자에몬을 죽였을 것이라는 추측이 의심의 여지 없이 확고해졌다. 그날 저녁 등불 아래에서 야코프는 마룻장 밑에 숨겨두었던 층층나무 두루마리 통을 다시 꺼내 그 평생에 가장 고된 정신노동을 시작했다. 두루마리는 길지 않았다—제목과 열두 개의 조항은 삼백 자 남짓밖에 되지 않았지만, 야코프는 철저히 아무도 모르게 어휘와 문법을 익혀야만 했다. 고토 신파치가 가끔씩 야코프가 특정 단어에 대해 가볍게 던지는 질문에 답해주기는 했지만, 통역 중 누구도 외국인에게 일본어를 가르쳐주다 붙잡히는 위험을 무릅쓰려 하지 않았다. 동양의 언어에 대한 마리뉘스의 지식이 없었더라면 그 일은 불가능했을 것이다. 그러나 야코프는 친구까지 연루될까 두려워 감히 의사에게 두루마리를 보여줄 엄두는 내지 못했다. 시라누이 산사 교단의 계율을 해독하는 데 꼬박 이백 일 밤이 걸렸다. 야코프가 그 내용에 점점 더 가까이 다가갈수록 밤의 어둠은 더 깊어져갔다. 이제 번역은 끝났으나, 철저히 감시당하는 외국인이 어떻게 이것을 정의로 바꿀 수 있을까? 야코프는 생각한다. 오리토를 자유롭게 해주고 에노모토에게 정의의 심판을 내릴 실낱같은 희망이라도 잡으려면 부교처럼 힘있는 사람이 동정심을 가지고 귀기울여줘야 한다. 중국인이 미델뷔르흐에서 제일란트 공작을 부도덕과 영아 살해로 고발하려 한다면 어떻게 되겠는가? 그는 생각한다.

옆방 남자가 불쑥 내뱉는다. "오 오 하느님, 하느님!"

멜히오르 판클레이프다. 야코프는 얼굴을 붉히면서 자기 여자가 깨어나지 않기를 바란다.

이튿날 아침에 내숭이라니, 위선자의 죄로군. 그는 인정하지 않을 수 없다.

염소 내장으로 만든 콘돔이 베개 옆 종이 위에 놓여 있다.

역겨운 물건이야. 야코프는 생각한다. 그러니까 그 문제라면 내가……

야코프는 아나를 생각한다. 그들의 서약을 없던 일로 해야 한다.

그런 다정하고 정직한 여자라면 더 진실한 남편을 얻어야 마땅해. 그는 담담하게 생각한다.

그는 아나가 그녀의 아버지에게 그 소식을 알리면 아버지가 얼마나 기뻐할지 상상한다.

그녀는 벌써 한참 전에 나와 한 서약을 깨뜨렸을지도 몰라…… 그는 인정한다.

올해 바타비아에서 배가 한 척도 오지 않은 바람에 교역도, 편지도 없었다……

거리의 물장수가 아래에서 외친다. "물이요, 물, 물 있어요."

……그리고 데지마와 나가사키가 파산 상태에 빠질 위험이 점점 더 커지고 있어.

멜히오르 판클레이프가 절정에 도달한다. "<u>ㅇㅇㅇㅇㅇㅇ</u>……"

깨지 마라, 깨지 마, 제발 깨지 마라…… 야코프는 잠든 여자에게 빈다.

그녀의 이름은 쓰키나미인데, '달의 파도'라는 뜻이다. 야코프는 그녀의 수줍음이 마음에 들었다.

수줍음 또한 분과 연지로 꾸민 것일지도 모르지만. 그는 의심한다.

단둘이 되자 쓰키나미는 그의 일본어를 칭찬해주었다.

그는 그녀가 자신을 혐오스럽게 느끼지 않았기를 바란다. 그녀는 그의 눈이 '장식 같다'고 했다.

그녀는 그를 기억할 수 있도록 그의 구릿빛 머리카락을 좀 잘라 가져도 되느냐고 물었다.

절정을 지난 판클레이프가 경쟁자가 상어에게 공격당하는 모습을 보는 해적처럼 껄껄 웃는다.

오가와의 두루마리에 적힌 대로라면 이것이 오리토의 삶인가? 야코프는 몸서리를 친다.

그의 양심에서 맷돌이 돌고, 돌고, 또 돈다……

류가지 신사의 종소리가 묘시를 알린다. 야코프는 바지와 셔츠를 입고 주전자에서 물을 좀 따라 마시고 세수를 한 뒤 창문을 연다. 전망은 총독에게 어울릴 법하다. 아래로 나가사키의 풍경이 펼쳐져 있다. 계단이 있는 골목길과 위로 솟은 회갈색, 황토색, 암회색 지붕들, 방주 같은 부교쇼, 데지마, 그리고 그 너머로 지저분한 바다까지 내려다보인다……

그는 지붕에 나가보고픈 장난스러운 충동이 일어, 엉금엉금 용마루를 기어간다.

맨발에 아직 차가운 기와가 닿는다. 용마루에, 붙잡고 서 있을 수 있는 잉어 조각상이 있다.

1800년 10월 18일 토요일은 고요하고 푸르다.

찌르레기가 무리 지어 날아간다. 야코프는 동화 속 아이처럼 그 무리에 끼고 싶다.

아니면 내 동그란 눈이 유목민처럼 쭉 찢어진 모양이 되든가…… 그는 공상에 빠진다.

서쪽에서 동쪽으로 구름이 흘러가며 하늘을 가렸다 드러냈다 한다.

……내 분홍색 피부는 칙칙한 금색이 되고, 기이한 색의 머리카락은 차분한 흑색이 되고……

골목길에서 들려오는 분뇨 운반 수레 소리가 그의 공상을 방해한다.

……그리고 내 투박한 몸은 그들처럼…… 균형 잡히고 날렵한 몸이 되고.

적갈색 말 여덟 마리가 큰길을 따라 줄줄이 지나간다. 말발굽소리가 울려퍼진다.

두건을 쓰고 거리를 달려간다면 어디까지 갈 수 있을까? 야코프는 생각한다.

……계단식 논 사이로, 굽이굽이 산속으로.

교가 번까지는 못 갈 거야. 야코프는 생각한다. 누군가가 여닫이창에서 더듬거린다.

그는 걱정 많은 관리에게 안으로 들어오라는 명령을 들을 준비를 한다.

벌거벗은 털북숭이 판클레이프가 이를 번득인다. "용맹한 더주트 경은 어젯밤에 황금 양털을 찾았나?"

"그게……" 내 주제에 무슨. 야코프는 생각한다. "그게 그렇죠, 뭐."

"오, 칼뱅 신부 말씀을 잘 들어보게." 판클레이프는 바지를 입고 엄지손가락에 큰 병을 걸어 쥐고 창밖으로 나와 야코프 곁으로 기어온다. 야코프는 그가 취한 것도, 그렇다고 완전히 말짱한 맨정신도 아니기를 바란다. "우리 성스러운 아버지께서 아버지의 형상대로 우리 모두를, 인간을 만드셨지. 밑에 달린 도구도 포함해서 말이야. 내 말이 거짓인가?"

"신이 우리를 만드셨지요, 예, 맞습니다. 하지만 성서에서 분명히……"

"아, 적법한 혼인, 그래, 그래, 유럽에서는 좋지만 여기에서는"—판클레이프는 지휘자처럼 나가사키를 손짓으로 가리킨다—"즉흥연주를 해야 해! 금욕은 채식주의자를 위한 거지. 자네 감자를 무시해보게나—의학적인 사실을 인용하는 거야—그러면 그게 쪼그라들어 떨어져서 언젠가……"

"그건 의학적 사실이 아닙니다." 야코프는 살짝 웃는다.

"……불알도 없는 발헤런섬의 탕자에게 어떤 미래가 있을까?" 판클레이프가 병에 든 술을 꿀꺽꿀꺽 마시고 팔뚝으로 턱수염을 훔친다. "독신으로 살다가 자식도 없이 죽는다면! 변호사가 자네 재산을 가지고 교수대에 몰려든 까마귀처럼 잔치를 벌이겠지! 이 근사한 집은," 그가 용마루 기와를 손으로 철썩 친다. "죄악의 소굴이 아니라 훗날의 수확에 양분을 주는 온천일세—자네 마리뉘스가 우리한테 쓰라고 권한 장화 썼나? 아, 내가 지금 누구한테 이야기를 하고 있는 건데? 자네야 당연히 썼겠지."

판클레이프의 여자가 자기 방 안쪽에서 그들을 지켜보고 있다.

야코프는 오리토의 눈이 궁금해진다.

"바깥에서는 작고 예쁜 나비인데……" 판클레이프가 크게 한숨을 내쉬자 야코프는 그의 상관이 생각했던 것보다 더 취한 게 아닌가 겁이 난다—떨어지면 목이 부러질 수도 있다. "……하지만 벗겨보면 다 똑같이 실망스러워. 저애 잘못이 아니지. 그건 글로리아 탓이야. 내 목에 매달린 앨버트로스…… 하지만 아직 실연당해본 적도 없는 자네가 왜 그런 얘기가 듣고 싶겠나?" 상관장은 하늘을 올려다본다. 산들바람이 세상을 가볍게 흔든다. "글로리아는 내 숙모였어. 나는 바타비아 태생이지만 암스테르담으로 보내져 신사가 익혀야 할 교양을 배웠지. 피그 라틴*을 지껄이는 법, 공작처럼 춤추는 법, 카드놀이에서 속임수 쓰는 법 말이야. 스물두 살 생일 파티가 끝나고 나는 테오 숙부와 함께 자바로 되돌아갔지. 테오 숙부는 총독님이 날조한 연간 보고서를 동인도회사 본사에 전하려고 네덜란드에 온 참이었거든. 그 시절에 판클레이프 집안은 연줄이 좋았어. 뇌물을 쓰고 결혼도 네댓 번씩 했지. 숙부의 모토는 '인종이 전부다'였어. 숙부는 자바 하녀들한테서 아이를 여섯 두었지만 한 명도 인정하지 않았고, 신께서 따로 창조하신 인종들을 한 돼지우리에 섞어놓아서는 안 된다고 엄중한 경고를 했어."

야코프는 꿈속의 아들을 떠올린다. 중국 정크선의 돛이 부풀어 오른다.

"테오 숙부는 자기의 적법한 상속자들은 '남부끄럽지 않은' 어머니를 가져야 한다고 공언했지. 프로테스탄트 유럽의 흰 피부에 장밋빛 뺨을 가진 꽃이라야 한다고. 바타비아 태생 신부의 가계도에는 겅중대며 뛰어다니는 오랑우탄뿐이니까. 아아, 하지만 숙부의

* 어린이들 말장난의 일종으로, 단어의 맨 앞 자음을 맨 뒤로 보내고 그 뒤에 ay를 덧붙인다.

전처들은 모두 자바에 온 지 몇 달 만에 수명이 다했어. 자네도 알다시피 공기가 안 맞았던 거지. 하지만 숙부는 매력적인 개였어, 부유하고 매력 있는 개. 하, 엥크하위전호의 내 선실과 숙부의 선실 사이에 제일 최근 맞이한 테오 판클레이프 부인의 숙소가 있었지. '글로리아 숙모'는 나보다 네 살이 어렸고 그녀의 자랑스러운 신랑 나이의 3분의 1밖에 안 되었어……"

아래에서 쌀장수가 그날 장사를 위해 가게문을 연다.

"갓 피어난 그녀의 아름다움을 무슨 말로 묘사하겠나? 엥크하위전호의 구레나룻을 기른 식민지 관리를 낚은 여자 중 누구와도 비할 수 없었어. 우리가 브르타뉴를 다 돌기도 전에 모든 신랑감 후보가—그리고 많은 부적격 후보까지도—글로리아 숙모에게 그녀의 새신랑이 바랐던 것 이상으로 많은 관심을 보냈지. 내 얇은 선실 벽 너머로 숙부가 숙모에게 X의 시선을 받지 말라느니 Y의 실없는 농담에 웃어주지 말라느니 경고하는 소리가 들려오곤 했지. 숙모는 늘 '예, 알겠어요'라고 암사슴처럼 유순하게 대답하고 숙부에게 혼인의 의무를 이행하게 했어. 더주트, 내 상상력은 들여다볼 구멍이 필요 없을 정도였네! 나중에 테오 숙부가 자기 선실로 돌아가면 글로리아는 아주 가늘게, 아주 조용히, 나 말고는 아무에게도 들리지 않을 정도로 흐느껴 울곤 했지. 물론 그 결혼은 숙모의 의사에 따른 결혼이 아니었어. 숙부는 숙모에게 친정에서 하녀를 딱 한 명만 데려오도록 허락해주었는데, 하녀의 이름은 아혀였지. 2등 선실 요금이면 바타비아 노예시장에서 하녀를 다섯은 살 수 있으니까. 꼭 기억해두게. 글로리아는 싱겔 운하 너머로는 거의 가본 적도 없었어. 그녀에게 자바는 달만큼이나 먼 곳이었지. 게다가, 사실 암스테르담에서는 적어도 달이 보이기나 하지. 아침이 되면 나는 숙모에게 다정하게 대해주었어……"

정원에서 여자들이 노간주나무에 빨래를 넌다.

"엥크하위전호는 대서양에서 심하게 손상을 입었어." 판클레이프는 마지막 남은 맥주 방울을 혀로 핥는다. "그래서 선장은 수리를 위해 희망봉에서 한 달만 머물기로 했어. 글로리아를 뭇사람들의 시선으로부터 지키기 위해 테오 숙부는 라이언스헤드와 시그널힐 사이, 케이프타운 위쪽에 위치한 덴오터르 자매의 빌라에 방을 얻었지. 비 오는 날이면 6마일의 길이 진창이 되었고 갠 날이면 발굽이 뒤틀릴 정도였지. 아주 옛날에 덴오터르 집안은 식민지에서 제일 좋은 집안 중 하나였지만, 1770년대 말쯤에는 한때 날렸던 빌라의 치장 벽토는 떨어져나가고, 과수원은 원래의 아프리카 상태로 되돌아가고, 이삼십 명에 이르던 고용인은 식모 한 명, 요리사 한 명, 혹사당하는 하녀 한 명과 '보이'로 불리던 머리가 허옇게 센 흑인 정원사 두 명만 남았어. 자매는 마차도 없어서 인근 농장에서 랜도 마차를 불렀어. 그들은 입만 벌렸다 하면 '우리 아빠가 살아계실 적에는' 아니면 '스웨덴 대사가 찾아오던 시절에는' 하고 말을 시작했지. 죽어버린 곳 같았어, 더주트, 죽어버린 곳! 하지만 젊은 판클레이프 부인은 남편이 무슨 말을 듣고 싶어하는지 잘 알았기에 그 빌라가 호젓하고 안전하며 멋진 고딕풍이라고 했지. 덴오터르 자매는 '지혜와 유익한 이야기의 보고'였고. 우리 여주인들은 글로리아의 아침에 무방비 상태가 되었어. 글로리아의 활기찬 모습에 테오 숙부는 기뻐했지. 그녀의 영리함…… 사랑스러움…… 그녀는 나를 무너뜨렸네, 더주트. 글로리아는 사랑이었어. 사랑이

바로 글로리아였고."

작은 소녀가 말라빠진 개구리처럼 감나무 주변을 깡충깡충 뛰어다닌다.

그간 아이들을 못 보았군. 야코프는 생각하며 데지마로 눈길을 돌린다.

"빌라에서 지낸 첫 주에, 흐드러지게 핀 자주군자란 관목숲에서 글로리아가 나를 보더니 숙부에게 가서 나와 희롱했다고 말하라고 했네. 당연히 나는 잘못 들었다고 생각했지. 그녀는 반복해서 지시를 내렸어. '네가 내 벗이라면, 멜히오르, 이 황무지에는 내게 달리 아무도 없으니 제발 너라도 내 벗이기를 신께 바라지만, 남편에게 가서 내가 '부적절한 감정'을 고백했다고 말해줘! 그 말 그대로 옮겨줘. 그게 네가 쓸 법한 말이니까." 나는 그녀의 명예를 더럽히거나 그녀가 매를 맞을 위험에 처하게 할 수는 없다고 항의했지. 그녀는 내가 부탁한 대로 하지 않거나 혹은 이 대화를 숙부에게 옮기면 그때야말로 자기가 매를 맞을 거라고 했어. 관목숲에 햇살이 오렌지빛으로 빛나는데, 그녀가 내 손을 꼭 잡고 말했어. '나를 위해서 그렇게 좀 해줘, 멜히오르.' 그래서 숙부에게 갔지."

등나무집 굴뚝에서 연기가 피어오른다.

"내 거짓 증언을 들은 테오 숙부는 항해로 신경증이 왔으리라는 내 너그러운 진단에 동의했지. 나는 빌라에서 글로리아에게 무슨 일이 닥칠지 염려하면서 혼란스러운 마음으로 가파른 절벽을 따라 산책을 나갔어. 하지만 점심식사 때 테오 숙부는 가족과 순종, 신의에 대해 일장 연설을 했지. 기도가 끝나고 숙부는 기독교인의 미덕을 갖춘 아내와 조카를 보내주신 데 대해 신께 감사드렸어. 텐오터르 자매가 브랜디잔을 스푼으로 두드리고 말했지. '들어요, 들으라고!' 테오 숙부는 나에게 기니 금화가 든 주머니를 주면서 '두 바다 여관'으로 가서 이삼일 실컷 즐기고 오라 했지……"

아래에서 한 남자가 매음굴의 옆문으로 나간다. 저 남자가 나다. 야코프는 생각한다.

"……하지만 글로리아에게서 떨어져 있느니 뼈가 부러지는 편이 나았어. 나는 숙부에게 기니 금화를 거둬달라고 간청하고 내가 그 주머니를 다시 채우도록 격려하는 의미에서 빈 주머니만 가지고 있겠다고 했지. 어림하기에 1만 기니도 넘어 보였어. 나는 케이프타운의 모든 장식과 보석을 갖기보다 숙부 곁에 한 시간 있기를 더 원하니 시간이 허락하면 체스 게임이라도 한판 하자고 말했어. 숙부는 아무 말이 없었어. 내가 쓸데없는 소리를 너무 길게 했나 겁이 났지. 하지만 숙부는 대개 젊은이는 제 아비가 힘들게 번 재산을 방탕하게 써버리는 것을 당연한 권리로 알고 멋이나 부리고 다니는데, 하늘이 자신에게 조카만큼은 예외적인 인물을 보내주셨다고 말했지. 숙부는 기독교 세계에서 가장 훌륭한 조카를 위해 건배했어. 부부의 정절에 대한 자신의 서투른 시험을 감추는 것도 잊은 채 '진실한 어린 아내'를 위해서도 건배했고. 숙부는 글로리아에게 장래의 아들을 기를 때 내 모습을 염두에 두라고 했지. 그의 진실한 어린 아내는 대답했어. '우리 아들은 조카의 모습 그대로일 거예요, 여보.' 테오 숙부와 나는 체스를 두었고, 머리를 굴려 그 바보가 내 허를 찌르게 놔두었지."

벌 한 마리가 야코프의 얼굴 주위를 맴돌다 가버린다.

"글로리아와 나의 충절이 입증되자 숙부는 혼자 케이프타운 사

교계에 마음껏 드나들어도 좋겠다고 느꼈지. 그러느라 거의 하루 종일 빌라를 비웠고 가끔은 시내에서 자고 오기도 했어. 나한테는 서재에서 문서를 베껴쓰는 일을 맡겼어. 숙부는 말했지. '너도 함께 가자고 하고 싶지만, 이 근방의 깜둥이들이 빌라에 화승총을 쏠 줄 아는 백인 남자가 있다는 것을 알아야 하니까.' 글로리아는 책, 일기, 정원, 자매의 '유익한 이야기'와 함께 홀로 남겨졌지. 자매의 이야기는 점심식사 때 마신 브랜디에 취해 바닥없는 낮잠에 빠져드는 오후 세시가 되어야 마르는 샘이었어……"

판클레이프의 병이 기와 위를 구르다가 등나무 골조 너머로 떨어져 마당에서 깨진다. "숙부의 부부 침실은 서재가 위치한 창이 없는 복도 끝에 있었어. 인정하건대, 그날 오후는 평소보다 서신에 집중하기가 힘들었지…… 내 기억으로 서재 시계는 소리가 나지 않았어. 어쩌면 멈추었던 건지도 몰라. 찌르레기가 정신병원의 합창대처럼 미친듯이 지저귀고, 열쇠 돌아가는 소리가 들려…… 누군가가 기다리고 있을 때의 그 의미심장한 침묵이라니. 그리고 저쪽 끝에서 그녀의 그림자가 보이지. 그녀는……" 판클레이프는 햇볕에 탄 얼굴을 문지른다. "……나는 아혀한테 들킬까 두려웠어. 그러자 그녀가 말했지. '몰랐어요? 아혀는 옆 농장의 맏아들과 연애중이에요.' 그녀에게 사랑한다고 말하는 것이야말로 세상에서 가장 자연스러운 일이지. 그녀는 나에게 키스하고는, 숙부가 나이고 그의 것은 나의 것이라고 상상하면서 겨우 숙부를 견뎌낸다고 말하지. 내가 물어. '아이가 생기면 어쩌려고?' 그러자 그녀가 말하지, 쉬잇……"

갈색 개가 갈색 거리를 달려간다.

"우리의 불행의 숫자는 4였어. 글로리아와 내가 네번째 잠자리를 갖던 날, 테오 숙부의 말이 케이프타운으로 가던 길에 그를 패대기쳤지. 그가 빌라로 걸어서 돌아왔기 때문에 우리는 그의 말이 내는 소리를 듣지 못했어. 나는 실오라기 하나 걸치지 않고 글로리아 속에 깊이 들어가 있었지. 문득 정신을 차려보니 여전히 벌거벗은 채이기는 한데 숙부가 나에게 집어던져 깨진 거울 조각들 속에 누워 있지 뭐야. 그는 내 목을 부러뜨려 들짐승에게 내 시체를 던져주겠다고 했어. 내게 마을로 가서 자기 대리인에게 50길더를 받으라고, 그리고 엥크하위전호가 바타비아로 떠날 때는 너무 아파서 승선하지 못한 것으로 하라고 했어. 마지막으로 그는 내가 자기 아내인 그 창녀 몸속에 뭘 넣었건 숟가락으로 파내버리겠다고 맹세했지. 부끄럽게도—아니면 그렇지도 않았는지 나도 모르겠군—나는 글로리아에게 작별인사도 못하고 떠났지." 판클레이프는 턱수염을 쓰다듬는다. "이 주 후 나는 엥크하위전호가 떠나는 것을 보았지. 오 주 후에는 구더기가 들끓는 쌍돛대 범선 하위스 마르크베터호에 올랐어. 그 배의 수로 안내인은 죽은 혼령과 대화를 하고 선장은 배의 개조차 반란을 모의하고 있다고 의심했어. 흠, 자네도 인도양을 건너봤으니 길게 설명하지 않겠네. 끝이 없고, 불길하고, 흑요석 같고, 엄청나게 크고, 단조로운 바다…… 칠 주가 지나 우리는 수로 안내인이나 선장 덕분이라기보다는 신의 은총으로 바타비아에 닻을 내렸어. 나는 냄새나는 운하를 따라 걸으며 아버지의 매질, 엥크하위전호를 타고 얼마 전 도착했을 테오 숙부와의 결투, 상속권 박탈에 대비해 마음을 단단히 먹었지. 낯익은 얼굴은 하나도 보이지 않았고 아무도 나를 보지 않았어—십

년은 긴 시간이지. 나는 소년 시절을 보낸 집의 낡은 문을 두드렸어. 이제는 호두처럼 주름이 쪼글쪼글해진 늙은 유모가 문을 열고 비명을 질렀지. 어머니가 부엌에서 허둥지둥 뛰어나오시던 기억이 나는군. 어머니는 난을 꽂은 꽃병을 들고 계셨어. 다음 순간 꽃병이 바닥에 떨어져 박살이 났고 어머니는 벽으로 쓰러지셨어. 나는 테오 숙부가 나를 환영받지 못할 인간으로 만들었구나 생각했어…… 하지만 곧 어머니가 상중이라는 사실을 알아차렸어. 나는 아버지께서 돌아가셨느냐고 물었지. 그러자 어머니가 대답하셨다네. '네 상이란다, 멜히오르. 네가 물에 빠져 죽었다고 해서.' 눈물의 포옹이 이어지고, 나는 엥크하위전호가 밝고도 야만스러운 바다에서 암초에 걸려 순다해협에서 불과 1마일 떨어진 곳에서 난파해 모두 죽었다는 것을 알았지……"

"저런, 유감입니다, 상관장님." 야코프가 말한다.

"가장 행복한 결말을 맞은 이는 아혀였어. 그녀는 농부의 아들과 결혼했고, 지금은 소 삼천 마리를 가지고 있지. 케이프에 갈 때마다 들러서 칭찬을 해줘야겠다 마음먹지만 한 번도 그러지 못했어."

흥분한 고함소리가 근처에서 울린다. 그들 두 외국인이 근처 건물에서 일하던 목수 무리의 눈에 띈 것이다. "가이진* 사마!" 한 사람이 얼굴 가득 웃음을 띠고 외친다. 그는 자를 들고 동료들을 배가 아프도록 웃긴다. "뭐라는지 잘 모르겠군." 판클레이프가 말한다.

"저 사람이 상관장님의 남성 길이를 재주겠다고 나섰습니다."

"오? 저놈한테 저런 자가 세 개는 있어야 한다고 말해주게."

* '외국인'이라는 뜻.

야코프는 만이 좁아지는 곳에서 펄럭이는 붉은색과 흰색, 파란색으로 된 깃발을 본다.

아니야, 수석 사무원은 생각한다. 저건 신기루야…… 아니면 중국 정크선이든가, 아니면……

“왜 그러나, 더주트? 바지에 똥이라도 싼 것 같은 얼굴이군.”

“상관장님, 만에 상선이 들어오고 있습니다…… 아니 군함인가?”

“군함? 누가 군함을 보낸단 말인가? 누구의 기인가?”

“우리 것입니다.” 야코프는 용마루를 꽉 잡고 눈이 원시인 것을 다행으로 여긴다. “네덜란드 깃발입니다.”

XXX
나가사키, 부교쇼의 잔국실殘菊室

구월 초이틀

교가 번의 영주 에노모토 승정이 바둑판에 백돌 한 개를 놓는다.

시로야마 부교가 들여다본다. 북쪽 측면과……

가느다란 단풍나무 그림자가 금색의 비자나무 판에 줄무늬를 그린다.

동쪽 집 사이의 중간 기착지인가…… 아니면 견제공격인가? 둘 다인가……

시로야마는 자신이 우위에 있다고 믿었지만 점점 밀리고 있었다.

나의 불리한 형세를 뒤집을 숨겨진 길이 어디에 있을까? 그는 곰곰이 생각한다.

에노모토가 말한다. "우리가 궁핍한 시대에 살고 있다는 사실은 아무도 부인할 수 없을 겁니다."

당신의 시대가 궁핍하다는 건 누구나 부인할 수 있지. 시로야마는 생각한다.

"아소 지방의 어느 세력 없는 다이묘가 제 도움을 청했는데……"

그래, 그래, 부교가 생각한다. 당신의 신중함이야 흠잡을 데가 없지……

"……조부 시대에 '빚'이라 부르던 것을 요즘은 '신용거래'라 부른다고 하더군요."

시로야마는 흑돌로 북남쪽 집을 넓힌다. "빚을 더는 갚지 않아도 된다는 뜻인가요?"

에노모토는 예의바른 미소를 띠며 자단목 바둑돌 통에서 다음 돌을 집는다. "부채 상환은 여전히 성가시지만 피할 수 없는 일입니다. 하지만 아소의 다이묘 경우는 중요한 사실을 보여주지요. 그는 이 년 전 여기 누마한테서 상당한 액수를 빌렸습니다." 승정의 총애를 받는 대금업자 중 한 명인 누마가 구석에서 절을 한다. "습지에서 물을 빼려고요. 올해 칠월에 그 지역의 소규모 자작농들이 그 땅에서 처음으로 쌀을 수확했습니다. 그래서 에도에서 지급되는 봉록이 지체되고 줄어가는 시기에도 누마의 고객은 잘 먹고, 감사해하는 농부들 덕분에 창고를 불렸습니다. 누마와의 거래도 완전히 정리가 될 것이고요…… 그게 언제지?"

누마가 다시 절을 한다. "예정보다 이 년 빨라질 것 같습니다, 승정님."

"바로 그 다이묘의 고매하신 이웃이 다시는 아무한테도 쌀 한 톨 빚지지 않겠다고 맹세를 했으면서 원로회의에 전에 없이 필사적으로 애걸하는 편지를 보내고 있습니다……" 에노모토가 두 동쪽 집 사이에 돌을 놓는다. "……원로회의의 하인들은 편지를 불쏘시개로 쓰고 있고요. 신용거래는 부의 씨앗입니다. 유럽에서 가장 훌륭한 석학들이 신용거래와 돈에 대해 연구하고 있습니다." 에노모토는 외국어 표현을 사용한다. "그들이 '정치경제학'이라고 부르는 학문이지요."

그건 유럽인에 대한 나의 견해를 더 확실히 해줄 뿐이야. 시로야마는 생각한다.

"학술원의 한 젊은 친구가 주목할 만한 책인 『국부론』을 번역하고 있었습니다. 제 생각에 그의 죽음은 우리 학자들에게뿐만 아니라 일본 전체에도 비극이었습니다."

"오가와 우자에몬 말입니까?" 시로야마가 기억해낸다. "가슴 아픈 일이지요."

"그가 아리아케 해안 길을 지난다고 저에게 알려주기만 했더라면 교가 번을 통과하는 동안 호위를 붙여주었을 겁니다. 하지만 그 겸손한 젊은이는 병든 아버지를 위한 순례길에서 안락함을 피하고 싶어했지요……" 에노모토는 자기 생명선을 엄지손가락으로 쓰다듬는다. 부교는 이미 여러 사람에게서 그 이야기를 들었지만 끼어들지 않는다. "제 수하들이 그런 짓을 한 도적떼를 찾아냈습니다. 저는 죄를 자백한 자를 참수하고 나머지는 늑대와 까마귀가 할일을 마칠 때까지 쇠꼬챙이로 발을 꿰어 매달아놓았습니다. 그런데," 그가 한숨을 내쉰다. "오가와의 가장은 상속자를 새로 정하기도 전에 돌아가셨습니다."

"가문이 끊어지는 것은 끔찍한 일이지요." 시로야마가 동의한다.

"방계의 사촌 하나가 그 집을 다시 짓고 있지만—제가 기부를 좀 했지요—그는 평범한 칼장수입니다. 데지마에서 오가와라는 이름은 영영 사라져버렸습니다."

시로야마는 달리 더할 말이 없지만 화제를 바꾸는 것도 무례한 일이다.

장지문을 열자 툇마루가 보인다. 남쪽에 밝은 구름이 떠 있다.

구릉지 너머 불타는 들판에서 연기가 피어오른다.

누구는 여기 있고 누구는 가버렸군. 시로야마는 생각한다. 진부한 이야기도 그냥 넘겨버릴 수가 없구나.

바둑이 재개된다. 풀먹인 비단 소매가 바스락 소리를 낸다. 에노모토가 말한다. "부교의 바둑 실력을 추어올리는 것이 관례이긴 합니다만, 부교님은 정말로 지난 오 년간 제가 접해본 분 중에서 최고이십니다. 혼인보 유파의 힘을 알겠습니다."

"제 아버지는"—부교의 눈에 에노모토의 대금업자를 노려보는 노인의 유령이 보인다—"혼인보 유파에서 두번째 자리까지 올라가셨지요. 저도 시간이 허락하는 한 노력하고 있지만……" 시로야마는 에노모토의 외따로 놓인 돌을 공격한다. "……자질이 부족한 문하생일 뿐입니다." 그는 찻주전자를 들지만 비어 있다. 그가 손뼉을 한 번 치자 도미네 대신이 직접 나타난다. "차를 좀." 부교가 말한다. 도미네가 몸을 돌려 손뼉을 치자 다른 하인이 미끄러지듯 탁자로 다가와 소리도 없이 쟁반을 들고 문가에서 절하고 사라진다. 부교는 쟁반이 하인용 사다리를 내려가 제일 안쪽 부엌에 있는 이가 다 빠진 노파에게로 전달되고, 노파가 완벽하게 불을 피우고 물을 데워 완벽한 찻잎에 붓는 광경을 그려본다.

도미네 대신은 물러가지 않는다. 이것은 그의 말없는 항의다.

"도미네, 이곳은 토지 경계 분쟁을 하는 땅주인, 탈선한 조카에게 줄 자리가 필요한 관리, 이혼하게 해달라고 애걸하는 멍든 아내로 들끓는다네. 그들 모두가 돈과 딸을 바치겠다고 한목소리로 탄원하며 덤벼들지. '제발 대신님, 저 대신 부교님께 말 좀 해주십시오.'"

도미네는 쭈그러든 코로 어색하게 흠흠 소리를 낸다.

부교는 저 머리 여럿 달린 탄원자들의 노예야. 시로야마는 생각한다.

그가 도미네에게 말한다. "금붕어를 잘 지켜보다가 잠시 후에 가져오게."

신중한 대신이 안뜰로 물러간다.

"이건 불공정한 판이군요." 에노모토가 말한다. "직무로 집중을 하실 수가 없으니."

옥색과 잿빛이 섞인 잠자리가 바둑판 끝에 앉는다.

부교가 대답한다. "고위직은 온갖 것으로 집중을 방해받지요." 그는 승정이 곤충과 작은 생물의 기를 손바닥으로 앗아갈 수 있다고 들은 적이 있어서 한번 보고 싶은 마음이 들지만 잠자리는 벌써 날아가버렸다. "에노모토 승정님도 번을 다스려야 하고, 신사를 유지해야 하고, 학자로서의 관심사도 있고……" 상업적인 관심사도 있다고 하면 모욕이 될 것이다. "……그 밖에 다른 문제도 많지 않습니까."

"확실히 저도 하루하루가 한가하지는 않습니다." 에노모토가 바둑판 한가운데에 돌을 놓는다. "하지만 시라누이 산사 덕분에 활력을 되찾을 수 있지요."

가을바람이 보이지 않는 옷자락을 끌며 지나간다.

무심히 나온 그 말이 부교를 다시 한번 일깨운다. 나에게는 당신이 총애하는 아이바가와 집안의 딸을 내 신사의 비구니로 만들 수 있는 힘이 있지요. 당신도 어쩔 수 없을 거요.

시로야마는 지금과 앞으로의 바둑 판세에만 정신을 집중하려 애쓴다.

시로야마의 아버지는 그에게 이렇게 가르쳤다. 한때는 귀족과 사무라이가 일본을 지배했지만……

무릎을 꿇은 하인이 문을 열고 절을 한 뒤 쟁반을 들여놓는다.

……지금 일본을 지배하는 것은 기만과 탐욕, 부패와 정욕이다.

하인은 새 잔 두 개와 찻주전자를 가져온다.

"승정님, 차 더 드시겠습니까?" 시로야마가 묻는다.

"제가 가져온 것을 마셔도 양해해주셨으면 합니다." 그가 대답한다.

"승정님의……" 뭐라고 요령껏 말해야 좋을까? "……언행을 조심하는 태도는 이제 놀랍지도 않습니다."

에노모토의 남색 옷을 입은 수행원이 벌써 다가와 있다. 머리를 민 젊은이가 호리병 마개를 뽑아 주인 곁에 놓는다.

"승정님을 초대한 사람이……" 다시 한번 부교는 적당한 말을 찾는다.

"저를 독살하려 한다고 그를 암묵적으로 비난하는 거라며 화를 낸 적이 있느냐고요? 예, 가끔 있는 일입니다. 하지만 제 적의 하인이었던 여자가 미야코의 어느 유명한 집안의 저택에 일자리를 얻었던 이야기로 그를 진정시킵니다. 그 여자는 제가 그 집에 다시 방문할 때까지 이 년 동안 믿음직한 하녀로 일했습니다. 제 밥에 냄새가 없는 독을 몇 알갱이 넣었지요. 우리 교단의 의사인 스자쿠 스님이 해독제를 처방하지 않았더라면 저는 죽었을 것이고 제 친구의 가족은 수모를 겪었을 겁니다."

"양심도 없는 적을 두셨군요, 승정님."

그는 호리병의 목을 입가로 가져가 고개를 기울여 마신다. 그러고는 입술을 닦으며 말한다. "적은 잘라놓은 무화과에 꾀는 말벌처럼 권력에 모여든답니다."

시로야마는 귀퉁이에 돌을 놓아서 에노모토의 외따로 놓인 돌을 위협한다.

약한 지진이 일어나고 돌들이 흔들린다. 돌들이 흐릿해지면서 웅웅거린다.

……그러나 자리에서 이탈하지는 않고 흔들림은 지나간다.

에노모토가 말한다. "다시 한번 천박하게 누마 얘기를 꺼내서 죄송합니다만, 쇼군의 부교가 직무에 어려움을 겪는 것을 그냥 두자니 양심에 걸려서요. 우선 누마와 신용거래를 얼마쯤 하시면 도움이 될까요?"

시로야마는 속이 쓰려옴을 느낀다. "한…… 2만쯤?"

"2만 료*? 물론이지요." 에노모토는 눈도 깜박이지 않는다. "절반은 이틀 밤 후 나가사키 창고에 넣고, 절반은 시월 말까지 에도 자택으로 보내드릴 수 있습니다. 그 정도면 만족스러우시겠습니까?"

시로야마는 바둑판으로 시선을 돌린다. "예." 그는 덧붙이지 않을 수 없다. "보증 문제가 있습니다."

에노모토가 장담한다. "이렇게 고명하신 이름에는 그런 불명예스러운 것이 본래 필요 없지만……"

그 이름의 주인이 생각한다. 내 고명하신 이름은 나에게 값비싼 의무만을 안겨주고 있지.

---

* 메이지유신 이전 일본에서 쓰이던 금화.

"다음번에 네덜란드 배가 들어오면 데지마에서 솟아오른 돈이 나가사키로 다시 흘러들어올 테고, 그 돈의 가장 커다란 지류가 부교쇼의 금고를 채울 것입니다. 보증을 서드리게 되어 개인적으로 영광입니다."

에도의 내 집을 입에 올린 정도는 가벼운 협박이지. 시로야마는 생각한다.

누마가 다시 절을 한다. "이자는 삼 년간 해마다 전체 금액의 4분의 1을 주시면 됩니다."

시로야마는 대금업자를 차마 볼 수가 없다. "알겠네."

"훌륭하십니다." 승정이 호리병에 든 차를 마신다. "우리 부교님께서는 바쁘시네, 누마."

대금업자가 문까지 내내 머리를 조아리고 가다가 문에 부딪히고는 사라진다.

"용서하십시오……" 에노모토가 다음 돌로 북남쪽 벽을 강화한다. "……부교쇼의 신성한 처소에 저런 것을 들인 것을요. 이제 대부에 필요한 서류를 준비해야 하지만 내일 전해드려도 되겠지요."

"용서라니요. 승정님께서…… 딱 적절한 때에 도움을…… 주셨습니다."

절제된 표현이지. 시로야마는 인정하고 바둑판을 들여다본다. 집안 하인들에게 급료를 절반밖에 주지 못해 이제 다 도망갈 판이지, 딸들은 지참금이 필요하지, 에도 저택 지붕은 비가 새고 담은 허물어져내리지. 하지만 에도의 권속이 서른 명 아래로 내려가면 틀림없이 내 가난을 놓고 농지거리가 시작될 거야…… 그 농담이 다른 빚쟁이 귀에까지 들어가면…… 그의 아버지의 유령이 부끄러운 줄 알아! 하고 쉿소리로 외칠지도 모른다. 그의 아버지는 팔 수 있는 땅을 물려주었지만, 이제 시로야마에게는 나가사키 부교라는 값비싼 계급과 지위 말고는 아무것도 남지 않았다. 한때 교역항은 은광이었지만, 최근 들어서는 교역이 제대로 이루어지지 않았다. 그럴 동안에도 뇌물과 급료는 주어야 한다. 시로야마는 공상에 잠긴다. 인간이 가면 뒤의 가면 뒤의 가면이 아니기만 해도. 이 세상이 선과 교차점으로 이루어진 깔끔한 바둑판 같기만 해도. 시간이 불이행과 실책의 혼돈이 아니라, 숙고한 일련의 수이기만 해도.

그는 퍼뜩 생각한다. 어째서 도미네는 돌아오지 않는 걸까?

시로야마는 부교쇼 내부 기류의 변화를 감지한다.

들릴 정도는 아니지만…… 들린다. 아주 나지막하게 웅성거리는 소리다.

발소리가 급하게 복도를 달려온다. 밖에서 숨가쁘게 속삭임을 주고받는다.

도미네 대신이 기쁨에 넘쳐서 들어온다. "배가 보입니다!"

"배야 늘 오고 가는 법이지—네덜란드 배인가?"

"예, 분명히 네덜란드 깃발을 휘날리고 있습니다."

"하지만……" 구월에 도착하는 배가 있다는 소식은 듣지 못했는데. "자네가……"

나가사키의 모든 신사에서 감사의 뜻으로 종을 울리기 시작한다.

"나가사키는 전혀 의심하지 않는군요." 승정이 말한다.

설탕, 백단유, 소모사, 가오리가죽, 납, 면…… 시로야마는 생각한다.

상업의 냄비가 부글부글 끓어오를 것이고 가장 긴 국자는 그의 것이다.

네덜란드인에게 부과할 세금, 상관장로부터의 '선물', '애국적인' 환율……

에노모토가 묻는다. "제가 제일 먼저 축하를 드려도 되겠습니까?"

내가 제 그물을 빠져나가 실망했을 텐데 잘도 감추는군. 시로야마는 몇 주 만에 처음으로 제대로 숨을 쉬는 기분을 느끼며 생각한다. "감사합니다, 승정님."

"누마에게는 더이상 부교쇼에 얼씬도 하지 말라고 일러두겠습니다."

시로야마는 감히 이렇게 믿어본다. 나의 형세가 일시적으로 불리하긴 했지만 이제 역전됐어.

XXXI
영국 군함 포이보스호의 선수루 난간

✧

1800년 10월 18일 열시 정각

"네덜란드 상관이 보이는군." 펜핼리건이 망원경의 초점을 맞추며 영국마일로 2마일 정도 거리라 가늠한다. "창고와 망루도. 그러니 저들도 우리가 온 것을 알았을 거야…… 정크선 이삼십 척이 정박해 있고, 중국 상관과…… 낚싯배…… 커다란 지붕도 좀 보이고…… 하지만 짐을 잔뜩 실은 네덜란드 동인도회사 교역선이 정박해 있어야 할 곳엔 푸른 바닷물뿐이군. 내가 잘못 본 거라 말해주게, 호벨."

호벨이 자기 망원경으로 만을 살펴본다. "그렇게 말씀드릴 수 있었으면 좋겠습니다, 함장님."

커틀립 소령이 욕설을 내뱉는 대신 잇새로 휘파람을 분다.

"렌 중위, 클로벌리의 유명한 눈은 우리가 보지 못하는 것까지 볼 수 있을까?"

렌의 질문이 앞돛대로 전해진다. "동인도회사 교역선이 보이나?"

답이 렌에게 전해지자 그가 복창한다. "동인도회사 교역선은 보이지 않는답니다."

그렇다면 네덜란드인한테서 빼앗을 것도 없다는 얘기다. 펜핼리건은 나쁜 소식이 삽시간에 돛대 꼭대기에서 최하갑판까지 퍼져나가는 동안 망원경을 내린다. 아래쪽 포열갑판에서 리버풀 출신 선원이 귀먹은 동료에게 큰 소리로 나쁜 소식을 전해준다. "망할 배가 한 척도 없대, 데이비. 망할 배가 없다는 건 망할 전리품도 없다는 얘기이고, 망할 전리품이 없다는 말인즉슨 망할 해군에게 붙잡혀 왔을 때처럼 땡전 한푼 없는 빈털터리 신세로 고향에 돌아가게 된다는 거야!"

챙 넓은 모자를 쓴 다니엘 스닛커르는 통역이 필요 없다.

렌이 그 네덜란드인에게 제일 먼저 분을 터뜨린다. "우리가 너무 늦은 거요? 배가 출항했소?"

"그 역시 우리와 마찬가지로 운이 나쁜 걸세, 중위." 펜핼리건이 경고한다.

스닛커르가 도시 쪽을 손가락으로 가리키며 호벨에게 네덜란드어로 말한다. "함장님," 대위가 입을 연다. "어제저녁 우리가 접근하는 것이 눈에 띄었다면, 네덜란드인들이 강어귀 동쪽, 정상에 불탑이 있는 나무가 우거진 높은 언덕 뒤 작은 만에 자기네 교역선을 숨겨두었을 수도 있답니다……"

펜핼리건은 선원들의 희망이 약간 되살아나는 것을 감지한다.

그는 문득 포이보스호가 덫에 걸려드는 것은 아닌가 의심스럽다.

콘윌리스 총독을 속이고 마카오에서 대담하게 탈출했다던 스닛커르의 허풍스러운 장광설……

"더 진입해볼까요, 아니면 보트를 내릴까요?" 렌이 묻는다.

저런 좀스러운 잡놈이 그런 복잡한 음모를 정말로 실행할 수 있었을까?

키를 잡고 있는 항해장 웨츠가 외친다. "닻을 내릴까요, 함장님?"

펜핼리건이 질문을 줄줄이 쏟아낸다. "잠시만 그대로 두게, 웨츠. 호벨, 스닛커르 씨에게 왜 네덜란드인들이 우리가 네덜란드 깃발을 달고 있는데도 자기네 배를 숨기려 하는지 물어봐주게. 우리가 미처 보내지 못한 비밀 신호라도 있나?"

스닛커르는 처음에는 자신 없는 투로 말하다가 점점 자신감을 찾아간다. 호벨이 고개를 끄덕인다. "그의 말로는 셰넌도어호가 작년 가을 출항할 때 정해둔 신호는 없었다는데, 지금은 뭔가 준비된 게 아닌가 싶답니다. 판클레이프 상관장이 예방책으로 배를 숨겨두었을 수도 있다고 합니다."

펜핼리건은 바람을 가늠하기 위해 돛을 힐끗 쳐다본다. "포이보스호는 곧 작은 만에 닿겠지만, 다시 침로를 바꾸면 속도가 훨씬 더 느려질 거야." 시금치 같은 녹색 파도가 해초로 뒤덮인 바위들 틈에서 부서진다. "호벨 대위, 스닛커르 씨에게 이걸 물어봐주게. 올해 난파나 전쟁 탓으로 바타비아에서 온 배가 한 척도 없다고 한다면, 그 배가 실어가려 했던 구리는 데지마에 보관되어 있는 건가?" 호벨이 질문을 통역한다. 스닛커르는 자신 있게 "예, 예"라고 답한다.

"그러면 그 구리는 일본인의 것인가 네덜란드인의 것인가?"

스닛커르의 답이 좀 어정쩡하다. 호벨이 통역하기를, 구리 소유권의 이전은 상관장의 협상에 달려 있는데 해마다 달라진다고 한다.

묵직한 종소리가 도시와 만 주변에 울려퍼지기 시작하자 스닛커르가 그 소리에 대해 호벨에게 설명해준다. "저 종소리는 네덜란드 배의 무사 귀환과 그 덕에 나가사키에 돈이 들어오게 된 데 대해 토착 신들에게 감사드리는 겁니다. 우리 위장이 먹힌 것 같군요."

가마우지 한 마리가 깎아지른 듯한 검은 바위에서 수백 야드 밑으로 곤두박질친다.

"네덜란드 배가 이 지점에서 준수할 절차를 다시 한번 확인하게."

스닛커르가 손짓을 하고 손가락으로 가리키며 대답한다.

호벨이 말한다. "네덜란드 회사의 배는 초소를 지나 반 마일 정도 더 가서 양쪽 뱃머리에서 예포를 쏘며 인사합니다. 그런 다음 보트를 내려 회사의 삼판선 두 척에 나누어 탄 환영단을 맞이합니다. 그후 통상적인 절차를 밟기 위해 세 척 모두 함선으로 옵니다."

"정확히 언제쯤 데지마에서 우리를 맞이할 환영단이 배에 오르겠는가?"

어깨를 으쓱하며 대답한다. "아마 십오 분쯤 후일 거랍니다."

"분명히 하세. 그 무리는 일본인과 네덜란드인 관리로 이루어졌겠지?"

스닛커르가 영어로 대답한다. "일본인과 네덜란드인, 맞습니다."

"거기에 검을 지닌 자는 몇 명이나 동승하는지 물어보게, 호벨."

대답이 좀 복잡해서 대위는 두어 가지 요점을 확인해야 한다. "배에 탄 관리 모두 칼을 지니고 있지만, 주로 그들의 지위를 나타내기 위한 것입니다. 그들 대부분은 말은 세게 하지만 칼과 바늘도 구별하지 못하는 시골 지주와 비슷하답니다."

커틀립 소령이 주저하는 기색도 없이 말한다. "인질을 몇 잡기를 원하신다면, 두번째 아침거리로 저 깩깩대는 원숭이를 몇 마리 잡아오겠습니다."

저런 개자식을 보내서 나를 성가시게 하다니, 망할 콘월리스 같으니. 함장은 생각한다.

"네덜란드 인질이 있으면 우리 입장이 좀 유리해지겠지만……" 호벨이 그에게 말한다.

펜핼리건이 동의한다. "일본인 한 명의 코피라도 흘리게 했다가는 조약을 맺을 희망은 몇 년 동안 날아가버릴 수도 있지, 그래, 알고 있네. 켐퍼의 책을 읽으며 적어도 그 민족의 자부심에는 깊은 인상을 받았네. 하지만 그 정도 위험은 감수할 가치가 있을 것 같군. 우리의 위장은 임시방편에 지나지 않아. 뭍의 조건에 대해 더 훤하고 더 공정한 정보원이 없다면," 그는 다니엘 스닛커르를 힐끗 본다. 스닛커르는 망원경으로 열심히 도시를 살펴보고 있다. "우리는 눈뜬 사람을 앞지르려는 맹인이나 마찬가지일세."

"그러면 네덜란드 교역선이 숨겨져 있을 가능성은요?" 렌 중위가 묻는다.

"만약 있다면 기다리게 둬야지. 우리가 모르게 우리 옆을 빠져나가지는 못할 테니. 탤벗, 키잡이에게 보트를 준비하되 아직 내리지는 말라고 하게."

"예, 함장님."

펜핼리건이 사관후보생에게 말한다. "맬러프, 웨츠에게 저 장난감 같은 초소를 반 마일쯤 지나쳐가라고 하게. 하지만 천천히 가라고……"

"예, 함장님, 반 마일, 알겠습니다." 맬러프가 밧줄 타래를 펄쩍 뛰어넘어, 타륜을 잡은 웨츠에게로 서둘러 간다.

갑판 청소를 빨리 시킬수록 좋겠지. 함장은 생각한다.

그가 아둔한 포병대장에게 말한다. "월드론, 우리 포는 준비되었나?"

"양쪽 뱃머리에 다 준비되었습니다, 함장님. 나무 마개를 뽑고 장전했습니다만 쏘지는 않았습니다."

"관례상 네덜란드인이 저기 보이는 절벽을 지날 때 감시초소에 경례를 하나?"

"그렇습니다. 사병들에게도 그렇게 하라고 할까요?"

"그러게, 월드론. 오늘은 작전을 벌일 뜻이 없지만……"

월드론은 함장이 신중하게 말을 고를 동안 참을성 있게 기다린다.

"탄약고 열쇠를 잘 가지고 있게. 행운은 준비된 자의 편이니까."

"예, 함장님, 준비하겠습니다." 월드론이 포열갑판으로 내려간다.

윗돛대가 내려오는 동안 장루 선원들이 높은 곳에서 서로 고함을 친다.

웨츠가 사방으로 연달아 명령을 내린다.

돛이 펼쳐지고 포이보스호가 앞으로 나아간다. 배의 목재와 밧줄이 삐걱거린다.

가마우지가 군함의 계선주 위에 앉아 반짝이는 깃털을 부리로 다듬고 있다.

측연수가 외친다. "9패덤*!" 그 숫자가 웨츠에게 전달된다.

펜핼리건은 망원경으로 해안을 살피다가 나가사키에는 내성이나 아성이 없다는 사실을 알아차린다. "호벨, 스닛커르 씨에게 이

* 물의 깊이를 측정하는 단위로, 1패덤은 약 1.8미터.

것 좀 물어봐주게. 우리가 포이보스호를 데지마에 바짝 대고 보트 두 척에 마흔 명을 태워 상륙시켜 저 상관을 점령한다면, 일본인이 네덜란드 땅을 빼앗겼다고 생각하겠는가, 아니면 자기네 땅을 빼앗겼다고 보겠는가?"

스닛커르의 짧은 대답은 사무적인 어조다. "일본 당국의 마음까지는 자기가 알 바 아니랍니다." 호벨이 통역한다.

"그런 상륙작전에 가담하겠는지 물어보게."

스닛커르의 통역이 그의 대답을 바로 옮긴다. "'나는 외교관이자 상인이지 군인이 아닙니다.'" 그가 말조심을 하는 모습에 스닛커르가 교묘한 덫으로 자기들을 서둘러 몰아가고 있을지 모른다는 펜핼리건의 우려가 누그러진다.

"10.5패덤!" 측연수가 외친다.

포이보스호는 해안의 감시초소와 거의 같은 높이까지 왔다. 이제 함장은 망원경을 그쪽으로 맞춘다. 벽은 얇고 방책은 낮으며, 포는 그들의 목표물보다 포를 쏘는 포수 쪽에 더 위험해 보인다.

"맬러프, 월드론에게 예포를 쏘라는 명령을 내리라고 하게."

"예, 함장님. 월드론에게 예포 발포 명령을 하라고 전하겠습니다." 맬러프가 아래로 내려간다.

펜핼리건의 눈에 처음으로 일본인이 똑똑히 보인다. 그들은 말레이인처럼 키가 작고, 얼굴은 중국인과 구분이 되지 않는다. 그들의 갑옷을 보니 커틀립 소령이 중세의 마상 창 시합 기사에 대해 한 말이 떠오른다.

대포가 발사되자 가파른 해안에 소음이 메아리친다……

……매캐한 연기가 선원들을 뒤덮으며 전투의 기억을 되살린다.

"9패덤," 측연수가 외친다. "9.5패덤……"

"도시에서 보트 두 척을 띄웁니다." 돛대 꼭대기에서 망보던 사병이 알린다.

펜헬리건은 망원경으로 삼판선 두 척의 흐릿한 이미지를 본다.

"커틀립 소령, 해병들에게 선원용 작업복을 입혀 보트에 태우게. 단검은 자루에 넣어 보트 좌석 밑에 숨기고." 소령은 경례를 하고 아래로 사라진다. 함장은 갑판 중앙부로 가서 펜잰스 교수대에 목매달릴 뻔했던 교활한 시칠리아인 밀수꾼 출신 키잡이에게 말한다. "플라워스, 보트를 내리되 시간을 벌 수 있게 밧줄은 풀지 말게. 환영단이 우리 보트를 해안보다 포이보스호에 더 가까운 위치에서 맞이했으면 좋겠네."

"그러겠습니다, 함장님."

호벨이 뱃머리로 돌아와 의견을 내놓아도 좋겠냐고 묻는다.

"자네가 내는 의견을 존중하니까 자네를 여기 두는 걸세, 호벨."

"감사합니다, 함장님. 현재 임무에 대해 총독님과 해군 본부 양쪽으로부터 받은 명령, 다시 말해 '네덜란드인을 약탈하고 일본인을 꼬드겨라'는 여기에서 우리가 발견한 시나리오와 맞지 않는다고 생각됩니다. 네덜란드인에게 약탈할 것이 아무것도 없고 일본인은 동맹에게 충실하다면, 어떻게 우리가 명령을 수행할 수 있겠습니까? 하지만 세번째 전략이라면 더 좋은 결과를 가져올 수 있습니다."

"자네가 염두에 둔 것을 말해보게, 대위."

"데지마의 네덜란드 거주민을 영국과 일본의 협정을 가로막는 장애물이 아니라, 그 열쇠로 보자는 것입니다. 어떻게? 간단히 말해, 나가사키에 있는 네덜란드 교역 수단을 파괴하는 것이 아니라 그들이 그것을 수리하도록 도와준 다음 빼앗는 겁니다."

측연수가 외친다. "10패덤, 10과 3분의 1……"

렌이 그 얘기를 다 들었다. "대위님, 우리가 네덜란드와 전쟁중이라는 사실을 잊지 않으셨겠죠? 왜 그들이 자기네 나라의 적과 협력하겠습니까? 아직도 오라녜 공 빌럼 5세가 큐에서 쓴 편지에 희망을 걸고 있다면……"

"중위가 대위에게 함부로 떠들어도 되는 건가, 렌?"

렌은 고개를 숙여 비꼬듯 사과한다. 펜핼리건은 마음 같아서는 그를 걷어차고 싶다……

그러나 자네 장인과 통풍으로 아픈 내 발을 봐서 참아주지.

호벨이 계속 말한다. "실용주의 정신이 아니었더라면 네덜란드인의 작은 공화국은 스페인 부르봉 왕가의 힘에 도전하지 못했을 것입니다. 아무것도 없는 것 백 퍼센트보다야 이익 십 퍼센트—'중개수수료'라고 해두지요—가 낫지요. 올해 자바에서 온 배가 한 척도 없었다면, 그들은 네덜란드 동인도회사가 파산했다는 걸 모르고 있을 겁니다……"

"……그리고 자기들의 밀린 월급과 회사 장부에 기재된 사무역 이익금을 받지 못하게 된 것도 모르겠군. 딱한 얀과 핏과 클라스는 거지가 되어 이교도 사이에 발이 묶였구먼." 함장은 깨닫는다.

"다시는 고향도, 사랑하는 이들도 보지 못할 테고요." 호벨이 덧붙인다.

함장은 도시를 바라본다. "일단 네덜란드 관리들을 배에 태우면, 그들에게 고립무원이 된 처지를 알려주고 우리가 침략자가 아니라

오히려 대부代父라는 사실을 일깨워줄 수 있겠군. 한 명을 뭍으로 보내 그의 동포들의 생각을 바꾸고 일본 정부와의 사절 노릇을 하게 할 수 있겠지. 미래의 '네덜란드 출항'은 바타비아가 아니라 페낭의 프린스오브웨일스섬에서 이루어질 거라고 설명하도록 해서 말이야."

"네덜란드의 구리를 빼앗는 것은 교역의 황금 거위를 죽이는 것이나 마찬가지입니다. 하지만 우리 수중에 있는 비단과 설탕을 거래하고 합법적인 화물로 절반을 남겨둔다면 우리는 해마다 이곳에 돌아올 수 있을 것입니다—회사와 제국은 계속해서 부유해질 것이고요."

호벨을 보면 젊고 강했던 내가 떠올라. 펜핼리건은 생각한다.

"선원들이 전리품을 얻지 못할까봐 난동을 피울지 모릅니다." 렌이 말한다.

함장이 말한다. "포이보스호는 제국의 군함이지 선원들의 사나포선이 아니야." 그는 이제 감추기 어려울 정도로 심한 발의 통증을 느끼며 키잡이 쪽으로 몸을 돌린다. "플라워스, 밧줄을 풀게. 맬러프, 커틀립 소령에게 해병들을 보트에 태우기 시작하라 이르게. 호벨 대위, 자네의 네덜란드어 실력을 믿으니 일본 생선은 잡지 말고 통통한 네덜란드 청어 한 쌍만 보트에 태우도록 하게……"

포이보스호가 감시초소를 500야드 지나 닻을 내린다. 선원용 작업복을 입은 해병들이 보트를 저어 천천히 환영단 쪽으로 나아간다. 키잡이 플라워스가 키 손잡이를 잡았고, 호벨과 커틀립은 뱃머리에 앉아 있다.

"이 나가사키는 마온항과 맞먹는 정박지로군……" 렌이 말한다.

맑은 물속에서 은빛 고기떼가 방향을 바꾼다.

"……현대화된 부대 서넛만 배치하면 난공불락이 되겠어."

길고 구불구불한 논이 나지막하고 층층이 이어진 산에 펼쳐져 있다.

"해군도 양성하지 못할 만큼 나태하고 뒤떨어진 민족에겐 낭비로군." 렌이 탄식한다.

검은 연기가 나지막이 웅크린 곳에서 솟아오른다. 펜핼리건이 다니엘 스닛커르에게 저 연기가 혹시 신호는 아니냐고 물어보지만 스닛커르의 대답을 알아들을 수 없어 네덜란드어를 할 수 있는 목수의 조수 스마이어스를 부르러 보낸다.

소나무숲이 돛대와 활대를 공급해줄 수 있을 것 같다.

"저 만은 전망이 아름답겠군요." 탤벗 준위가 말한다.

여자 같은 표현에 펜핼리건은 짜증이 난다. 페낭에서 샘 스마이스가 죽는 바람에 어쩔 수 없이 탤벗을 임명했는데, 과연 옳은 결정이었나 싶다. 그러다 함장은 서릿발 같은 함장실의 분노와 사관후보생실의 이전 동료들 사이에 끼어 느꼈던 준위 시절의 고독감을 회상한다. "그래, 멋진 광경이군, 탤벗."

몇 피트 아래, 몇 피트 앞쪽의 변소에 있는 사람이 신음소리를 흘린다.

"제가 읽은 바로는 일본인은 자기네 왕국에 화려한 이름을 붙인다던데요……" 탤벗이 말한다.

보이지 않는 선원이 엄청난 안도의 함성을 잔뜩 내지른다……

"……'천 번의 가을의 땅'이나 '태양의 뿌리' 같은 것 말입니다."

……똥덩어리가 대포알처럼 수면을 친다. 웨츠가 종을 세 번 울린다.

"일본을 보니 그런 시적인 이름이 딱 들어맞는 것 같군요." 탤벗이 말한다.

"내 눈에 보이는 것이라고는 소함대 전체가 머물기에 좋은 항구뿐인걸." 렌이 말한다.

소함대라니, 함장은 생각한다. 이 만이라면 큰 함대 전체도 가능하겠어.

눈앞의 광경이 점점 또렷해지면서 그의 심장박동이 빨라진다. 대영제국 태평양 함대라.

함장은 영국 군함과 호위함으로 이루어진, 물위에 뜬 도시를 상상한다……

펜핼리건은 일본 땅에 영국 기지가 세워진 동북아시아 해도를 그려본다……

중국까지도 인도를 따라 우리 영역 안으로 들어오게 될지 몰라…… 그는 감히 생각해본다.

사관후보생 맬러프가 스마이어스를 데리고 돌아온다.

……그리고 원하기만 하면 필리핀도 우리 것이 될 거야.

"스마이어스, 스닛커르 씨에게 저 연기에 대해 물어봐주게……"

이가 없는 암스테르담인이 조리실 화덕에서 나는 연기를 힐끗 본다.

"……저 불룩 튀어나온 곳에서 솟아오르는 검은 연기 말이야."

"아, 예." 스마이어스가 그것을 가리키며 통역을 한다. 스닛커르의 대답은 차분하다.

"나쁜 것은 아니랍니다. 농부들이 가을마다 들판을 태운다는군요." 스마이어스가 답을 옮긴다.

펜핼리건은 고개를 끄덕인다. "고맙네. 또 자네 도움이 필요할지 모르니 곁에 있게."

그는 깃발—네덜란드 삼색기—이 집붐*에 휘감긴 것을 알아차린다.

그는 깃발을 펼 사람을 찾아 주위를 둘러보다 김이 오르는 격자창 아래에서 뱃밥을 만들고 있는, 머리를 땋아내린 혼혈 소년을 발견한다. "하틀풀!"

소년이 밧줄을 놓고 다가온다. "예!"

하틀풀의 얼굴에서 아비 없이 자라 입이 걸고 웬만해서는 상처받지 않는 강인함이 드러난다.

"저 깃발을 좀 풀어주게, 하틀풀."

"예." 맨발의 소년은 난간을 타고 올라가 제1사장 위에서 균형을 잡는다……

내가 저렇게 날렵했던 시절이 언제였더라? 펜핼리건은 궁금하다.

……거의 45도 각도로 기울어진 둥근 늑재를 쏜살같이 달려간다.

함장의 엄지손가락이 죽은 아들 트리스트럼의 십자가상에 닿는다.

사다리꼴 돛을 다는 활대의 바깥쪽으로 40야드 위쪽으로 30야드 되는 위치에서 하틀풀이 멈춘다. 양 허벅지로 집붐을 꽉 조이고 깃발을 푼다.

"저애 수영은 할 줄 아나 모르겠네." 탤벗 준위가 혼잣말을 한다.

---

* 이물에서 앞으로 튀어나온 둥근 나무 막대인 제1사장을 연장시킨 나무 막대.

"글쎄요, 저도 모르겠습니다……" 사관후보생 맬러프가 말한다.

하틀풀은 변함없이 유연하고 우아하게 되돌아온다.

"저 녀석 엄마가 아프리카 흑인이었다면, 아버지는 고양이였을 거야." 렌이 한마디한다.

하틀풀이 함장 앞의 갑판에 팔짝 뛰어내리자, 함장은 그에게 파딩* 한 닢을 준다. "잘했다, 얘야." 기대하지 않은 후의에 하틀풀의 눈이 휘둥그레진다. 그는 펜핼리건에게 감사를 표하고 뱃밥 만드는 일로 되돌아간다.

망꾼이 외친다. "환영단이 보트까지 거의 다 왔습니다!"

펜핼리건은 망원경으로 삼판선 두 척이 보트로 다가가는 광경을 본다. 앞쪽 삼판선에는 일본인 관리 세 명이 탔는데, 둘은 회색 옷을 입었고 더 젊은 한 명은 검은 옷을 입었다. 뒤에 하인 셋이 앉아 있다. 뒤의 삼판선에는 네덜란드인이 두 명 타고 있다. 거리가 멀어 그들의 생김새는 잘 보이지 않지만, 펜핼리건은 한 명은 그을고 투실투실한 얼굴에 턱수염이 있으며, 다른 한 명은 꼬챙이같이 마르고 창백한 얼굴임을 알아볼 수 있다.

펜핼리건은 스마이어스와 이야기를 하고 있는 스닛커르에게 망원경을 건넨다. "회색 옷은 관리랍니다, 함장님. 검은 옷은 통역이고요. 덩치 큰 네덜란드인은 데지마의 상관장인 멜히오르 판클레이프이고, 마른 사람은 프로이센인이랍니다. 이름은 피셔이고요. 피셔가 2인자랍니다."

판클레이프가 입가에 양손을 모아 100야드 밖에서 호벨을 부른다.

* 영국의 옛날 화폐 단위.

스닛커르가 이야기를 계속한다. 스마이어스가 말한다. "판클레이프는 생쥐 같은 인간이랍니다. 진짜…… 망할 변절자? 그리고 피셔는 밀고자에 거짓말쟁이, 교활한 개새끼인 주제에 야심만 큰 놈이랍니다. 스닛커르 씨는 저들을 좋아하지 않나봅니다."

"하지만 두 사람 모두 우리 제안에 따라줄 것 같습니다." 렌이 의견을 내놓는다. "우리에게 청렴결백한 원칙주의자는 필요 없으니까요."

펜핼리건이 스닛커르한테서 망원경을 받아든다. "이런 데에 그런 사람은 많지 않겠지."

커틀립의 해병들이 노젓기를 멈춘다. 보트가 미끄러져나아가다 딱 멈춘다.

일본 관리 셋을 태운 삼판선이 보트의 이물에 닿는다.

펜핼리건이 대위에게 속삭인다. "아무도 배에 태우지 마라."

두 배의 이물이 서로 조금씩 맞부딪친다. 호벨이 경례를 하고 인사한다.

검사관도 인사하고 경례를 한다. 통역을 통해 소개가 이루어진다.

검사관 한 명과 통역이 보트로 옮겨가려는 듯 반쯤 몸을 일으킨다.

시간을 끌어, 펜핼리건이 조용히 호벨에게 채근한다. 시간을 끌라고……

호벨이 몸을 수그리고 심하게 기침을 한다. 그는 사과의 뜻으로 한 손을 내민다.

두번째 삼판선이 도착해 보트의 좌현으로 다가간다.

"불리한 위치로군요. 둘 사이에 끼었어요." 렌이 속삭인다.

호벨이 기침을 진정시키고 판클레이프를 향해 모자를 벗는다.

판클레이프가 일어서서 호벨의 손을 잡으려 이물 쪽으로 몸을 숙인다.

그럴 동안 퇴짜를 맞은 검사관과 통역은 반쯤 다시 주저앉는다.

이제 차석 상관장 피셔가 어설프게 일어서자 배가 흔들린다.

호벨이 덩치 큰 판클레이프를 보트 쪽으로 끌어당긴다.

"자루에 한 놈 들어왔어, 호벨. 솜씨 좋게 해치웠군." 함장이 중얼거린다.

판클레이프 상관장의 천둥 같은 웃음소리가 희미하게 들려온다.

피셔 차석 상관장이 망아지처럼 뒤뚱거리며 보트 쪽으로 한 발짝 내디딘다……

……그러나 펜핼리건으로서는 실망스럽게도 통역이 보트의 뱃전을 잡는다.

제일 가까이 있던 해병이 커틀립 소령을 부른다. 커틀립이 힘겹게 앞으로 나아간다……

"아직은 아냐." 함장이 애를 태우며 중얼거린다. "저자를 보트에 태우면 안 돼."

그럴 동안 호벨 대위가 차석 상관장을 손짓해 부른다.

커틀립이 반갑지 않은 통역의 손을 잡는다……

기다려 기다려 기다려, 함장은 고함이라도 지르고 싶은 심정이다. 우리 두번째 네덜란드인을 기다리라고!

……커틀립이 마치 잔인하게 난도질이라도 당한 듯 손을 흔들면서 통역에게 가라고 한다.

마침내 호벨이 흔들리는 차석 상관장의 손을 잡는다.

펜핼리건이 중얼거린다. "그 남자를 태워, 호벨, 제발!"

통역이 더이상 도움을 기다리지 않기로 마음먹고 한쪽 발을 보트의 현장에 딛는 순간, 호벨이 프로이센인 차석 상관장을 우현으로 끌어당긴다……

……해병 절반이 단검을 꺼내들자 햇빛에 칼날이 번쩍인다.

다른 해병들은 노를 사용해 삼판선을 밀어낸다.

검은 옷의 통역이 피에로처럼 물속으로 떨어진다.

포이보스호의 보트는 빠른 속도로 함선 쪽으로 되돌아온다.

판클레이프 상관장은 유괴되었음을 깨닫고 호벨 대위에게 덤벼든다.

커틀립 소령이 끼어들어 그를 쓰러뜨린다. 배가 위태롭게 흔들린다.

뒤집히지 않게 해주소서, 신이시여, 지금 뒤집히면 안 됩니다…… 펜핼리건은 기도한다.

판클레이프는 제압당했고, 보트는 차분해진다. 프로이센인은 얌전히 앉아 있다.

벌써 세 명을 빼앗긴 삼판선에서 제일 먼저 행동을 취한 일본인은 사공이다. 그는 통역을 구하기 위해 물속으로 뛰어든다. 회색 옷의 검사관은 충격에 빠진 채 멍하니 앉아서 포이보스호를 향해 멀어지는 외국인의 보트를 보고만 있다.

펜핼리건이 망원경을 내린다. "첫번째 작전은 성공이군. 렌, 저 네덜란드 걸레는 걷어치우고 중간 돛대와 이물에 영국 국기를 내걸게."

"예, 함장님, 기쁜 마음으로 그리하겠습니다."

"탤벗, 선원들에게 내 갑판에서 오물을 씻어내라 하게."

네덜란드인 판클레이프는 밧줄 사다리를 잡고 몸집에 어울리지 않게 민첩하게 기어오른다. 펜핼리건이 후갑판을 힐끗 쳐다보니 스닛커르가 챙이 축 늘어진 모자를 푹 눌러쓰고 얼굴을 감추고 있다. 판클레이프는 자신을 향해 내밀어진 손을 뿌리치고 포이보스호에 올라 적선에 올라탄 무어인처럼 줄지어 선 장교들을 매섭게 훑어보다 펜핼리건을 알아보고 손가락질을 한다. 그 기세가 하도 사나워서 혹시나 덤벼들까 싶어 해병 두 명이 한 걸음 바짝 다가선다. 그는 짧게 깎은 곱슬곱슬한 턱수염과 찻잎처럼 누런 이 사이로 외친다. "카피테인!"*

"국왕 폐하의 호위함 포이보스호에 승선한 것을 환영합니다, 판클레이프 씨. 나는……"

격분한 상관장의 불타는 듯한 욕설은 통역도 필요 없다.

"나는 함장 존 펜핼리건입니다." 함장은 판클레이프가 잠시 말을 멈춘 틈을 타서 말한다. "그리고 이쪽은 렌 중위이고요. 호벨 대위와 커틀립 소령은"—이제 그들은 갑판에 도착해 있다—"벌써 만나봤겠지요."

판클레이프는 함장 쪽으로 한 걸음 다가와 그의 발에 침을 뱉는다.

함장의 두번째로 좋은 구두 위에서 가래가 반짝인다.

"아주 전형적인 네덜란드 관리입니다." 렌이 말한다. "못 배워먹은 놈이죠."

* '함장'이라는 뜻의 네덜란드어.

펜핼리건이 맬러프에게 손수건을 내민다. "함선의 명예를 위해서……"

"예, 함장님." 사관후보생은 함장 옆에 무릎을 꿇고 구두를 닦는다.

발에 압력이 가해지자 통풍으로 인한 통증이 심해진다. "호벨 대위. 판클레이프 상관장에게 신사답게 굴면 우리 쪽에서도 환대를 베풀겠지만, 아일랜드 막노동꾼처럼 나오면 그에 걸맞은 대접을 받을 거라고 전하게."

호벨이 경고를 통역하자 커틀립이 거들먹거린다. "아일랜드 막노동꾼을 길들이는 것이야말로 제가 제일 좋아하는 일이지요."

"먼저 이성에 호소하자고, 소령."

높은 종소리가 울린다. 펜핼리건은 경보일 거라 생각한다.

그는 이제 판클레이프 쪽을 보지 않고 몸집이 더 작은 두번째 인질을 맞이한다. "국왕 폐하의 호위함 포이보스호에 승선한 것을 환영합니다, 피셔 차석 상관장."

판클레이프 상관장은 차석 상관장에게 아무 말도 하지 말라고 한다.

펜핼리건은 호벨에게 이번 철의 동인도회사 교역선에 대해 피셔한테 물어보라고 명령한다.

판클레이프 상관장이 손뼉을 두 번 쳐서 함장의 주의를 끌고는 말하자, 호벨이 통역한다. "죄송합니다만 그가 이렇게 말했습니다. '그건 내 똥구멍에 숨겨놨다, 이 영국 호모놈아.'"

"시드니코브에서 나한테 그런 식으로 말한 놈이 있었는데," 커틀립이 과거 일을 떠올린다. "그 숨겨놓은 구멍을 총검으로 수색했더니 다시는 장교한테 건방진 소리를 하지 않더군요."

펜핼리건이 말한다. "호벨, 우리 손님들에게 말해주게. 바타비아에서 출항한 배에 대해 우리가 알고 있다고 말이야. 마카오의 항만장에게서 5월 28일에 배가 그 항구에 닻을 내렸다는 얘기를 들었다고."

이 말을 듣자 판클레이프의 분노는 식고 피셔의 표정은 심각해진다. 그들이 서로 상의하는 내용을 호벨이 엿듣는다. "상관장이 말했습니다. '이게 영국놈들의 교활한 수작이 아니라면, 또다른 배는 사라진 거야……'"

해안가의 숲에서 새 한 마리가 흡사 뻐꾸기 같은 소리로 운다.

"그들에게 경고하게, 대위, 우리가 만을 조사할 거라고 말이야. 어느 후미에서건 그들의 교역선이 발견되면 둘 다 목을 매달겠다고."

호벨이 그 협박을 통역한다. 피셔가 제 머리를 문지른다. 판클레이프는 침을 뱉는다. 침은 함장의 발을 빗나갔지만 펜핼리건은 수병들 앞에서 자신의 권위가 무시당하는 걸 그냥 놔둘 수가 없다. "커틀립 소령, 판클레이프 상관장을 고물 쪽 밧줄 창고로 모시게. 램프도 없고 원기를 회복할 것도 없는 곳이지. 그동안 피셔 차석 상관장은"—프로이센인이 겁에 질린 암탉처럼 눈을 끔벅인다—"내 선실에서 쉬시오. 부하 둘에게 이자를 감시하게 하고, 치그윈을 시켜 이자에게 클라레*를 반병 갖다주게."

커틀립이 명령을 실행하기 전에 판클레이프가 호벨에게 뭔가 묻는다.

* 프랑스 보르도산 적포도주.

펜핼리건은 네덜란드인의 바뀐 어조가 궁금하다. "뭔가?"

"우리가 자기와 차석 상관장의 이름을 어떻게 알고 있는지 궁금하답니다."

우리한테 헛수작을 부릴 수 없다는 것을 확실히 해놓는 게 우리 쪽에 이로울 거야. 펜핼리건은 생각한다.

"탤벗, 우리 정보원을 데려와서 옛친구들을 만나게 해주게."

복수를 마친 다니엘 스닛커르가 성큼성큼 걸어나와 모자를 벗는다.

판클레이프와 피셔는 입을 쩍 벌리고 눈이 휘둥그레져서 쳐다본다.

스닛커르는 오래전부터 준비해둔 연설로 둘을 융숭하게 대접한다.

"피가 얼어붙을 듯한 말을 내뱉고 있습니다, 함장님." 호벨이 속삭인다.

"흠, 복수는 차게 내야 제맛인 요리 같다고 밀턴이 말하지 않았던가."

호벨이 입을 열었다가 다시 닫고 귀를 기울이더니 통역한다. "요점은, '너희는 내가 바타비아의 감옥에서 썩고 있을 줄 알았지?'입니다."

다니엘 스닛커르가 피셔에게로 당당하게 걸어가 그의 목을 쿡 찌른다.

"그가 저들에게 자기가 데지마를 '되찾은' '상관장'이라고 말하고 있습니다."

스닛커르가 멜히오르 판클레이프의 수염 난 얼굴을 음흉하게 들여다보자, 펜핼리건은 상관장이 침을 뱉거나 덤벼들거나 욕설을 퍼부으리라 예상한다. 하지만 상관장은 예상외로 기쁨의 미소를 짓더니 너그럽고 진심어린 웃음을 터뜨린다. 스닛커르도 영국인 구경꾼들 못지않게 놀란다. 판클레이프는 득의만면하여 한때의 상사의 어깨를 부여잡는다. 판클레이프가 스닛커르를 해칠 거라 예상한 커틀럽과 수병들이 끼어들려고 앞으로 나서지만, 판클레이프는 기뻐 고개를 흔들며 믿을 수 없다는 듯 말한다. 호벨이 전한다. "함장님, 이자가 말하길, 스닛커르 상관장이 나타난 것은 하느님이 정의로우시며 선하다는 증거랍니다. 뭍의 사람들은 자기네 옛 상관장이 있어야 할 곳으로 되돌아오는 것 말고는 아무것도 바라지 않는다고 합니다…… '독사 같은 포르스텐보스와 그의 두꺼비 야코프 더주트'가 그 역할을 서툴게 흉내내고 있었다고요……"

판클레이프는 피셔 차석 상관장 쪽으로 돌아서서 이렇게 말하는 듯하다. "그렇지 않은가?"

피셔 차석 상관장은 멍하니 고개를 끄덕이며 눈을 끔벅인다. 판클레이프가 계속 말한다. 호벨이 다음 부분을 힘겹게 따라간다. "뭍에 오스트라는 젊은이가 있나본데, 자식이 아비를 그리워하듯 스닛커르를 그리워하고 있답니다……"

처음에 불신과 의아함 사이에 사로잡혀 있던 스닛커르는 이제야 누그러지기 시작한다.

판클레이프가 큼지막한 손으로 펜핼리건을 가리킨다.

"우리 임무에 대해서도 긍정적으로 이야기하고 있습니다. 그가 말하기를…… 스닛커르 씨처럼 고결한 사람이 이런 신사와—함장님을 말하는 것 같습니다—공동의 명분을 위해 일하게 되었다면,

무례를 사과하는 뜻에서 기쁘게 함장님의 구두를 몸소 닦아드리겠다고 합니다."

"이렇게 돌변한 태도가 진심일까, 대위?"

"저는……" 호벨은 판클레이프가 껄껄 웃으며 스닛커르를 힘차게 포옹하고 펜핼리건에게 뭔가 말하는 것을 지켜본다. "함장님께 진심으로 감사드린답니다…… 사랑하는 동료를 되찾게 해주셔서요…… 그리고 포이보스호가 영국과 네덜란드의 관계 회복을 예고하게 되기를 바란답니다."

"작은 기적이 일어났군. 이렇게 물어보게……"

판클레이프가 스닛커르의 배에 주먹을 날린다.

스닛커르는 접힌 잭나이프처럼 고꾸라진다.

판클레이프가 숨막혀하는 희생자를 붙잡더니 옆으로 내던진다.

몸이 물에 빠질 때 나는 첨벙 소리뿐, 고함소리 하나 없다.

"물속으로!" 렌이 외친다. "움직여, 이 게으른 것들아! 그를 건져내라고!"

"저자를 내 눈앞에서 치우게, 소령." 펜핼리건이 커틀립에게 으르렁거리듯 말한다.

판클레이프는 계단으로 끌려가면서 한마디를 내지른다.

호벨이 통역한다. "영국 함장이 자기 후갑판에 개똥을 그대로 두다니 놀랐답니다, 함장님."

XXXII
데지마의 망루

✧

1800년 10월 18일 오전 열시 십오분

영국 국기가 군함의 이물 깃대에 내걸리자, 야코프 더주트는 깨닫는다. 전쟁이 시작되었구나. 보트와 환영단 사이에 무슨 일이 벌어진 건지 혼란스러웠지만, 이제 그 이상한 행동이 설명된다. 판클레이프 상관장과 페터 피셔는 납치된 것이다. 망루 아래 데지마는 잔잔한 바다에서 벌어지고 있는 격렬한 사건을 여전히 모르는 상태다. 한 무리의 상인이 아리 흐로터의 집으로 들어가고, 활기찬 경비대가 오래 닫혀 있던 바다 문의 세관을 열고 있다. 야코프는 망원경을 마지막으로 들여다본다. 환영단이 목숨이 걸린 듯 필사적으로 노를 저어 나가사키로 되돌아오고 있다. 우리가 먼저 행동에 나서서 부교쇼로 가야 해. 야코프는 깨닫는다. 그는 지그재그로 된 나무 계단을 뛰어내려가 골목길을 내달려 롱 스트리트로 가서 화재 경종 밧줄을 풀어 온 힘을 다해 종을 울린다.

✧

접견실의 타원형 탁자 주위에 데지마에 남은 유럽인 여덟 명이 둘러앉아 있다. 야코프 더주트와 폰커 아우베한트, 마리뉘스 선생, 콘 투미, 일꾼인 아리 호로터와 핏 바르트, 비보 헤리츠존과 젊은 이보 오스트다. 에일라튀는 더빗 형제를 새긴 판화 아래에 앉아 있다. 지난 십오 분 동안 그들은 축하를 나누다 믿을 수 없다는 반응을 거쳐 당혹과 침울로 넘어갔다. 야코프가 말한다. "판클레이프 상관장과 피셔 차석 상관장이 풀려날 때까지는 제가 데지마의 지휘를 맡도록 하겠습니다. 이렇게 스스로 임명하는 것은 규칙에 크게 어긋납니다. 반대 의견이 있으면 전혀 유감 갖지 않고 상관의 일지에 기록해두겠습니다. 그러나 우리 손님들은 우리 여덟 모두가 아니라 한 명과 상대하기를 원할 것이고, 지금은 제가 제일 높은 위치입니다."

"이반트 퀴 포테란트 퀴 논 포투에레 카데반트."* 마리뉘스가 말한다.

"더주트 상관장 대리라, 듣기 좋습니다." 호로터가 헛기침을 한다.

"감사합니다, 호로터 씨. 그러면 '아우베한트 차석 상관장 대리'는 어떻습니까?"

탁자 주위의 시선과 끄덕임이 임명을 확인한다.

"내 평생 가장 기묘한 승진이지만 받아들이겠습니다." 아우베한트가 말한다.

* '걸을 수 있는 자는 걷고, 걷지 못하는 자는 쓰러진다'는 뜻의 라틴어.

"이 대리직이 일시적인 것이기를 기도하겠습니다. 하지만 부교의 검사관이 저 계단을 쿵쿵대며 올라오기 전에 먼저 한 가지 기본 수칙을 확실히 해두고 싶습니다. 우리는 데지마 점령에 맞선다는 것입니다."

여덟 명의 유럽인 가운데 일부는 힘차게, 일부는 좀더 유보적으로 고개를 끄덕인다.

"저들이 상관을 점령하기 위해 여기 온 것일까요?" 이보 오스트가 묻는다.

"아직 확실한 건 알 수 없습니다, 오스트 씨. 어쩌면 구리를 잔뜩 실은 상선을 기대했을 수도 있지요. 우리 창고를 뒤질 생각인지도 모르고요. 인질로 몸값을 두둑이 뜯어낼 속셈인지도 모릅니다. 아직은 확실히 아는 것이 없어서 곤란한 상황입니다."

아리 흐로터가 말한다. "걱정스러운 건 우리한테 무기가 없다는 겁니다. '데지마 점령에 맞선다'는 말은 좋지만, 어떻게요? 내 부엌칼로? 의사 선생의 수술용 칼로? 우리 무기가 뭡니까?"

야코프가 요리사를 쳐다본다. "네덜란드인의 간계입니다."

콘 투미가 반대의 뜻으로 손을 든다.

"죄송합니다. 네덜란드인과 아일랜드인의 간계, 그리고 준비성입니다. 그러니까 투미 씨, 증기펌프가 제대로 작동하는지 확인해주십시오. 아우베한트 씨, 매시간 망루에서 보초를 설 당번 명단을 만들어……"

다급한 발소리가 계단에서 들려온다.

고바야시 통역관이 접견실로 들어와 모여 있는 사람들을 쏘아본다.

뚱뚱한 검사관이 그의 뒤 문간에 서 있다.

"시로야마 부교님이 검사관을 보내십니다." 고바야시가 누구한테 말해야 할지 주저하며 말한다. "중요한 일로…… 만에서 일어난 일입니다. 부교님이 그 일을 지체 없이 상의하셔야 합니다. 부교님이 지금 높은 지위의 외국인에게 보내십니다." 통역관이 침을 삼킨다. "그래서 검사관이 알아야 합니다. 누가 높은 외국인입니까?"

네덜란드인 여섯 명과 아일랜드인 한 명이 야코프 쪽을 쳐다본다.

✧

매끄러운 연한색 잔에 담긴 차가 진녹색으로 차게 식었다. 오늘 아침 통역관 고바야시와 요네키즈가 야코프 더주트 상관장 대리와 부교쇼까지 동행하여 관리 두 명이 지키는 대기실에 그를 남겨두고 갔다. 관리들은 네덜란드인이 알아들을 수도 있다는 사실을 미처 모르고 이 외국인의 어머니가 임신했을 때 채소를 너무 많이 먹어서 그의 눈이 초록색이 되었으리라 추측한다. 야코프가 작년에 포르스텐보스와 함께 부교쇼를 방문했던 기억에 남아 있던 기품 있는 분위기는 오전의 사건으로 간데없다. 병사들이 막사 건물에서 고함을 질러대고, 회전 숫돌에 칼을 간다. 하인들도 앞으로 어떻게 될까 수근대며 바삐 움직인다. 요네키즈 통역관이 나타난다. "부교님께서 준비되셨습니다, 더주트 씨."

"저도 준비되었습니다만, 요네키즈 씨, 뭐 새로 들어온 소식은 없습니까?"

통역관은 애매하게 고개를 가로젓고 더주트를 다다미 60장 방으로 안내한다. 서른 명 정도 되는 조신이 말발굽 모양으로 시로야마 부교 주위에 두세 줄로 둘러앉아 있고, 시로야마는 다다미 한 장을 더 깔고 앉아 있다. 야코프는 중앙으로 안내된다. 고다 대신, 스루가 검사관, 이와세 반리 통역관—판클레이프, 피셔와 함께 네덜란드 배까지 동행했던 세 사람—은 한쪽에 나란히 무릎을 꿇고 앉아 있다. 셋 다 근심으로 얼굴이 창백하다.

경비병이 알린다. "데지마의 다즈토 사마입니다." 야코프가 고개 숙여 인사한다.

시로야마가 일본어로 말한다. "이렇게 빨리 참석해주어 감사하오."

야코프는 엄숙한 상대의 맑은 눈을 똑바로 쳐다보며 한번 더 고개를 숙인다.

"이제 일본어를 좀 한다고 들었는데." 부교가 말한다.

그 말을 인정한다면 그가 남몰래 공부했다는 사실을 모두에게 알리는 셈이 되며 전술상의 이점도 잃게 될지 모른다. 하지만 알아듣지 못하는 척하면 기만이 될 것이다. 야코프는 생각한다. "예, 부교님의 모국어를 조금은 알아들을 수 있습니다."

둘러앉은 조신들이 외국인의 말을 듣고 놀라 수군거린다.

"게다가 듣자하니 당신은 정직한 사람이라더군." 부교가 계속해서 말한다.

야코프는 애매하게 고개를 숙이며 칭찬을 받아들인다.

"작년 교역 철에," 야코프의 목덜미를 서늘하게 하는 목소리가 들린다. "상관장 대리님과 했던 거래는 즐거웠습니다……"

야코프는 에노모토를 보고 싶지 않지만 시선이 그쪽으로 끌려간다.

"……데지마에서 이보다 더 나은 지도자는 찾을 수 없을 거라 믿습니다."

감금자, 야코프는 침을 꿀꺽 삼키며 인사한다. 살인자, 거짓말쟁이, 미친놈……

에노모토가 재미있어하는 얼굴로 고개를 기울인다.

"교가 번 영주님의 의견은 상당한 무게가 있지요." 시로야마 부교가 말한다. "우리는 더주트 상관장 대리에게 엄숙히 맹세하겠소. 당신의 동포들을 당신의 적으로부터 구할 것이오……"

이러한 무조건적인 지원은 야코프가 바라던 바 이상이다. "감사합니다……"

"……대신, 검사관, 통역관은 죽음을 각오하고 구출을 시도할 것이오." 시로야마가 불명예스러운 세 사람을 쳐다보며 말한다. "명예로운 자는 다른 이가 자신의 책임을 빼앗아가게 놔두지 않소. 과오를 시정하기 위해 저들은 침략자의 배로 갈 것이오. 이와세가 세 사람이 승선할 수 있도록 허가를 얻은 후 몸"—시로야마의 다음 말은 '몸값을 지불하다'라는 뜻일 것이다—"그 두 ……을 석방하도록 말이오." 저 말은 '인질'일 것이다. "일단 배에 오르면 저들은 숨겨두었던 칼로 영국 함장을 벨 것이오. 그건 무사도에 어울리지 않는 방식이지만, 저 해적들은 개처럼 죽어도 싸니까."

"하지만 고다 사마와 스루가 사마, 이와세 사마가 목숨을 잃을 겁니다. 그리고……"

"죽음이 그들의 ……을 씻어줄 것이오." 야코프가 이해하지 못한 단어는 '비겁함'일 것이다.

야코프는 속으로 신음을 삼킨다. 이 세 사람이 사실상 자살을 한들 뭐가 해결되겠는가? 그는 요네키즈를 보며 부탁한다. "부교님께 영국인은 사악한 종족이라고 말씀드려주십시오. 그들은 부교님의 세부하는 물론이고 판클레이프 상관장과 피셔 차석 상관장까지 죽일 것이라고요."

다다미 60장 방은 무거운 침묵에 잠겨 그 말을 듣는다. 이는 부교의 조신들이 이미 이러한 반대 의견을 내놓았거나, 아니면 두려워서 차마 그러지 못했다는 의미다.

시로야마는 불쾌한 기색이다. "그럼 상관장 대리가 제안하는 조치는 무엇이오?"

야코프는 신용을 얻지 못한 피고가 된 기분이다. "지금으로서는 아무런 조치도 취하지 않는 것이 최선의 조치입니다."

놀란 기색이 퍼져나간다. 한 조신이 시로야마의 귀에 대고 뭐라 속삭인다……

야코프는 다시 요네키즈가 필요하다. "부교님께 영국 함장이 우리를 시험하는 중이라고 말씀드리십시오. 일본인이 대응할지 네덜란드인이 대응할지, 또 우리가 무력을 쓸지 외교적 수단을 쓸지 보려고 기다리는 거라고요." 요네키즈는 '외교적 수단'이라는 단어에 이맛살을 찌푸린다. "말이나 협상, 교섭 말입니다. 하지만 우리가 어떤 조치도 취하지 않으면 영국인은 초조해질 것입니다. 초조해지면 자기들의 의도를 드러내게 될 것이고요."

부교는 이를 듣고 천천히 고개를 끄덕이더니 야코프에게 묻는다. "그들의 의도를 추측해보시오."

야코프는 본능에 따라 솔직하게 대답한다. 그는 일본어로 말을 시작한다. "첫째, 그들은 바타비아 배와 그 배에 실은 구리를 빼앗으러 왔습니다. 배를 찾지 못했으므로 인질을 잡았습니다. 그들은……" 그는 이것이 말이 되기를 바란다. "……그들은 지식을 얻기를 원합니다."

시로야마가 두 손을 깍지 낀다. "데지마의 네덜란드 군사력에 대한 지식 말이오?"

"아니요, 부교님. 일본과 그 제국에 대한 지식입니다."

조신들이 술렁거린다. 에노모토가 쳐다본다. 야코프는 피부에 싸인 해골을 본다.

부교가 부채를 들어올린다. "명예를 아는 자라면 누구나 적에게 정보를 주느니 고문을 받다 죽는 편을 택할 것이오." 고다 대신과 스루가 검사관, 이와세 통역관을 제외한 그 자리의 모든 이가 분개하여 동의의 뜻으로 고개를 끄덕인다.

당신들 중에는 지난 백오십 년간 진짜 전쟁을 치러본 사람이 아무도 없잖아. 야코프는 생각한다.

"하지만 어째서 영국인이 일본에 대해 그토록 알고 싶어한단 말이오?" 시로야마가 묻는다.

나는 지금 다시 붙일 수 없는 것을 쪼개고 있어. 야코프는 겁이 난다.

"영국인은 다시 나가사키에서 교역을 하고 싶은 건지도 모릅니다, 부교님."

이제 주사위를 던졌으니 다시는 물릴 수 없어. 상관장 대리는 생각한다.

"어째서 '다시'라는 말을 쓰는 게요?" 부교가 묻는다.

에노모토 승정이 헛기침을 한다. "더주트 상관장 대리의 말이 맞습니다, 부교님. 영국인은 오래전 1대 쇼군 시절에 나가사키에서 교역을 했습니다. 그때 은이 수출됐지요. 그 이익에 대한 기억이 그들의 땅에서 오늘까지도 잊히지 않고 있는 것이 틀림없습니다…… 상관장 대리는 물론 그에 대해 저보다 더 많이 알고 있겠지만요."

야코프는 그러지 않으려 노력하지만 에노모토가 오리토를 찍어누르는 모습이 자꾸 떠오른다.

야코프는 애써 에노모토를 죽도록 패주는 상상을 한다.

"우리 동맹을 납치해서 어떻게 우리의 신뢰를 얻는단 말이오?" 시로야마가 묻는다.

야코프가 요네키즈에게 말한다. "부교님께 영국인은 부교님의 신뢰를 원치 않는다고 말씀드리십시오. 영국인은 공포와 복종을 원합니다. 그들은 배를 타고 외국 항구에 들어가 대포를 쏘고 그 지역 지배자를 매수해 자기네 제국을 세웁니다. 그들은 부교님이 부패한 중국인이나 흑인 왕처럼 영국식 집과 자루 가득한 유리구슬에 부교님의 백성의 안위를 기꺼이 팔아넘기리라 기대하고 있습니다."

요네키즈가 통역하자 다다미 60장 방은 분노로 시끄러워진다.

야코프는 뒤늦게 구석에서 모든 말을 빠짐없이 기록하는 서기 두 명의 존재를 알아차린다.

열흘 후 쇼군이 나의 말을 직접 세세히 읽게 되겠군. 그는 생각한다.

한쪽에서 대신 한 명이 전갈을 들고 부교에게 다가간다.

그 발표문은 엄격하게 격식을 차린 일본어로 쓰여 있어 야코프는 이해할 수 없지만, 긴장감이 고조되는 듯하다. 야코프는 시로야마가 자신을 물러나게 하는 번거로움을 덜어주고자 다시 요네키즈에게 말한다. "부교님께 저희 정부를 대신해 부교님의 도움에 감사드린다고 전해주십시오. 그리고 제가 데지마로 돌아가 사전 준비를 감독하도록 허락해주십시오."

요네키즈가 적당히 격식 차린 통역을 한다.

쇼군의 대리자는 무뚝뚝한 고갯짓으로 야코프를 보낸다.

XXXIII
부교쇼의 다다미 60장 방

✧

구월 초이틀

더주트 상관장 대리가 물러간 후

"그 네덜란드인의 생김새는 어린애 악몽에 나오는 도깨비 같군." 시로야마가 이렇게 말하며 조신들이 아첨하듯 경멸의 미소를 띠는 것을 바라본다. "그러나 바보는 아니야." 조신들이 비웃음을 재빨리 지우고 동의의 뜻으로 신중하게 고개를 끄덕인다.

"태도가 점잖고 머리도 명석합니다." 한 원로가 맞장구를 친다.

"일본어는 좀 어색했습니다만 거의 알아듣겠더군요." 또다른 이가 말한다.

"데지마의 제 첩자 중 한 명의 말로는 공부를 쉬지 않는답니다." 또 한 사람이 말한다.

"하지만 억양은 까마귀 소리 같습니다!" 와다 검사관이 불평한다.

"그러면 와다, 자네는 다즈토의 언어를 꾀꼬리처럼 할 수 있나?" 시로야마가 묻는다.

네덜란드어를 한마디도 못하는 와다는 입을 다물 만큼의 머리는 있다.

"그리고 너희 셋," 시로야마가 두 네덜란드 인질의 납치에 책임이 있는 자들 쪽으로 부채를 흔든다. "너희는 그의 관용 덕분에 목숨을 건진 줄 알아라."

바짝 긴장한 셋이 머리를 깊이 조아린다.

"이와세 통역관, 에도에 보내는 보고문에 네가 부족하나마 납치범들과 싸우려고 했다고 적겠다. 너는 너의 조합에 필요한 자이니 가도 좋다."

이와세가 깊이 절하고 서둘러 방을 나간다.

"너희 둘," 시로야마가 불운한 검사관과 관리를 노려본다. "너희는 너희 지위에 불명예를 씌우고 영국인에게 일본에는 겁쟁이가 득시글거린다고 생각하게 만들었다." 하지만 너희 동료 중 자기라면 더 잘했을 거라 자신할 수 있는 자는 거의 없을 테지. 부교도 인정한다. "다시 명을 내릴 때까지 집에서 근신하고 있거라."

불명예스러운 두 남자는 뒷걸음질로 문까지 기어간다.

시로야마가 도미네를 찾는다. "해안 경비대장을 불러오너라."

까무잡잡한 대장이 더주트가 있던 바로 그 자리로 불려온다. 그는 부교 앞에서 절을 한다. "도이라고 합니다, 부교님."

"우리가 얼마나 빨리, 어느 정도 병력으로, 어떻게 가장 잘 보복할 수 있겠는가?"

그는 대답 대신 자기 무릎 앞의 바닥만 쳐다본다.

시로야마가 도미네 대신을 쳐다보자 그 역시 부교 못지않게 당황한 얼굴이다.

반벙어리 무능력자를 친척이 손을 써 승진시킨 건가? 시로야마는 의

아하다.

와다가 헛기침을 한다. "이 방의 모두가 자네의 대답을 기다리고 있네, 도이 대장."

"제가……" 군인이 덫에 걸린 토끼처럼 눈을 든다. "……만의 북쪽과 남쪽 감시초소의 전투 준비 태세를 조사하고 최고위 장교들과 상의했습니다."

"도이, 내가 원하는 것은 명령을 반복하는 것이 아니라 반격을 위한 전략이야!"

"그 결과 제가 알게 된 것은…… 병력이 현재……"

시로야마는 사정을 더 잘 아는 조신들이 불안스레 부채질을 하는 것을 알아챈다.

"……에도에서 규정한 천 명보다 적은 숫자입니다, 부교님."

"지금 나가사키만의 경비 인원이 부족하다고 말하는 건가?"

도이가 위축된 꼴을 보아 과연 그런 듯하다. 조신들이 경악하여 수군거린다.

약간 모자라는 정도야 큰 탈 없겠지. 부교는 생각한다. "얼마나 모자라는가?"

"정확한 숫자는," 도이 대장이 침을 꿀꺽 삼킨다. "예순일곱입니다, 부교님."

시로야마는 긴장했던 마음이 풀린다. 그와 부교직을 공유하고 있는, 독설이 심한 경쟁자 오마쓰라도 천 명에서 예순일곱 명이 모자란 정도를 가지고 직무유기라 비난할 수는 없을 것이다. 그 숫자는 병자인 셈 치면 될 것이다. 그러나 방안의 얼굴들을 힐끗 둘러보니 부교가 뭔가 놓치고 있는 것 같다……

……비로소 무서운 생각이 모든 것을 뿌리째 뽑아버린다.

"설마," 그는 애써 목소리를 다스린다. "전부 예순일곱 명이라는 말은 아니겠지?"

비바람에 거칠어진 대장은 너무 겁을 먹어 대답도 하지 못한다.

도미네 대신이 소리를 지른다. "부교님께서 물으시잖나!"

도이는 간신히 대답한다. "북쪽 주둔지에 경비병 서른 명, 남쪽에 서른일곱 명이 있습니다. 그게 다입니다, 부교님."

이제 조신들은 시로야마 부교의 눈치를 살피고 있다……

병사 예순일곱이라. 그는 그 무서운 숫자를 생각해본다. 천 명이 아니라.

……냉소적인 자, 야심가, 겁에 질린 그의 협력자, 오마쓰 밑의 관리……

이 버러지 같은 놈 중 몇몇은 다 알면서도 아무 말도 하지 않았구나. 시로야마는 생각한다.

도이는 여전히 칼이 떨어지기만 기다리는 죄수처럼 웅크리고 있다.

오마쓰라면 이 사실을 전한 자를 책망하겠지…… 시로야마 역시 그를 후려치고 싶은 유혹을 느낀다. "밖에서 기다려라, 대장. 이렇게 빨리, 그리고…… 정확하게 자네의 의무를 다해주어 고맙다."

도이는 자기가 맞게 들었는지 도미네를 힐끗 보며 확인하고는 절을 하고 자리를 뜬다.

조신 중 누구도 감히 두려움이 가득한 침묵을 깰 엄두를 내지 못한다.

히젠 번 영주에게 책임을 물으면 된다. 병사를 대는 것은 그의 책임이니. 시로야마는 생각한다.

아니다. 부교의 적들은 그가 비겁하게 책임을 회피한다고 할 것이다.

해안 경비대 인원이 부족한 지 오래됐다고 주장하자.

하지만 그렇게 말한다면 그가 문제를 알면서도 아무 조치도 취하지 않았다는 뜻이 된다.

인원 부족으로 일본 백성이 피해를 입은 적은 한 번도 없었다고 변명해보자.

닛코에서 신으로 모시는 1대 쇼군의 명령이 무시되어왔던 꼴이다. 이런 죄만으로도 용서는 바랄 수 없다. 시로야마가 말한다. "도미네 대신, 제국의 쇄국 체제 방어에 관한 현행 규정은 잘 알고 있겠지."

"그것이 저의 의무입니다, 부교님."

"외국인이 허가 없이 도시에 들어왔을 경우 최고 관리자는 어떻게 해야 하나?"

"모든 제의를 거부하고 외국인에게 떠나라 명해야 합니다. 떠나는 길에 식량이 필요하다면 최소한의 양을 공급할 수 있지만, 절대 대가를 받아서는 안 됩니다. 나중에 외국인이 교역을 한 선례라고 주장할 수 없게 하기 위함입니다."

"하지만 외국인이 침략 행위를 저지를 경우에는?"

다다미 60장 방에 있는 조신들의 부채가 일제히 멈춘다.

"책임자인 부교 또는 다이묘는 외국인을 체포해야 합니다. 그리고 에도에서 명령이 올 때까지 그들을 구금해야 합니다."

예순일곱 명으로 중무장한 전함을 나포한다? 시로야마는 생각한다.

이 방에서 부교는 밀수꾼, 도적, 강간범에게 선고를 내렸다……

……살인자, 소매치기, 고토 열도에 숨어 있던 기독교도에게도.

이제 운명이 대신의 코맹맹이 소리를 빌려 그에게 선고를 내리고 있다.

쇼군은 의무를 게을리한 죄로 나를 투옥할 것이다.

에도에 있는 그의 가족은 그의 이름과 사무라이의 지위를 빼앗길 것이다.

가와세미, 내 소중한 가와세미는 요정으로 돌아가야 할 테고……

그는 자신의 아들, 포주의 하인으로 겨우 생계를 이어가게 될 귀하디귀한 아들을 생각한다.

에도에서 나를 잡아오라고 명하기 전에……

그는 조신들을 바라보지만 아무도 감히 유죄 선고를 받은 자와 시선을 마주치지 않는다.

……내가 할복으로 사죄하고 가문의 명예를 지키지 않는다면.

그의 뒤에서 누군가가 가볍게 헛기침을 한다. "제가 한마디해도 되겠습니까, 부교님?"

"물론이지요, 승정님."

"교가 번은 군사 요충지라기보다는 영적인 요충지입니다만, 여기에서 아주 가깝습니다. 지금 전령을 보내면 사흘 안에 가시마와 이사하야에서 이백오십 명을 모아 나가사키로 데려올 수 있습니다."

이 묘한 자가 내 목숨과 죽음의 일부로군. 시로야마는 생각한다. "쇼군의 이름으로 병사를 모아주십시오, 승정님." 부교는 언뜻 비치는 희망을 느낀다. 외국 침략자의 전함을 나포한다면 더 큰 영광으로 사소한 죄는 덮을 수 있을 거야. 그는 지휘관 쪽으로 몸을 돌린다. "히젠,

지키고, 히고의 영주에게 전령을 보내 쇼군의 이름으로 각각 무장한 병력 오백 명씩을 보내라는 명령을 전하라. 지체해서는 안 되며, 어떤 변명도 받아들이지 않겠다. 제국은 전쟁중이다."

XXXIV
영국 군함 포이보스호, 펜핼리건 함장의 침실

1800년 10월 19일 새벽

존 펜핼리건은 곰팡이 핀 휘장과 달빛이 비치는 숲의 꿈에서 깨어나 침대 옆의 아들을 찾는다. "트리스팅글, 내 아들! 정말 무서운 꿈을 꾸었다! 네가 블레넘호에서 죽는 꿈이었어……" 펜핼리건은 한숨을 내쉰다. "게다가 꿈속에서 나는 네가 어떻게 생겼는지조차 잊어버렸지 뭐냐. 네 머리카락이……"

"그건 제 머리카락이 아니에요, 아빠." 잘생긴 청년이 웃는다. "그렇게 불타는 덤불 같지 않다고요!"

"내 꿈속에서, 나는 가끔 네가 아직도 살아 있는 꿈을 꾼단다…… 잠에서 깨어나면 쓰라린 현실뿐이지."

"보세요!" 아들이 메러디스처럼 웃는다. "이게 유령의 손이에요?"

존 펜핼리건이 아들의 따스한 손을 잡고 보니 그것은 함장의 견장이다.

"아버지의 포이보스호가 이 호두를 박살내는 걸 도우러 제 페이

튼호를 보내드려요, 아버지."

"영광은 전함이 독차지하지." 펜핼리건의 후견인이었던 골딩 함장은 말하곤 했다. "하지만 전리품을 챙기는 건 호위함이야!"

"동양의 항구와 시장만한 전리품은 세상 어디에도 없습니다." 트리스트럼이 맞장구를 친다.

"블랙푸딩, 달걀, 구운 빵 정도면…… 더 바랄 게 없다, 아들아."

내가 왜 묻지도 않은 말을 했지? 펜핼리건은 의아하다.

"존스에게 얘기하고 〈타임스 오브 런던〉도 갖다드리겠습니다." 트리스트럼이 물러간다.

펜핼리건은 포크와 접시가 부드럽게 부딪치는 소리에 귀를 기울인다……

……그리고 불필요한 슬픔으로 허비한 세월을 뱀허물처럼 벗어버린다.

트리스트럼이 나가사키만에서 어떻게 〈타임스〉를 구한단 말이지? 그는 생각한다.

적의에 찬 고양이가 침대 발치에서 그를 지켜보고 있다. 아니면 박쥐인가……

그 짐승이 벙어리처럼 웅웅 소리를 내며 입을 벌린다. 바늘꽃이다.

물려고 하는군. 펜핼리건은 생각한다. 그의 생각은 악마의 신호다.

오른발에 심한 통증이 느껴진다. 아아아악! 비명소리가 김처럼 빠져나간다.

어둠 속에서 잠이 번쩍 깬 죽은 트리스트럼의 아버지는 비명을 깨문다.

포크와 접시가 부드럽게 부딪치는 소리도 멈추고 다급한 발소리가 그의 선실 문 앞으로 달려온다. 치그윈의 목소리가 외친다. "괜찮으십니까, 함장님?"

"괜찮네." 함장은 침을 꿀꺽 삼킨다. "악몽을 꾼 것뿐이야."

"저도 악몽 때문에 고생하고 있습니다. 첫번째 종이 울리면 아침식사를 드리겠습니다."

"그리하게, 치그윈. 잠깐, 일본인의 배가 아직도 우리를 에워싸고 있나?"

"경비선 두 척뿐입니다, 함장님. 하지만 해병들이 밤새 그들을 감시했는데 200야드 안으로는 절대 들어오지 않았습니다. 만약 그랬다면 함장님을 깨웠을 겁니다. 그들 외에는 오늘 아침까지 오리 말고 별다른 것은 보이지 않았습니다. 다 쫓아버렸습니다."

"곧 나가겠네, 치그윈. 하던 일 계속하게." 그러나 펜핼리건이 부어오른 발을 옮기자 쑤시는 듯한 고통이 파고든다. "치그윈, 내시 선생한테 잠시 들러달라고 해주겠나. 통풍 때문에 약간 아프군."

의사 내시가 평소보다 두 배는 부어오른 발목을 살펴본다. "장애물 경주나 마주르카 춤은 이제 다 잊으십시오, 함장님. 걷기 편하도록 지팡이를 쓰시면 어떻겠습니까? 래퍼티에게 하나 갖다드리라고 하겠습니다."

마흔두 살에 지팡이를 짚은 불구자라니. 펜핼리건은 망설인다.

젊고 날렵한 발들이 갑판 위를 쿵쿵거리며 오간다.

"알겠네. 계단에서 넘어지느니 내 병을 광고하는 셈이 되더라도 지팡이를 쓰는 편이 낫겠지."

"정말로 그렇습니다, 함장님. 이제 통풍결절을 진찰해보겠습니다. 이건 어쩌면……"

세모날이 갈라진 틈을 쑤시고 들어간다. 자줏빛 통증이 그의 눈알 뒤에서 폭발한다.

"……조금 아프실 겁니다…… 하지만 고름이 아주 잘 나오고 있습니다."

함장은 거품을 내며 흘러나오는 고름을 자세히 들여다본다. "이게 좋은 건가?"

"고름은," 의사 내시가 단지의 코르크 마개를 돌린다. "몸이 과도한 푸른 담즙을 제거하는 방법입니다. 푸른 담즙이 통풍의 원인이지요. 상처를 벌려서 쥐똥 부스러기를 발라주는 것이 중요합니다." 그는 단지 마개를 열어 핀셋으로 쥐똥을 꺼낸다. "고름이 잘 나오도록 자극해 일주일 안에 호전을 기대할 수 있습니다. 게다가 미리 여쭤보진 않았지만 제가 아편 토근산도 가져왔으니……"

"지금 마시겠네, 선생. 앞으로 이틀이 우리 앞날에 아주 중……"

세모날이 깊이 들어간다. 간신히 비명을 억누르느라 그의 몸 전체가 빳빳이 굳는다.

"제기랄, 내시," 함장이 드디어 숨을 헐떡거린다. "경고라도 해주면 안 되나?"

커틀립 소령이 펜핼리건의 수저 위에 놓인 사우어크라우트를 곁눈질한다.

"자네의 반감이 좀 약해졌나, 소령?" 함장이 묻는다.

"두 번 썩힌 양배추가 이 군인을 정복하는 일은 절대 없을 겁니다, 함장님."

얇은 막 같은 햇살이 아침 식탁에 그림 같은 분위기를 더해준다.

"나에게 처음 사우어크라우트를 추천해준 이는 저비스 제독이라네." 함장은 발효한 음식을 한입 가득 물고 우물거린다. "하지만 그 얘기는 자네에게 벌써 했지."

"저는 처음 듣습니다, 함장님." 렌이 말한다. 그러고는 다른 이들을 쳐다보자 다들 동의한다. 펜핼리건은 그들이 알면서도 예의상 모르는 척하는 건가 싶지만 그 일화를 요약해서 들려준다. "저비스는 윌리엄 블라이한테서 사우어크라우트를 전수받았고, 블라이는 쿡 선장한테서 전수받았지. 블라이는 이런 말을 즐겨 했어. '라페루즈*의 비극과 쿡의 영광의 차이는 사우어크라우트 서른 통이었다.' 하지만 쿡이 첫 항해에 나섰을 때 인데버호 선원들은 아무리 달래고 얼러도 그걸 먹으려 하지 않았어. 그래서 쿡은 '두 번 썩힌 양배추'를 장교의 음식으로 지정하고 일반 선원은 손도 대지 못하게 했지. 그랬더니 결과가 어찌되었는지 아나? 경비가 허술한 창고에서 사우어크라우트를 훔치는 놈이 점점 늘어나더니 반년이 지난 후에는 괴혈병에 걸린 사람이 한 명도 없게 되었어. 개종이 완벽하게 이루어졌던 거지."

"천재가 부린 저급한 간계였군요." 탤벗이 말한다.

"쿡은 저의 위대한 영웅이자 영감의 원천입니다." 렌이 말한다.

렌의 '저의'라는 말이 어금니 사이에 낀 작은 씨앗처럼 펜핼리건의 신경을 거스른다.

---

* 프랑스 해군 장교이자 탐험가. 1785년 브레스트항을 출발해 전 세계를 항해하다 호주 북쪽 바다에서 좌초되어 실종되었다.

치그윈이 함장의 그릇을 채워준다. 물망초를 예쁘게 수놓은 식탁보에 음식이 한 방울 튄다. 지금은 메러디스의 기억을 떠올릴 때가 아니야. 홀아비는 생각한다. "자, 제군들, 오늘 일과와 우리의 네덜란드 손님들에 대해 얘기를 해보지."

"판클레이프는 자기 감방에서 입을 닫고 밤을 보냈습니다." 호벨이 말한다.

"왜 저녁식사로 끓인 밧줄을 주느냐고 한마디하더군요." 커틀립이 코웃음을 친다.

"네덜란드 동인도회사가 망했다는 소식에 좀 흔들리지는 않던가?" 함장이 묻는다.

호벨이 고개를 젓는다. "나약함을 인정하는 것도 아마 나약한 모습일 겁니다."

"피셔로 말하자면, 그 불쌍한 놈은 사관실에서 우리와 함께 있자고 그렇게 애원했는데도 자기 선실에 밤새 있었습니다." 렌이 말한다.

"피셔와 그의 전 상관장 스닛커르의 관계는 어떤가?"

"생판 남처럼 굽니다." 호벨이 대답한다. "스닛커르는 오늘 아침 코감기를 치료하고 있습니다. 그는 판클레이프가 '세인트제임스궁의 벗'을 구타한 혐의로 군법회의에 회부되기를 원합니다."

"그 건방진 멋쟁이는 정말 구역질나는군." 펜핼리건이 말한다.

"제 생각에도 스닛커르는 이제 더 쓸모가 없습니다." 렌이 말한다.

"네덜란드인의 마음을 얻을 설득력 있는 지도자가 필요해." 함장이 말한다. "그리고……" 갑판 위쪽에서 종소리가 세 번 울린다. "……일본인을 설득할 진지하면서 침착한 특사도."

"제가 보기에는 피셔 차석 상관장이 좀더 말을 잘 들을 것 같습니다." 커틀립 소령이 말한다.

"판클레이프 상관장이 지도잣감입니다." 호벨이 주장한다.

"두 후보를 인터뷰해보자고." 펜핼리건이 빵 부스러기를 떨어낸다.

"판클레이프 씨," 펜핼리건은 고통으로 찌푸려지는 얼굴에 거짓 미소를 띤다. "잠은 편히 주무셨소?"

판클레이프는 호벨의 통역에 대답하기 전에 오트밀과 세비야산 프리저브, 설탕을 먹는다. "협박하고 싶으면 하시랍니다. 그래도 데지마에는 우리가 훔쳐갈 구리못 한 개 없다고요."

펜핼리건은 그 말은 무시한다. "그에게 식욕이 왕성해 보여서 기쁘다고 말하게."

호벨이 통역하자 판클레이프는 음식을 한입 가득 우물거리며 말한다.

"인질을 어떡할지 결정했느냐고 묻는데요."

"그를 인질이 아니라 손님으로 여긴다고 말하게."

그 말에 판클레이프의 입에서 오트밀이 튀어나간다. "하!"

"네덜란드 동인도회사의 파산을 알았느냐고 물어보게."

판클레이프는 커피를 따르면서 호벨의 말을 듣는다. 그가 어깨를 으쓱한다.

"영국 동인도회사가 일본과 거래하고 싶어한다고 하게."

판클레이프는 대답하면서 오트밀에 건포도를 뿌린다.

"대답하기를, '그렇지 않으면 당신네가 왜 여기 데려다달라고 스닛커르를 고용했겠소?'라는군요."

이자는 이런 문제에 초짜가 아니야. 펜핼리건은 생각한다. 하지만 그건 나도 마찬가지지.

"우리 관심사를 전해줄 일본 전문가를 구하고 있다고 전하게."

판클레이프는 그 말을 듣고 고개를 끄덕이더니 커피에 설탕을 넣어 저으며 말한다. "안 해."

"망명중인 그의 군주가 서명한 큐 각서에 대해 들어보았느냐고 물어보게. 네덜란드 식민지의 관리들에게 그들의 국가 자산을 영국의 보호 아래로 넘기라고 명령한 문서 말이야."

판클레이프는 그 말을 듣고 고개를 끄덕이더니 자리에서 일어나 셔츠를 걷어올려 깊고 넓게 파인 흉터를 내보인다.

그는 다시 앉아서 롤빵을 반으로 쪼개며 호벨에게 차분히 설명한다.

"판클레이프 씨의 말로는 이 부상은 바로 그 망명중인 군주가 고용한 스코틀랜드와 스위스 용병의 손에 입은 거랍니다. 그들이 아버지의 목구멍에 끓는 기름을 부었다는군요. 바타비아 공화국을 대신해 청하기를 '나약해 빠진 폭군'과 '영국인의 보호' 둘 다 제발 우리나 가지랍니다. 그리고 큐 각서는 변소에서 말고는 달리 쓸 데가 없다고 합니다."

"함장님, 아무리 봐도 우리가 상대하는 자는 구제불능의 자코뱅파입니다." 렌이 나선다.

"그에게 우리는 외교적 수단으로 우리 목표를 달성하는 편을 선호하지만……"

판클레이프가 사우어크라우트 냄새를 맡더니 부글부글 끓는 유황을 본 것처럼 움찔한다.

"……그게 안 된다면 무력으로 상관을 빼앗을 것이고, 일본인과 네덜란드인의 목숨이 상한다면 다 그의 책임이라고 말하게."

판클레이프는 커피를 마시고 펜핼리건 쪽을 보면서 호벨에게 자기 대답을 하나도 빠뜨리지 말고 한 줄 한 줄 다 옮기라고 한다.

"함장님, 그가 말하길, 다니엘 스닛커르가 우리한테 무슨 말을 했건 데지마는 회사가 임차한 일본의 영토랍니다. 네덜란드 소유가 아니고요.

우리가 무력으로 진입하면 일본인이 방어할 것이랍니다.

우리 해군이 포탄을 한 발이라도 쏘았다가는 다 죽을 거라고요.

가족을 생각해서 함부로 목숨을 내던지지 말랍니다."

"저놈이 우리를 겁주어 쫓으려고 하는군요." 커틀립이 말한다.

"그보다는 자기가 협력하는 대가를 올리려는 건지도 모르지." 펜핼리건이 의심한다.

그러나 판클레이프는 마지막으로 한마디를 하고 일어선다.

"아침식사 감사하답니다, 함장님. 그리고 멜히오르 판클레이프는 어느 군주에게도 자신을 팔지 않는답니다. 하지만 페터 피셔라면 기꺼이 함장님과 조건에 대해 타결을 볼 거랍니다."

펜핼리건이 말한다. "나는 사관후보생 시절부터 프로이센인을 존경했소……"

호벨이 통역한다. 페터 피셔는 이런 굉장한 운명의 반전을 아직 믿을 수가 없어 얼떨떨한 채로 고개를 끄덕인다.

"영국 군함 오데이셔스호에 플레스너라는 브라운슈바이크 출신 대위가 있었지……"

피셔는 '플레스너'의 발음을 고쳐주고 한마디 덧붙인다.

"자신도 브라운슈바이크 출신이랍니다." 호벨이 통역한다.

"그렇소?" 펜핼리건이 놀라는 척한다. "브라운슈바이크 출신이라고?"

페터 피셔가 "예, 예" 하며 고개를 끄덕이고 작은 잔에 든 맥주를 마신다.

펜핼리건은 힐끗 보고 치그윈에게 맥주잔을 계속 채워주라고 명령한다.

"플레스너 대위는 강직한 사람이었소. 최고의 뱃사람이었고. 용감하고 지략 있고……"

피셔의 신중한 표정이 이렇게 말한다. 당연히 그랬겠지, 누구나 예상하듯이……

함장이 말을 잇는다. "……그래서 독일 혈통과 가치관을 가진 신사가 나가사키의 초대 영국 영사가 되어 대단히 기쁘오."

피셔가 인사 삼아 자기 잔을 들어올리고 호벨에게 질문을 하나 한다.

"함장님, 우리의 장래 계획에서 스닛커르 씨가 맡을 역할은 뭐냐고 묻는데요."

펜핼리건은 슬픈 탄식을 삼키며 생각한다. 이 정도 연기력이면 나도 드루어리레인극장 무대에 설 수 있겠어. 그리고 말한다. "솔직하게 말하면, 피셔 특사……" 호벨이 그 말을 통역하자 피셔가 바짝 다가앉는다. "……솔직히 다니엘 스닛커르는 판클레이프 씨 못지않게 우리를 크게 실망시켰소."

프로이센인이 공모자의 눈빛으로 고개를 주억거린다.

"네덜란드인은 말만 번지르르하지 행동은 완전히 오줌이고 식초요.*"

호벨이 그 관용구의 뜻을 전하려 애쓰는데 예, 예 맞장구치는 소리가 연이어 나온다.

"그들은 자기들의 황금시대에 너무 깊이 박혀 있어서 세계가 바뀌는 줄도 모른다오."

"그건…… 바르헤이트입니다." 피셔가 호벨에게 말한다. "뭐라고 하나요, 바르헤이트를?"

"'진실'입니다." 호벨이 대답해준다. 펜핼리건은 자세히 설명하면서 발을 더 편하게 하려고 애쓴다. "바로 그래서 네덜란드 동인도회사가 무너진 거요. 찬양의 대상이었던 네덜란드 공화국이, 멸망한 나라들이 버려진 역사의 쓰레기통 속에서 폴란드와 합세할 판이 된 거고. 영국 왕조는 스닛커르가 아니라 피셔 같은 사람이 필요하오. 재능 있고 선견지명이 있는 사람……"

호벨의 통역을 들으면서, 미래의 부와 권력의 냄새를 더 잘 맡으려고 피셔가 콧구멍을 크게 벌름거린다.

"……그리고 도덕적으로 청렴한 사람 말이오. 말하자면 우리는 못 믿을 상인이 아니라 외교사절이 필요하오."

피셔는 네덜란드인의 무기력함에 대해 열변을 토하며 인질에서 전권대사로 변신을 완료한다. 호벨이 이를 요약해준다. "피셔 특사 말이 작년에 화재로 데지마의 바다 문 구역이 무너졌다고 합니다.

* piss and vinegar. '오만하다'는 뜻의 관용구.

제일 큰 네덜란드 창고 두 채가 전소되는 동안 판클레이프와 스닛커르는 회삿돈으로 매음굴에서 노느라 정신이 없었고요."

"수치스러운 직무태만이군." 매음굴 감식가로서 렌이 한마디 한다.

렌과 함께 다니는 커틀립도 맞장구친다. "추잡한 직무유기야."

종이 일곱 번 울리고 피셔 특사는 호벨과 새로운 생각을 나눈다.

"함장님, 그가 말하기를 판클레이프가 데지마에서 없어졌으니 이제 자기가 상관장 대리랍니다—즉 데지마에 있는 사람들은 피셔의 지시를 따라야 한다는 뜻이지요. 그의 명령에 불복하면 체형을 받게 됩니다."

저놈의 설득력이 자신감 못지않기를. 함장은 생각한다. "스닛커르는 우리를 여기까지 인도해준 대가를 받고 벵골까지 공짜로 배를 타고 가겠지만, 선실이 아니라 해먹에서 지낼 거요."

피셔가 그거면 충분하지요라고 말하듯 고개를 끄덕인다. 그리고 자신의 의견을 밝힌다.

호벨이 통역한다. "그의 말이 신께서 오늘 아침의 조약을 맺어주셨답니다."

프로이센인이 잔을 들고 마시려다 빈 것을 알아챘다.

함장이 치그윈에게 살짝 고개를 흔들어 보이고는 미소를 짓는다. "신과 대영제국의 해군은 피셔 특사가 다음의 임무를 수행한다는 데 동의할 거요……" 펜핼리건이 양해각서를 집어든다. "조항 1. 피셔 특사는 데지마 주재원들이 영국의 보호를 받도록 동의를 얻어낸다."

호벨이 통역한다. 커틀립 소령은 접시에 놓인 삶은 달걀을 굴린다.

"조항 2. 피셔 특사는 영국 군주와 일본 쇼군이 우호통상조약을 맺도록 나가사키 부교와 협상을 중재한다. 연례 교역은 1801년 6월부터 개시한다."

호벨이 통역한다. 커틀립이 말랑말랑한 흰자에서 달걀 껍데기를 뜯어낸다.

"조항 3. 피셔 특사는 네덜란드 소유의 구리를 군함 포이보스호로 모두 옮기고, 선원, 장교와 일본 상인 간에 제한적으로 사무역이 시행될 수 있게 한다."

호벨이 통역한다. 커틀립이 부드러운 노른자를 베어문다.

"이러한 직무에 대한 보수로, 피셔 특사는 근무하는 첫 삼 년간 영국 데지마 상관의 총수익의 10분의 1을 받게 될 것이며, 이는 쌍방의 동의하에 1802년 갱신될 수 있다."

호벨이 마지막 조항을 통역할 때 펜핼리건이 각서에 서명한다.

함장은 페터 피셔에게 깃펜을 건넨다. 피셔가 멈칫한다.

함장은 짐작한다. 자신을 쳐다보는 미래의 자신의 시선을 느끼는군.

렌이 그를 안심시킨다. "공작 못지않은 부자가 되어 브라운슈바이크로 돌아가게 될 거요."

호벨이 통역하자 피셔는 미소를 지으며 서명한다. 커틀립이 남은 달걀에 소금을 약간 뿌린다.

일요일인 오늘은 교회가 임시로 설치되고 여덟 번의 종소리가 뱃사람들을 부른다. 장교와 해병들이 뒷돛대와 큰 돛대 사이에 친 차양 아래에 서 있다. 포이보스호의 모든 기독교도 선원은 제일 좋은 옷을 차려입고 참가해야 한다. 히브리인, 이슬람교도, 아시아인과 그 밖의 이교도는 기도와 찬송에서 면제되지만, 종종 멀찍이서 구경을 하곤 한다. 판클레이프는 또 난동을 부릴까봐 범포 창고에 가둬놓았고, 다니엘 스닛커르는 하사관들과 함께 있으며, 페터 피셔는 펜핼리건 함장—자신의 지팡이가 이미 수병들 사이에서 추측의 대상이 되었음을 의식하고 있는—과 호벨 대위 사이에 서 있다. 갓 임명된 특사는 대위의 새 면 셔츠를 빌려 입었다. 새된 목소리의 켄트 출신 목사 월리가 타륜 앞에 임시로 만든 제단 위에 서서 낡아빠진 성경을 읽는다. 그는 일자무식인 선원들이 곱씹을 시간을 주고 함장이 잡념에 빠질 시간을 주며 한 줄씩 천천히 읽는다. "태풍에 몹시 시달리다못해……"

펜핼리건은 오른쪽 발목을 시험해본다. 내시의 약 덕분에 통증이 무뎌지고 있다.

"……이튿날에는 화물을 바닷속으로 집어던졌고, 또 그다음날에는……"

함장은 일정한 거리를 유지하고 있는 일본 경비선의 존재를 알아챈다.

"……선원들이 배의 장비를 제 손으로 내던졌다."

선원들이 놀라 투덜대며 목사의 말에 바짝 귀를 기울인다.

"여러 날 동안 해도 별도 보이지 않고……"

대개 목사들이 읽는 내용은 이렇게 다루기 힘든 무리에게는 너무 미적지근하거나……

"……태풍만이 거세게 불어닥쳐서 마침내 우리는 살아 돌아갈 희망을……"

……아니면 너무 열성적이어서 선원들은 무시하고 비웃고 비방

하기 일쑤다.

"……아주 잃고 말았다. 그때 바울이 일어서서……"

그러나 위츠터블 출신 굴 양식업자의 아들인 월리 목사는 환영받는 예외다.

"……사람들에게 이렇게 말하였다. '여러분, 내 말대로……'"

겨울의 지중해를 아는 이들이 웅얼거리며 고개를 끄덕인다.

"'……그레데섬을 떠나지 않았어야 했습니다. 그랬더라면 우리는 이런 재난과 손실은 겪지 않았을 것입니다.'"

월리 목사는 소년들에게 읽기, 쓰기, 셈을 가르쳐주고 문맹자를 위해 편지를 써준다.

"'그러나 이제라도 제발 기운을 내십시오. 배는 잃겠지만……'"

목사 역시 상업에 관심이 있다. 그는 벵골산 사라사 50필을 선창에 보관하고 있다.

"'……여러분의 목숨만은 하나도 잃지 않을 것입니다. 바로 어젯밤에……'"

무엇보다 월리의 강독에는 소금기가 배어 있고 설교는 간결하며 함축적이다.

"'……나를 지배하시는 하느님,'" 월리가 고개를 든다. "'곧 내가 섬기는 하느님의 천사가 나타나서……'"

펜핼리건은 줄지어 선 포이보스호 선원들을 따라 시선을 이리저리 옮긴다.

"'나더러 두려워하지 말라고 하며 나와 동행하는 여러분을 하느님께서 이미 모두 나에게 맡겼다고 했습니다.'"

콘월 출신, 브리스틀 출신, 맨섬 출신, 헤브리디스제도 출신……

"한밤중에 선원들은 육지에 가까이 온 것 같은 짐작이 들었다……"

페로제도 출신이 넷, 코네티컷 출신 양키도 몇 있다.

"……그래서 끈에다 추를 달아 내려보았더니 물 깊이는 20패덤이었다……"

카리브해 출신 노예였다가 해방된 이, 예의바른 타타르인, 지브롤터 출신 유대인도 있다.

"……좀더 나아가서 다시 재어보았더니 15패덤이었다……"

펜핼리건은 어떻게 육지가 여러 나라로 자연스럽게 나뉘는지 생각해본다.

"……우리의 배가 암초에 얹힐 염려가 있었기 때문에 고물에서……"

그는 바다가 어떻게 인간의 경계선을 없애버리는지 생각한다.

"……네 개의 닻을 내려놓고 어서 날이 밝기를 기원하고 있었다."

그는 메스티소와 혼혈인을 쳐다본다. 유럽인이……

"그러나 선원들은 배에서 빠져나갈 속셈으로……"

……원주민 여자에게서 낳은 자식들. 제 아비가 쇠못 몇 개에 팔아버린 여자 노예……

"그때 바울이 '저 사람들이 이 배를 떠나가면 당신들은 살아날 길이 없습니다' 하고 일러주었다."

펜핼리건의 눈에 혼혈인 하틀풀이 들어오자 그는 자신이 젊은 시절 저지른 간음 행위를 떠올리고, 그 결과로 태어난 커피색 피부나 아몬드 같은 눈을 가진 아들이 또한 바다의 목소리를 따르지는 않았을까 생각하며 아비 없는 아이들의 마음을 헤아려본다. 함장은 그날 아침의 꿈을 기억해내고 그렇게 되었기를 바란다.

"그러자 군인들은 밧줄을 끊어 보트를 떼어버렸다."

선원들이 그런 난폭한 짓에 숨을 헉 들이쉰다. 누군가가 외친다.
"미쳤군!"

"입다물어." 다른 이가 대꾸하자 렌이 외친다. "목사님 말씀 잘 들어!"

그러나 윌리는 성경을 덮는다. "아, 폭풍우가 휘몰아치고 죽음이 목전에 바짝 다가오니 바울이 말했습니다. '배를 버리면 빠져 죽을 것입니다. 나와 함께 뱃전에 있으면 살 수 있습니다.' 여러분이라면 바울을 믿겠습니까? 저라면 믿을까요?" 목사는 어깨를 으쓱하고 숨을 내쉰다. "이건 머리에 후광을 두른 사도바울의 말이 아니었습니다. 그는 사슬에 묶인 죄수, 로마제국의 구석진 도랑에 처박혀 살던 이교도였습니다. 하지만 그는 경비병들이 보트를 떼어내도록 설득했고, 사도행전에는 276명이 하느님의 자비로 살아났다고 나옵니다. 어째서 키프로스 사람, 레바논 사람, 팔레스타인 사람이 마구 뒤섞여 있는 선원들이 바울의 말에 주의를 기울였을까요? 그의 목소리 때문이었을까요, 그의 얼굴 때문이었을까요, 아니면 뭔가 다른 것이 있었을까요? 아, 그 비밀을 안다면 내가 지금 대주교가 되었게요! 하지만 저는 여기 여러분과 함께 처박혀 있지요." 선원 몇이 웃음을 터뜨린다. "믿음이 언제나 물에 빠져 죽지 않게 해준다고는 말하지 않겠습니다. 독실한 기독교인도 바다에서 죽었으니 그렇게 말하면 제가 거짓말쟁이가 되겠지요. 하지만 이것만은 분명히 말씀드릴 수 있습니다. 믿음은 여러분의 영혼을 죽음에서 구해줄 것입니다. 믿음이 없으면 죽음이란 물에 빠져 죽는 것이고, 그야말로 그것으로 끝입니다. 멀쩡한 사람이라면 누가 두려워하지 않겠습니까? 하지만 믿음이 있으면 죽음은 우리가 삶이라고 부르는 이 항해의 끝일 뿐입니다. 우리가 사랑하는 이들과 함께 떠나는 영원한 항해의 시작이지요. 슬픔과 애통함은 누그러지고, 우리 조물주가 선장으로 이끄시는……"

해가 뜨고 아침 이슬이 증발하면서 배의 밧줄이 끼익끼익 소리를 낸다.

"오늘 일요일에 제가 얘기하고 싶은 것은 그게 다입니다. 우리 함장님께서 몇 말씀 해주시겠습니다."

펜핼리건은 마음먹은 것보다 지팡이에 더 의지하며 앞으로 나선다. "제군들, 나가사키에는 깃털을 뽑아주기를 기다리는 살찐 네덜란드 거위 같은 건 없다. 여러분은 실망하겠지. 여러분의 장교도 실망하고, 나도 실망했다." 함장은 자신의 말이 다른 언어들로 스며들 시간을 주기 위해 천천히 말한다. "플리머스로 돌아가는 길고 긴 항해에서 방심하고 있는 프랑스 배나 포획할 생각으로 위안을 삼아야 할 것이다." 가마우지가 운다. 경비선의 노가 물을 튀긴다. "여기에서 우리의 임무는 저 무지몽매한 나라에 19세기를 가져다주는 것이다. 내가 말하는 '19세기'란 영국의 19세기이지 프랑스의, 러시아의, 네덜란드의 19세기가 아니다. 그렇게 하면 우리 모두 부자가 될 수 있을까? 그것 자체로는 아니다. 그러면 우리 포이보스호가 일본에서 가장 유명한 배가 되고 고향에서는 훌륭한 공헌을 했다고 찬사를 받게 될까? 그렇다는 대답이 울려퍼질 것이다. 이것은 여러분이 항구에서 쓸 수 있는 유산이 아니다. 절대로, 아무리 해도 영원히 다 써버릴 수 없는 유산, 도둑맞거나 잃어버릴 수도 없는 유산이다." 선원들은 후세보다 현금을 더 좋아하지. 펜핼리건은 생각한다. 하지만 적어도 열심히 듣고는 있어. "찬송을 부르기 전에 한마디만 더 하겠다. 나가사키에서 마지막으로 찬송이 울려 퍼진 것은 어제 우리가 지나친 절벽에서 원주민 기독교도들이 '참된 믿음'에 대한 신념 때문에 내던져졌을 때였다. 제군들이 이 역사적인 날에, 네덜란드인과는 달리 영국인은 이익을 위해 우리 구세주를 짓밟는 일은 절대 없을 것이라는 메시지를 나가사키 부교에게 전해주기를 바란다. 그러니 수줍음 많은 학생처럼 찬송을 부르지 말고 전사답게 부르자. 하나, 둘, 셋……"

XXXV
데지마, 상관장의 집
바다 전망 방

1800년 10월 19일 아침

"누가 어두운 이야기로 그를 그렇게 괴롭혔나……"*

전망창 옆에서 물품 목록을 살펴보고 있던 야코프 더주트는 처음에는 자기 귀를 의심한다……

"다름 아닌 그들 자신이 혼란스러워하였다, 하느님의 힘은 그 이상이라."

……하지만, 전혀 믿을 수 없게도 분명 나가사키만에서 찬송가가 들려오고 있다.

"어떤 적도 그의 힘에 버티지 못하리. 거인과 싸운다 할지라도……"

야코프가 베란다로 나가보니 군함이 보인다.

"순례자가 될 권리를 실천하리라."

---

* 존 버니언의 『천로역정』 2부에 나오는 내용 일부에 곡을 붙여 만든 찬송가.

찬송가의 홀수 구절은 들이쉬고 짝수 구절은 내쉰다.

"주여, 성령과 함께 우리를 지켜주소서."

야코프는 바람결에 떠다니는 영어 가사를 더 잘 들으려고 눈을 감는다……

"결국은 우리가 생명을 받으리라 알고 있사옵니다."

……앞 구절의 메아리에서 새로운 구절이 하나씩 흘러나온다.

"그러니 환상이여, 사라져라! 사람들이 하는 말 두려워하지 않으리."

찬송은 물이고 햇빛이다. 야코프는 아나와 결혼할 걸 그랬다는 생각을 한다.

"순례자가 되고자 밤낮으로 노력하려네."

목사의 조카는 다음 구절을 기다리지만 더는 들려오지 않는다.

"즐거운 노래로군." 마리뉘스가 문간에서 말한다.

야코프가 몸을 돌린다. "선생님은 찬송가를 '어둠을 무서워하는 아이들에게나 불러주는 노래'라 하시지 않았습니까."

"내가? 흠, 노망이 들면 판단력이 떨어지는 법이지."

"한 달도 채 안 된 일입니다, 선생님."

"아. 음, 사제인 내 친구가 하는 말이," 마리뉘스가 난간에 몸을 기댄다. "우리가 가진 종교는 우리가 증오하게 만들기에는 충분하지만, 사랑하게 만들기에는 모자란다는군. 자네의 새로운 습관이 아주 잘 어울리네그려."

"이건 판클레이프 상관장의 습관입니다. 오늘밤까지는 돌아오셨으면 좋겠습니다. 진심으로요. 제게 별로 자비심이 없을 때는 영국인에게 피셔를 잡아두도록 몸값을 줄까 하는 생각도 합니다만,

멜히오르 판클레이프는 회사의 기준으로 보면 공정한 분이지요—그리고 직원이 넷밖에 없는 데지마는 인원이 부족한 정도가 아니라 아예 없는 거나 마찬가지입니다."

마리뉘스가 눈을 가늘게 뜨고 하늘을 올려다본다. "가서 식사나 하게. 에일라튀와 내가 주방에서 조린 생선을 좀 가져왔네."

그들은 식당으로 간다. 야코프는 늘 앉는 자리에 앉는다. 그는 마리뉘스에게 예전에 영국 해군 장교를 상대해본 적이 있는지 묻는다.

"자네가 생각하는 것보다는 적네. 조지프 뱅크스와 영국과 스코틀랜드 철학자 몇과 서신을 주고받은 적이 있지만, 아직도 그들의 언어를 완전히 익히지 못했어. 그들의 나라는 젊은 편이지. 자네도 런던에 머물 때 장교를 좀 만나보았을 텐데. 이삼년은 있지 않았나?"

"모두 합하면 사 년쯤 됩니다. 제 고용주의 가장 큰 창고가 이스트인디아 부두에서 강 하류 쪽으로 조금 내려간 곳에 있어서 전함 수백 척이 드나드는 것을 보았습니다. 영국 해군에서 가장 좋은 배들이었지요. 그러니까 세계 최고의 배들이었단 거죠. 하지만 제가 아는 영국인은 창고에서 일하는 사람들과 대서인, 회계 담당자에 한정되어 있었어요. 높으신 분이나 제복 입은 군인에게 네덜란드 억양이 심한 제일란트 출신 하급 사무원 따윈 눈에 들어오지도 않았겠지요."

도르사이가 문가에 나타난다. "고토 통역관님이 오셨습니다."

야코프는 판클레이프를 찾아 주변을 둘러보다 정신이 든다. "들여보내, 도르사이."

고토가 상황이 상황인 만큼 엄숙한 표정으로 들어온다. "안녕하십니까, 상관장 대리님." 통역관이 인사한다. "마리뉘스 선생님도 안녕하십니까. 아침식사를 방해해서 죄송합니다. 하지만 검사관이 영국 배에서 들려오는 군가를 듣고 조합에서 저를 급히 보냅니다. 영국인은 공격 전에 저런 노래를 부릅니까?"

"공격이라고요?" 야코프가 황급히 바다 전망 방으로 돌아간다. 그는 망원경으로 군함을 보지만 배는 여전히 같은 위치에 있다. 그는 뒤늦게 오해를 알아차린다. "아닙니다. 영국인이 불렀던 것은 군가가 아니라 찬송가였습니다, 고토 씨."

고토가 의아해한다. "'찬송가'라니 그게 뭡니까? 사람입니까?"

"기독교인이 우리 신을 위해 부르는 노래입니다. 예배 행위이지요."

상관장 대리는 군함을 계속 관찰한다. 뱃머리에서 움직임이 있다.

"파펜부르크섬에서 부르면 닿을 거리에서 찬송가라니," 마리뉘스가 말한다. "역사에는 유머가 없다고 주장한 사람은 다 너무 빨리 죽었어."

고토는 다 알아듣지는 못하지만 기독교를 금하는 쇼군의 신성불가침 칙령이 위배됐다는 것은 이해한다. "아주 심각하고 나쁜 상황이군요." 그가 중얼거린다. "아주……" 그는 다른 말을 찾는다. "……아주 심각하고 나빠요."

"내가 잘못 본 것이 아니라면……" 야코프는 여전히 관찰하고 있다. "……무슨 일이 벌어지고 있어요."

모여 있던 이들이 흩어지고 예배용 차양이 치워진다.

"귀리색 재킷을 입은 사람이 밧줄 사다리를 타고 내려가고 있어요……"

그는 부축을 받으며 뱃머리 우현에 매어놓은 보트에 옮겨 탄다. 배 주위를 돌던 일본 경비선 한 척을 부른다.

"피셔 차석 상관장이 자유를 되찾은 것 같군요……"

✧

야코프는 여기 온 지 열다섯 달 만에 처음으로 바닷가 경사로에 발을 들인다. 곧 삼판선이 가까이 올 것이다. 야코프는 뱃머리의 페터 피셔 옆에 있는 사가라 통역관을 알아본다. 폰커 아우베한트가 콧노래를 부르다 뚝 멈춘다. "여기 나오니 이 감옥을 떠날 날이 못 견디게 그리워지지 않습니까?"

야코프는 오리토를 생각하고 움찔하며 대답한다. "그렇군요."

마리뉘스가 끈적거리는 해초 한 움큼을 자루에 넣고 있다. "포르피라 움빌리칼리스*라네. 호박들이 좋아할 거야."

20야드 밖에서 페터 피셔가 양손을 입 주위에 대고 자신을 맞이하는 무리를 향해 외친다. "나는 스물네 시간 동안 등을 돌리고 있겠네, 더주트 상관장 대리가 쿠데타를 시작하도록!" 그의 경박함은 부자연스럽고 신경에 거슬린다. "내 관에도 그렇게 빨리 뛰어들 텐가?"

아우베한트가 맞받아 외친다. "우리가 얼마 동안이나 지휘관이 없는 상태로 있게 될지 알 수가 없어서요."

---

* 보리털과 김속의 홍조류에 속하는 김의 한 종류.

"지휘관이 돌아왔네, '아우베한트 차석 상관장 대리'! 이게 웬 고속 승진이야? 이제는 원숭이가 요리사가 되었나?"

"다시 만나서 기쁩니다, 페터. 우리 직함이 뭐가 되었건." 야코프가 말한다.

"돌아와서 기쁘네, 수석 사무원!" 보트가 경사로에 닿자 피셔가 정복자 영웅처럼 해변으로 뛰어내린다. 그는 어설프게 착륙하다가 돌멩이에 발이 미끄러진다.

야코프가 그를 도와 일으켜준다. "판클레이프 상관장님은 어떻습니까?"

피셔가 일어선다. "판클레이프는 잘 있네. 아주 잘 있지. 안부 전해달라더군."

"더주트 씨," 사가라 통역관이 하인과 경비병의 도움을 받으며 삼판선에서 내린다. "영국 함장이 부교님께 보내는 서신이 있습니다. 지금 가지고 왔으니 서둘러야 합니다. 부교님이 아마 나중에 당신을 부르실 겁니다. 피셔 씨하고도 얘기하고 싶어하실 거고요."

"오, 좋아. 시로야마에게 나는 점심 이후로 시간이 괜찮다고 알리게." 피셔가 말한다.

사가라가 피셔에게는 애매하게, 더주트에게는 제대로 인사를 하고 돌아선다.

피셔가 그의 뒤에 대고 외친다. "사가라 통역관!"

사가라가 바다 문에서 예? 하는 표정으로 돌아본다.

"데지마에서 제일 높은 관리가 누구인지 잊지 말게."

사가라의 겸손한 인사는 딱히 진심이 아니다. 그는 자리를 뜬다.

"저놈 못 믿겠어. 예의가 부족해." 피셔가 말한다.

"영국인이 당신과 상관장님을 잘 대해주었을 테지요." 야코프가 말한다.

"'잘?' 그 정도가 아니었다네, 수석 사무원. 굉장한 소식이 있어."

✧

"여러분의 염려에 감동했습니다." 피셔가 접견실에 모인 사람들에게 말한다. "여러분은 포이보스호에서 있었던 일에 대해 무척 알고 싶을 겁니다. 하지만 외교 의례라는 게 있으니 흐로터, 헤리츠존, 바르트, 오스트, 그리고 투미 당신도 그만 오늘 아침 할일로 돌아가도 좋습니다. 마리뉘스 선생님, 아우베한트 씨, 더주트 씨와는 의논할 일이 좀 있습니다. 냉정하게 잘 생각해서 결정해야 할 일도 있고요. 이 문제들이 해결되면 모두에게 알려주겠습니다."

"그건 좀 아니지요. 우리도 있어야겠소." 헤리츠존이 나선다.

괘종시계가 시간을 잰다. 핏 바르트가 사타구니를 긁적인다.

"고양이가 없는 동안에," 피셔는 기뻐하는 척한다. "생쥐들은 민중 전당대회를 열지요. 좋아요, 그러면 되도록 이해하기 쉽게 설명하겠습니다. 판클레이프 씨와 저는 영국 군함 포이보스호에서 영국 함장의 손님으로 하룻밤을 보냈습니다. 함장의 이름은 존 펜핼리건입니다. 그는 벵골의 포트윌리엄에서 영국 총독의 명을 받고 여기에 왔습니다. 포트윌리엄은 영국 동인도회사의 주요 근거지인데……"

"포트윌리엄 정도는 우리도 다 알고 있소." 마리뉘스가 끼어든다.

피셔가 잠시 동안 미소를 짓는다. "펜핼리건 함장이 받은 명령은 일본과 교섭해 통상조약을 맺으라는 것입니다."

"일본에서 교역을 하는 건 네덜란드 동인도회사이지, 영국놈들 회사가 아니오." 아우베한트가 말한다.

피셔가 이를 쑤신다. "아, 그렇지요. 알려줄 것이 좀더 있어요. 네덜란드 동인도회사는 완전히 끝났습니다. 그래요. 18세기 마지막날 오밤중에, 여러분 중 몇몇이"—그는 헤리츠존과 바르트를 힐끗 본다—"롱 스트리트에서 여러분의 독일 조상에 대한 무례한 노래를 부르고 있을 때, 유서 깊고 명예로운 회사는 이 세상에서 모습을 감추었습니다. 우리 고용주이자 월급을 주던 회사가 파산한 겁니다."

다들 놀라 말문이 딱 막힌다. 야코프가 입을 연다. "비슷한 소문이……"

"펜핼리건 함장의 선실에 있던 〈암스테르담스허 쿠란트〉에서 읽었어요. 거기에 간단명료한 네덜란드어로 분명히 쓰여 있었어요. 1월 1일부터 우리는 허깨비를 위해 일하고 있었던 겁니다."

"우리 밀린 월급은?" 바르트가 겁에 질려 제 손을 깨문다. "칠년간 일한 내 임금은?"

피셔가 고개를 끄덕인다. "돌이켜 생각해보면 당신이 오입질과 도박으로 그 돈을 거의 다 써버린 게 현명했던 거요. 적어도 즐기기는 했으니."

오스트가 나선다. "하지만 우리 임금은 우리 임금이죠. 우리 임금에는 손대면 안 되지 않습니까, 더주트 씨?"

"법적으로는 그렇지요. 하지만 '법적으로'는 법원, 보상, 변호사, 시간이 필요하다는 의미이기도 하지요. 피셔 씨……"

"상관 기록에는 내가 '차석 상관장'으로 승진했다고 기록되어 있을 텐데?"

"피셔 차석 상관장님, 〈쿠란트〉 기사에 보상과 부채에 대한 내용도 있었나요?"

"네덜란드 본국의 주주들에 대한 내용은 있었지만, 아시아 상관에서 일하는 사람들에 대한 건 없었소. 하나도 없었어요. 네덜란드 본국에 대해서라면 들려줄 얘기가 더 많아요. 코르시카섬 출신 장군 보나파르트가 스스로 프랑스 공화국의 제1통령 자리에 올랐소. 이 보나파르트라는 자는 야심이 없지 않아요! 그는 이탈리아를 정복하고, 오스트리아를 손에 넣고, 베네치아를 약탈하고, 이집트를 굴복시켰어요. 이제 저지대 나라들*을 프랑스에 편입시키려 하고 있지요. 이런 말 하게 되어 유감이지만, 여러분의 모국은 이제 시집을 가서 이름마저 잃게 될 거요."

"영국놈들의 거짓말이야!" 아우베한트가 소리친다. "그럴 리가 없소!"

"내 말이 맞는다니까. 폴란드인도 자기네 나라가 없어지기 전에 비슷한 소리를 했지."

야코프는 돔뷔르흐를 침공하는 프랑스군을 그려본다.

바르트가 말한다. "내 형제 요리스가 그 프랑스인 보나파르트 밑에서 일했소. 사람들 말로는 그자가 아르콜 다리에서 악마와 거래를 했대요. 그래서 모든 군대를 다 물리치게 된 거라고. 그런데 그 거래에 그의 부하들까지는 포함되지 않아서 요리스가 피라미드 전

* 유럽 북해 연안의 벨기에, 네덜란드, 룩셈부르크 등의 나라를 가리킴.

투에서 몸뚱이도 없이 꼬챙이에 꿰어진 채 마지막을 맞은 거지."

"진심으로 애도를 표하오, 바르트." 페터 피셔가 말한다. "그러나 이제는 보나파르트가 여러분의 국가원수이고, 그는 여러분의 밀린 임금 따위에는 관심도 없어요. 그렇지. 지금까지 놀랄 일이 두 가지 있었지. 이제 회사도, 독립국 네덜란드도 없다는 거. 세 번째로 놀랄 일이 있소. 특히 더주트 수석 사무원한테 흥미로울 거요. 포이보스호를 나가사키만으로 안내한 키잡이이자 자문이 바로 다니엘 스닛커르요."

"하지만 그자는 자바에서 재판을 기다리고 있을 텐데." 아우베한트가 제일 먼저 침묵을 깬다.

피셔가 엄지손톱을 들여다보며 말한다. "앞일을 알 수 없으니 인생이 기묘한 거지."

경악한 야코프는 헛기침을 한다. "스닛커르 씨와 얘기를 해보았습니까? 얼굴을 맞대고?" 그는 이보 오스트를 흘끗 쳐다본다. 얼굴에 핏기가 없고 당황한 표정이다.

"그 작자와 저녁도 함께 먹었소. 알다시피 셰넌도어호는 자바까지 가지 않았어요. 부패라는 암을 적출해낸 그 유명한 포르스텐보스와 믿을 만한 레이시 선장이 회사의 구리—더주트 씨, 당신이 그토록 애써 얻어낸 바로 그 구리 말이오!—를 벵골의 영국 동인도회사에 팔아넘겼소. 자기들의 개인적인 이익을 위해 말이오. 참으로 아이러니하지, 아이러니해!"

그게 사실일 리 없어. 야코프는 생각한다. 하지만, 그래, 사실일 수도 있어.

"잠깐, 잠깐만요"—아리 흐로터의 얼굴이 붉어진다—"잠깐만 기다려보라니까. 우리 개인 화물은 어떻게 되었소? 내 칠기는? 아리타 도자기상은?"

"그들의 다음 목적지는 다니엘 스닛커르도 모릅니다. 그는 마카오에서 탈출했어요……"

"그 돼지들이," 아리 호로터의 얼굴이 자줏빛으로 변한다. "그 개 같은 도둑놈들……"

"……그리고 묻지도 않았어요. 하지만 당신들의 상품은 캐롤라이나에서 제법 비싼 값을 받겠지요."

"지금 화물 신경쓸 때야?" 투미가 불평한다. "고향에는 어떻게 돌아가지?"

아리 호로터조차 그 말의 의미를 깨닫고 조용해진다.

"피셔 씨는 이런 재앙에도 멀쩡해 보이는군." 마리뉘스가 말한다.

"우리한테 아직 얘기 안 한 게 있소, 피셔 씨?" 헤리츠존이 위협적인 표정으로 묻는다.

"여러분이 민주적으로 고상하게 행동해야 말할 수 있소! 의사 선생 말이 맞소. 전부 잃은 것은 아니에요. 펜헬리건 함장은 이 해역에서 영국과 네덜란드 간의 협상을 제안할 권한을 가지고 있소. 그는 우리가 회사에서 받아야 할 돈을 한푼도 빠짐없이 다 주고, 페낭이든 벵골이든 실론이든 희망봉이든, 어디로든 갈 수 있도록 편안한 선실까지 공짜로 내주겠다고 약속했어요."

"그게 다 영국인이 호의로 제안한 거라고?" 콘 투미가 묻는다.

"보답으로 우리는 두 번의 교역 철을 여기에서 더 일해줘야 하고요. 물론 임금을 받고."

"그 말은, 영국인이 데지마와 거기서 나오는 이익을 원한다는 것이로군요." 야코프가 직감한다.

"데지마가 당신한테 무슨 소용이요, 더주트 씨, 당신이 배가 있소, 자본이 있소?"

"하지만……" 이보 오스트가 인상을 찌푸린다. "영국인이 데지마에서 교역을 하고 싶어한다면……"

아리 흐로터가 고개를 끄덕인다. "통역들은 네덜란드어밖에 못해."

피셔가 손뼉을 친다. "펜핼리건 함장에게는 여러분이 필요해요. 여러분에겐 그가 필요하고. 더없이 행복한 결합이지."

"그러면 고용주만 바뀔 뿐 일은 똑같다 그 말인가?" 바르트가 묻는다.

"당신의 개인 화물을 캐롤라이나로 날려버리지 않을 고용주하고 일하는 거지."

"내가 포르스텐보스를 잡는 날이면 그놈의 귀족입네 하는 엉덩이에서 뇌를 끄집어내줄 테다." 헤리츠존이 맹세한다.

"데지마에는 어느 나라 깃발이 걸리게 됩니까?" 야코프가 묻는다. "네덜란드요, 영국이요?"

"우리 임금이 나오는 한 그게 무슨 상관이오?" 피셔가 되묻는다.

"판클레이프 상관장은 함장의 제안을 어떻게 생각하오?" 마리뉘스가 묻는다.

"세부 조건을 더 유리하게 만들려고 협상중입니다."

"그러면 우리에게 서면으로 명령을 보낼 생각은 못했나요?" 야코프가 묻는다.

"내가 바로 그의 서면 명령서요, 수석 사무원! 하지만, 자, 내 말을 못 믿는군. 펜핼리건 함장이 당신을 초대했어요—의사 선생하고 아우베한트 씨도. 오늘 저녁에 포이보스호에서 함께 만찬을 하자고요. 그의 부하들은 아주 멋진 사람들이에요. 호벨이라는 대위는 네덜란드어를 기막히게 잘하더군요. 해병 지휘관인 커틀립 소령은 안 가본 데가 없고, 뉴사우스웨일스에서도 살아봤다더군요."

직원들이 웃음을 터뜨린다. "커틀립? 그게 진짜 이름이라니!" 흐로터가 말한다.

"우리가 그들의 제안을 거절한다면 영국인들이 평화롭게 떠날까요?" 야코프가 묻는다.

피셔가 혀를 쯧쯧 찬다. "그 제안은 여러분이 받아들이고 자시고 할 수 있는 게 아니오. 알겠소, 수석 사무원? 이제 판클레이프 상관장과 내가 돌아오면, 데지마 공화국은 장난감 상자로 돌아가서……"

"아니, 그렇게 간단한 문제가 아니야. 우리는 더주트 씨를 대통령으로 뽑았소." 흐로터가 나선다.

"대통령?" 피셔가 놀랍다는 듯 짐짓 눈썹을 치켜세운다. "우와!"

"우리는 믿을 수 있는 사람이 필요하오." 아리 흐로터가 말한다. "우리를 지켜줄 사람."

페터 피셔가 입술만 움직여 미소를 짓는다. "당신 말은, 나는 믿을 수 있는 사람이 아니라는 뜻인가?"

"물론 당신이 어떤 선적서류를 잊어버리지야 않겠지. 더주트 씨는 서명하지 않았지만 당신은 아주 기쁘게 서명한 것 말이오." 흐로터가 말한다.

핏 바르트가 말한다. "포르스텐보스가 더주트 씨를 물 먹였지만, 더주트 씨는 우리를 물 먹이지 않을 거야."

피셔 못지않게 야코프도 직원들의 강력한 지지에 놀란다.

피셔의 목소리가 굳어진다. "회사 규정은 사원의 복종에 대해 명시하고 있소."

"회사 규정은 법적으로 무효가 되었소. 1월 1일자로." 마리뉘스가 지적한다.

"하지만 우리 모두 같은 편 아닙니까, 그렇지요?" 피셔는 자신의 계산 착오를 깨닫는다. "깃발 문제는 합의를 볼 수 있어요. 깃발이야 네모난 천조각에 불과한 것 아닙니까? 나중에 부교에게 말하겠습니다—여러분의 '대통령'도 동참할 수 있어요, 나의 선의를 증명하기 위해서라면요. 그럴 동안 여러분의 '데지마 공화국'은……"

이름이란, 야코프는 생각한다. 조롱하려는 뜻에서 붙인 것이라도, 그 대상에 실체를 주는 법이지.

"……바라는 바를 상의할 수 있고요. 야코프와 내가 포이보스호에 가서, 그가 펜핼리건 함장에게 뭍의 상황이 어떤지 얘기해줘도 됩니다. 하지만 잊지 말아야 할 것은, 고국은 1만 2천 마일 밖에 있다는 것입니다. 잊지 마세요, 데지마는 교역을 할 수 없게 된 교역소라고요. 기억하세요, 일본인은 영국인과 함께 일하도록 우리가 자기네를 설득해주기를 바라고 있어요. 제대로 선택하면 우리는 돈을 벌고 가난으로부터 우리 가족을 지킬 수 있어요. 하느님의 이름으로, 누가 여기에 반대할 수 있겠소?"

✧

"그러면 '총독'은 뭐라고 옮기나요?" 지친 눈을 한 고토 통역관이 턱 주위에 거무스름하게 돋은 수염을 매만진다. "네덜란드의 빌럼 5세는 왕입니까, 왕이 아닙니까?" 상관장 집무실의 알멜로 시계가 한시를 알린다. 칭호, 칭호, 야코프는 생각한다. 너무나 바보 같고 너무나 중요하지. "왕이 아닙니다."

"그러면 빌럼 5세가 어째서 '오라네-나사우 공'이라는 호칭을 씁니까?"

"오라네-나사우는 일본의 번처럼 그의 조상이 지배하던 봉토의 이름입니다. 아니, 이름이었죠. 그는 네덜란드 군대의 수장이기도 했습니다."

"그러면 일본 쇼군과 같은 건가요?" 이와세가 묻는다.

베네치아의 도제Doge가 더 적절한 비유겠지만 그런 설명은 도움이 되지 않을 것이다. "총독은 선출직이지만 오라네 집안이 좌지우지하는 자리예요. 빌럼 총독은……" 그가 서류의 서명을 손짓으로 가리킨다. "……프로이센 황제의 질녀와 결혼한 뒤 신이 내리신 군주 행세를 하게 되었지요. 하지만 오 년 전," 프랑스의 침략은 아직 비밀이다. "네덜란드 국민이 정부를 바꾸었습니다……"

세 통역관이 불안스레 서로를 마주본다.

"……그리고 빌럼 총독은…… 아, 일본어로 '추방되다'를 뭐라고 하지요?"

고토가 그 단어를 알려주자 이와세도 문장의 의미를 이해한다.

야코프가 이야기를 마무리한다. "그래서 빌럼이 런던에 머물게 되었고, 그의 옛 직위는 폐지되었지요."

"그래서 빌럼 5세는"—나무라가 분명히 짚고 넘어간다—"네덜란드에서 아무런 힘도 없습니까?"

"예, 없습니다. 재산도 몰수당했어요."

"네덜란드 국민은 아직도…… 총독에게 복종, 아니 그를 존경합니까?"

"오라녜를 지지하는 사람들은 그렇지요. 하지만 새로운 정부를 지지하는 애국파는 그렇지 않습니다."

"많은 네덜란드 국민이 '오라녜파'이거나 '애국파'입니까?"

"예, 하지만 대다수는 먹고살 일과 나라의 평화에 더 관심이 있습니다."

"그러면 우리가 번역하는 이 문서, 이 '큐 각서'는," 고토가 인상을 찌푸린다. "빌럼 5세가 안전한 보호를 위해 영국인에게 네덜란드의 소유권을 준다는 명령입니까?"

"예, 하지만 문제는 우리 네덜란드인이 빌럼의 권위를 인정하느냐이지요."

"영국 함장이 이렇게 썼습니다. '모든 네덜란드 식민지는 큐 각서를 따른다.'"

"그렇게 썼습니다, 예, 하지만 그가 거짓말을 하고 있는 건지도 모릅니다."

주저하며 문을 두드리는 소리가 들린다. 야코프가 외친다. "예?"

콘 투미가 문을 열고 모자를 벗으며 다급한 태도로 야코프를 쳐다본다. 투미가 지금 사소한 일로 우리를 방해할 리 없지. 야코프는 추측한다. "여러분, 저 없이 계속하십시오. 투미 씨와 바다 전망 방에서 잠시 얘기 좀 하고 오겠습니다."

"이런 이야기를"—아일랜드인이 허벅지에 모자를 올려놓는다—"고향에서는 흔히 '벽장 속의 해골'이라고 하지요."

"발헤런섬에서는 '채소밭의 시체'라고 하죠."

"발헤런섬에서는 어마어마하게 큰 순무가 나지요. 영어로 말해도 되겠습니까?"

"그러세요. 못 알아듣겠으면 말하겠습니다."

목수가 심호흡을 한다. "내 이름은 콘 투미가 아닙니다."

야코프는 그 말의 의미를 곱씹는다. "그럴 만한 사정이 있었을 테지요."

"본명은 피아커 먼터베리이고, 꼭 그럴 만한 사정이 있었던 것은 아닙니다. 내가 아일랜드를 떠나게 된 경위는 아주 이상한 이야기입니다. 어느 엄청 추웠던 성 마틴 축일 작업중에 바윗돌이 한 개 떨어져 아버지를 벌레 으깨듯 뭉갰습니다. 나는 아버지의 몫을 대신해보려고 나름 애썼습니다만, 이놈의 세상이 어디 그리 만만해야지요. 흉작이 들고 먼스터 전역의 사람들이 코크로 몰려들던 때, 우리 집주인이 세를 세 배로 올렸습니다. 우리는 아버지의 연장을 저당잡혔지만 곧 엄마와 저, 다섯 누이와 어린 남동생 파드리그는 무너져가는 헛간살이 신세가 되었습니다. 거기에서 파드리그는 감기에 걸렸고 결국 먹을 입이 하나 줄게 되었지요. 도시로 돌아가서 부두며 양조장을 기웃거리며 뭐든 해보려 했지만 여의치가 않았어요. 그래서 전당포로 돌아가 아버지의 연장을 돌려달라 했지요. 그 사람이 말하더군요. '다 팔아치웠다. 하지만 겨울이니 외투가 필요해. 괜찮은 외투를 가져오면 돈을 좀 주마. 무슨 말인지 알겠지?'" 투미는 말을 멈추고 야코프의 반응을 살핀다.

야코프는 망설이는 기색을 보여서는 안 된다는 것을 안다. "당신에게는 먹여 살려야 할 가족이 있었지요."

"그래서 극장에서 어느 부인의 겉옷을 훔쳤답니다. 전당포 주인이 말했어요. '신사의 외투라니까.' 그러고는 3페니를 주었습니다. 다음번에는 변호사 사무실에서 남자 외투를 훔쳤어요. '이런 건 허수아비한테도 안 입히겠다. 좀더 잘해봐!' 이러더군요. 세번째에 자고새처럼 딱 걸렸습니다. 코크 감옥에서 이 주를 보내고서 법정에 섰더니 눈에 익은 전당포 주인 얼굴이 보이더군요. 그가 영국인 판사에게 말했어요. '예, 판사님, 저놈이 저한테 외투를 자꾸만 가져오던 부랑아입니다.' 그래서 나는 저 전당포 주인은 훔친 외투를 거래하는 거짓말쟁이라고 했지요. 판사는 나에게 하느님은 진심으로 회개하는 자는 다 용서하신다고 말하면서 뉴사우스웨일스에서의 칠 년 형을 선고했답니다. 법정에 입장하고 선고하는 데까지 오 분밖에 안 걸렸어요. 죄수 호송선 퀸호가 코크항에 정박해 있었고 그 배를 채우는 데 나도 한몫 거들게 된 겁니다. 엄마도 누이들도 뇌물을 찔러줄 형편이 안 되어 작별인사를 하러 배에 올라올 수 없었어요. 그렇게 4월이 되어—그때가 1791년이었지요—퀸호는 제3함대에 합류해 출항했습니다……"

야코프는 투미의 시선을 따라 바다 저편 포이보스호를 바라본다.

"우리 죄수 수백 명은 어둠 속에서 바퀴벌레, 토사물, 벼룩, 오줌을 참고 견뎌야 했어요. 생쥐가 산 사람이나 죽은 사람이나 가리지 않고 갉아댔어요. 망할 오소리만한 쥐였지요. 추운 바다에서 덜덜 떨었습니다. 열대 지역에서는 역청이 녹아서 틈새로 뚝뚝 떨어지는 바람에 화상을 입었고요. 자나깨나 머릿속에는 온통 물, 물, 성모님, 제발 물 좀…… 그 생각뿐이었어요. 배급되는 물은 하루에 반

파인트였는데 선원들 오줌 맛이 났답니다. 틀림없이 거의 오줌이었을 거예요. 대충 헤아려봐도 여덟 명 중 한 명은 항해중에 죽었어요. '뉴사우스웨일스'—고향에서는 무섭게만 들리던 그 단어가 '구원'의 의미로 바뀌었지요. 어느 늙은 골웨이 사람이 우리에게 드넓은 해변과 푸른 들판이 펼쳐져 있고, 못 한 개만 주면 잠자리를 해주는 인디언 소녀들이 있는 버지니아 얘기를 해주었지요. 우리 모두 생각했습니다. 보터니만이 버지니아야, 조금만 더 가면……"

고스기 도신의 경비병들이 방파제 길을 따라 바다 전망 방 아래로 지나간다.

"하지만 시드니코브는 버지니아가 아니었어요. 시드니코브는 씨를 뿌려 싹이 나도 다 시들어버리는 거친 밭 몇십 뙈기였지요. 시드니코브는 메마른데다 파리떼와 불개미가 들끓었고, 찢어진 천막에는 굶주린 죄수 천여 명이 우글거렸어요. 소총을 든 해병들이 권력과 음식, 캥거루 고기와 여자를 독점했지요. 저는 목수로서 건물과 해병 숙소를 짓고, 가구나 문짝 따위를 만드는 일을 하게 되었어요. 사 년이 지나고 양키 상인들이 찾아오기 시작했지요. 생활이 절대 녹록해지지는 않았지만, 죄수들은 더는 파리처럼 죽어가지 않았습니다. 형기의 절반이 끝나면서 나는 언젠가 다시 아일랜드를 볼 수 있으리라는 꿈을 꾸게 되었지요. 그러던 중 1795년에 새 해병 소함대가 왔습니다. 새로 온 소령이 패러매터에 근사한 새 막사와 집을 짓길 원해서, 나를 포함해 예닐곱 명의 일꾼을 더 요청했지요. 그는 일 년 동안 킨세일에 주둔한 적이 있어서 아일랜드 민족에 대해서는 전문가라 자부했어요. 이렇게 떠벌렸지요. '게을러터진 게일놈들에게 최고의 약은 채찍 선생이지.' 그리고 그는 자신의 약을 아끼지 않았어요. 제 등의 흉터 본 적 있죠?"

야코프는 고개를 끄덕였다. "헤리츠존조차 놀라더군요."

"소령과 눈이라도 마주쳤다가는 건방지다고 매질을 당했어요. 눈을 피하면 뭔가 찔리는 데가 있다고 또 매질을 했고요. 비명을 지르면 엄살을 부린다고 때렸지요. 비명을 안 지르면 고집을 피운다고 때렸고. 그자에게는 천국이었지요. 코크 출신이 여섯 있어서 서로를 돌봐주었어요. 그중 한 명이 브로피라고, 수레바퀴 만드는 목수였어요. 어느 날 소령이 브로피를 하도 괴롭혀서 그가 들이받았지요. 소령은 브로피에게 족쇄를 채우고는 매질을 가했고, 그를 교수형에 처하라고 했어요. 소령이 나에게 말했지요. '패러매터에 교수대를 세우기 딱 좋은 때가 되었다, 먼터베리, 네가 만들어라.' 나는 못하겠다고 했어요. 브로피는 나무에 매달렸고, 나는 스타이에 일주일 감금형과 채찍질 백 대를 선고받았어요. 스타이는 아주 좁아터진 감방이었어요. 너무 좁아서 거기 갇히면 일어설 수도, 몸을 펼 수도 없었어요. 그 악취와 파리, 구더기를 상상해보세요. 마지막날 밤, 소령이 찾아와서 나에게 자기가 직접 채찍을 휘둘러서 오십 대 만에 브로피와 함께 지옥으로 보내주겠다고 장담했지요."

야코프가 묻는다. "호소해볼 만한 더 높은 사람은 없었나요?"

투미는 씁쓸한 웃음으로 답한다. "한밤중이 지나서 이상한 소리가 들렸어요. 내가 물었지요. '거기 누구요?' 대답 대신 차가운 끌이 문 아래 틈으로 쓱 들어왔어요. 네모난 범포 조각에 싼 빵덩어리와 물주머니도요. 발소리가 멀어져갔지요. 그래서 나는 끌로 널빤지 두어 개를 비틀어 떼어냈답니다. 도망을 갔지요. 보름달이 떠서 대낮처럼 밝았어요. 군대 야영지에는 담이 없어요. 허허벌판이야말로 담이나 다름없으니까요. 도망친 죄수들은 대부분 물을 달라고 애걸하며 도로 기어들어왔지요. 돈 대신 그로그주로 보수를 받는 흑인들이 도로 데려오기도 했고요. 나머지는 보나마나 죽었을 거예요…… 하지만 죄수들은 대개 일자무식이었고 붉은 사막을 건너 북북서 방향으로 걸어가면 중국에 닿을 수 있다는 얘기가 퍼지자—거참, 중국이라니—희망 때문에 그 말을 참말로 믿었어요. 그래서 그날 밤 나는 중국을 향해 떠났던 겁니다. 600야드도 채 못 가서 소총소리가 들렸지요. 바로 그 사람이었어요. 소령이요. 그는 나에게서 끌과 빵을 빼앗았어요. '도망자로군. 그러니 네놈을 쏘아죽여도 상관없겠지, 이 냄새나는 아일랜드 벌레놈아.' 그가 지금 우리 거리만큼 바짝 다가왔어요. 그의 눈이 반짝이고 있었고 나는 생각했지요. 이제 끝이로구나. 그가 방아쇠를 당겼는데, 아무 일도 일어나지 않았어요. 우리는 둘 다 놀라 서로를 쳐다보았지요. 그가 내 눈을 찌르려고 총검을 들고 덤벼들었어요. 나는 급히 피했지만 늦었지요"—목수는 야코프에게 찢어진 귓불을 보여준다—"모든 것이 느려지고 바보같이 보였어요. 우리는 장난감을 놓고 싸우는 아이들처럼 서로 총을 잡아당겼지요…… 그러다 그가 발이 걸려 넘어져서…… 소총이 홱 돌아가면서 개머리판이 그의 머리를 내리쳤고 그놈은 다시 일어나지 못했어요."

야코프는 투미의 손이 떨리고 있음을 알아차린다. "하느님이 보시건 법으로 보건 정당방위는 살인이 아니에요."

"나는 죄수이고 내 발치에는 해병이 죽어 있었어요. 해변을 따라 북쪽으로 도망쳤지요. 12, 13마일쯤 가서 날이 밝자 갈증을 풀어줄 늪 같은 시내를 발견해 오후까지 잠을 잤어요. 빵을 한 조각 먹고 계속 걸었지요. 닷새 이상을 그렇게 계속 걸었어요. 70마일, 80마일쯤 갔을 거예요. 햇빛에 토스트처럼 새까맣게 탔고 땅이 활력을 다 빨아먹었지요. 어떤 나무 열매는 먹으면 배가 아팠어요. 이내 나는 차라리 소령의 소총이 발사되었더라면 더 좋았을 거라고 생각하게 되었지요. 당시 나는 서서히 죽음을 향해 다가가고 있었으니까요. 그날 저녁 해가 지자 바다색이 바뀌었고, 나는 성 유다 다대오에게 내가 고통받아 싼 놈이라고 여기시더라도 내 고통을 끝내달라고 기도했지요. 당신네 칼뱅주의자는 성인을 부정할지 몰라도, 모든 기도가 응답을 받는다는 데에는 동의할 거라 믿습니다."

야코프는 고개를 끄덕인다. "새벽녘에 수백 마일 펼쳐진, 인적 없고 버림받은 해변에서 깨어났을 때, 뱃노래가 들렸습니다. 조개껍데기가 다닥다닥 붙은 포경선이 성조기를 휘날리며 만에 떠 있었던 겁니다. 물을 구하러 뭍에 오른 거였어요. 그래서 거기로 가서 선장을 만나 인사를 했지요. 그가 그러더군요. '탈출한 죄수로군, 그렇지?' 제가 대답했습니다. '그렇습니다, 선장님.' 그러자 그가 말했어요. '내가 도망자 한 놈을 배에 태워주고 태평양에서 최고의 고객인 뉴사우스웨일스 영국 총독의 비위를 거슬러야 할 이유를 한 가지만 대보거라.' 제가 대답했습니다. '저는 목수입니다. 일 년 동안 풋내기 선원 보수만 받고 일해드리겠습니다.' '우리 미국인은 이런 진실이 자명한 것이라고 믿는다. 모든 인간은 평등하게 창조되었고, 조물주로부터 누구에게도 양도할 수 없는 권리를 부여받았다. 생명, 자유, 행복의 추구가 그런 권리이지. 그러니까 네 임금은 달러가 아니라 생명과 자유이고, 일 년이 아니라 삼 년이다.'"

목수의 파이프가 다 타버렸다. 그는 다시 불을 붙이고 깊이 빤다.

"이제 제가 왜 이 이야기를 하는지 아시겠지요. 앞서 접견실에서 피셔가 영국 군함에 있던 어떤 소령 얘기를 했습니다."

"커틀립 소령 말인가요? 알다시피 네덜란드어로는 매우 운좋은 이름이라고는 할 수 없지요."

"그 탈주 죄수는 다른 이유로 그 이름을 잊지 못한답니다." 투미가 포이보스호를 쳐다보며 기다린다.

야코프가 파이프를 내려놓는다. "그 해군요? 당신을 괴롭힌 자? 그가 커틀립이었습니까?"

"그런 우연의 일치가 무대 밖에서, 실제 삶에서 일어날 리 없다고 생각하겠지만……"

그 말이 일으킨 반향이 공기를 채운다. 야코프의 귀에 그 소리가 거의 들릴 지경이다.

"……하지만 세상은 다시 그런 똑같은 망할 게임을 하는군요. 바로 그자입니다! 최근까지 뉴사우스웨일스에서 복무했던 해군 조지 커틀립, 벵골에서도 지냈고, 총독의 사냥 친구였던 인물. 피셔가 점심때 세례명을 흘렸으니 의심의 여지가 없습니다. 전혀 없어요." 투미가 웃는 대신 마른기침을 한다. "함장의 제안에 대해서는 당신이 결정할 일이고, 지금은 그것만으로도 충분히 힘겨울 겁니다. 하지만 당신이 거래를 받아들인다면, 야코프…… 거래를 받아들인다면, 커틀립 소령은 나를 알아볼 겁니다. 맹세코 그는 다 치르지 못한 빚을 갚으려 들 겁니다. 내가 먼저 그를 죽이지 않으면 나는 물고기밥이나 벌레 먹이가 되겠지요."

가을 해가 황금빛으로 눈부시게 빛난다.

"영국 왕실의 보호를, 보증을 요구하겠습니다."

"우리 아일랜드인은 영국 왕실의 보증에 대해 잘 압니다."

야코프는 혼자 남아 골칫거리인 포이보스호를 바라본다. 그는 머릿속에 장부를 펼치고 도덕을 기준으로 계산을 해본다. 영국인과 협력한다면 그 대가로 그의 친구를 커틀립의 복수 앞에 내놓아야 한다. 또 네덜란드 법정이 다시 열린다면 영국군에 협력한 책임을 지게 될 수도 있다. 반면 영국인을 거절한다면 그 대가로 전쟁이 끝나고 누군가가 그들을 구하러 올 생각을 할 때까지 버림받은 채 궁핍의 세월을 견뎌야 한다. 그들은 문자 그대로 잊힌 채 여기에서 병들고 늙어 하나씩 죽게 될 수도 있다.

"똑똑." 아리 흐로터가 얼룩진 요리사 앞치마를 두르고 서 있다.

"흐로터 씨, 들어오세요. 저는 그냥…… 그냥……"

"깊이 생각에 잠겨 있었다 이거지요? 오늘 데지마에는 깊은 생각이 많군요, 더주트 상관장님……"

이 타고난 장사꾼이 여기 온 것은 나에게 협력하라고 조르기 위해서겠지. 야코프는 의심한다.

"……하지만 현명한 이에게 드릴 말이 있어요." 흐로터가 주위를 둘러본다. "피셔는 거짓말을 하고 있습니다."

파도에 반사된 햇빛의 눈이 종이를 바른 천장에서 깜박거린다.

"그 얘기에 굉장히 관심이 가는군요, 흐로터 씨."

"특히 판클레이프가 거래에 관심을 보이고 있다고 한 말은 거짓말입니다. 저는 모든 얘기를 다 까발려서 우리 카드놀이를 위험에 처하게 하지는 않겠지만, 입술의 움직임을 읽는 기술이 있어요. 사람들은 흔히 눈을 보면 거짓말쟁이를 가려낼 수 있다고 하지만 그렇지 않아요. 입술을 봐야 합니다. 거짓말쟁이는 저마다 다른 식으로 티가 나는 법이지만, 피셔 같은 경우 카드놀이에서 허풍을 떨 때 이렇게 해요"—흐로터는 아랫입술을 살짝 빤다—"묘미는, 본인은 본인이 그러는 걸 모른다는 겁니다. 아까 판클레이프 얘기를 할 때도 그랬어요. 거짓말하고 있다는 걸 얼굴에 써붙인 거나 다름없다니까요. 진짜예요. 피셔가 한 가지에 대해 거짓말을 하고 있다면, 전반적으로 다 거짓말을 하지 않으리란 법이 있나요?"

한줄기 산들바람이 후줄근한 샹들리에를 스친다.

"판클레이프 상관장이 영국인과 협력하고 있지 않다면……"

"짐칸에 갇혀 있겠지요. 그렇다면 상관장이 아니라 피셔가 뭍에 올라온 이유도 설명이 되고요."

야코프는 포이보스호를 쳐다본다. "내가 일본에 하나뿐인 유럽 상관을 손에 넣는 영광을 얻고 싶은 영국 함장이라면…… 그런데 일본인은 외국인과의 거래에 까다롭기로 유명하고……"

"그들에 대해 알려진 사실이라고는 외국인과는 전혀 거래를 하지 않는다는 것뿐이죠."

"영국인 함장은 거래를 트기 위해 우리가 필요해요. 그건 확실하지요. 하지만……"

"……일 년만 지나봐요, 더주트 상관장님. 교역 철이 두 번만 지나면……"

"두둑하게 이익을 챙기겠군요. 에도에 대사관도 생기고. 장대 끝에 영국 국기가 펄럭이고……"

"통역들이 영어를 배우겠지요. 당신의 네덜란드 일꾼들은…… 음…… '기다려, 이 네덜란드 풋내기들은 전쟁 포로다!' 영국인이 뭐하러 우리 밀린 임금을 한푼이라도 주겠어요? 내가 펜핼리건이라면 안 줘요. 오, 풋내기들한테 공짜 배편은 바로 줄 수도 있겠네요……"

"직원들은 페낭의 감옥으로 보내고, 당신 같은 일꾼들은 험한 꼴을 당하겠지요."

"'험한 꼴'이란 영어로 하면 '영국 해군의 노예가 된다'는 말이겠고요."

야코프는 이 추리의 허점을 하나하나 찾아보지만 전혀 없다. 야코프는 상황을 이해한다. 판클레이프가 서면으로 보낸 명령이 없다는 것이 바로 그의 명령이었어. "이 문제에 대해 다른 일꾼들과 얘기해봤나요, 흐로터 씨?"

요리사는 벗어진 영리한 머리를 숙인다. "오늘 아침 내내요, 더 주트 상관장님. 당신도 우리처럼 이 구린내나는 생쥐 냄새를 똑같이 맡았다면, 우리 선택은 이 영국-네덜란드 우호조약을 네모반듯하고 조그맣게 잘 접어서 변소 휴지로 쓰는 겁니다."

야코프는 만에서 뛰어오르는 돌고래 두 마리를 본다. "입술 움직임에서 나는 어떻게 티가 나던가요, 흐로터 씨?"

"젊은 신사를 카드 속임수로 타락시키면 우리 엄마도 나를 용서하지 않으실 텐데요……"

"나중에 한가한 철이 오면 백개먼 게임이나 한판 합시다."

"신사라면 개먼으로 끝내버려야지요. 주사위는 제가 가져오지요……"

매끄러운 연한색 잔에 담긴 차가 진녹색으로 차게 식었다. 페터 피셔가 말한다. "당신은 이런 시금치 물을 어떻게 참고 마시는지 도저히 모르겠군." 그는 마룻바닥에 이십 분을 앉아 있느라 뻣뻣하게 굳은 다리를 펴고 주무른다. "이 사람들이 제대로 된 의자를 발명할 생각을 하게 되었으면 좋겠네." 야코프는 피셔에게 할말이 별로 없다. 피셔는 네덜란드의 이름 뒤에 숨어, 영국과 교역하도록 부교를 설득하러 여기 온 것이다. 피셔는 데지마의 일꾼이나 직원의 어떤 반대 의견도 받아들일 생각이 없기 때문에, 야코프는 아직 그 얘기를 꺼내지 않았다. 아우베한트는 야코프에게 모든 권한을 일임했고, 마리뉘스는 그리스어를 인용했다. 통역관 요네키즈와 고바야시는 이제 야코프가 알아들을 수도 있다는 것을 알기에 조심스럽게 소리 죽여 대기실 저쪽에서 상의를 하고 있다. 관리와 검사관이 다다미 60장 방을 들락거린다. 야코프는 그곳에서 밀랍, 종이, 백단유 냄새를 맡는다. 그리고 공포의 냄새?

피셔가 더 큰 소리로 말한다. "일꾼들에게 민주주의는 진기한 오락거리밖에 안 돼, 더주트."

야코프가 찻잔을 내려놓는다. "당신 말뜻은 내가……"

"아니, 아니, 자네의 교활함은 높이 사겠네. 다른 사람들을 조종하는 가장 쉬운 방법은 자유의지라는 환상을 주는 거지. 물론 자네는," 피셔가 자기 모자 안감을 매만진다. "대통령이니 하는 그런 얘기로 우리 황인종 친구들을 당황하게 만들지는 않겠지? 시로야마는 차석 상관장과 협상하게 될 거라 예상하고 있을 텐데."

"당신은 펜핼리건의 제안을 권고하기로 마음을 정한 겁니까?"

"그 제안을 받아들이지 않는 자는 악한이고 바보겠지. 우리가 사소한 문제에서는 의견이 안 맞을 때도 있네, 더주트, 친구들이 그렇듯이 말이야. 하지만 자네가 악한도 바보도 아니라는 건 나도 알아."

야코프가 애매하게 얼버무린다. "당신 손에 모든 일이 달린 것 같은데요."

"그래." 피셔가 야코프의 칭찬을 액면 그대로 받아들인다. "당연하지."

두 사람은 담과 지붕 너머, 만까지 내다본다.

"영국인이 여기 오면 내 영향력도 높아질 테고……" 피셔가 말한다.

이게 바로 알을 낳기도 전에 닭을 세는 격이로군. 야코프는 생각한다.

"……그러면 옛친구와 옛 적을 잊지 않을 걸세."

도미네 대신이 지나가다 야코프를 알아보고 눈짓을 한다.

그는 국화로 장식된 수수한 문을 지나 왼쪽으로 돌아간다.

"저런 얼굴은 대성당 홈통에나 어울리는데." 피셔가 말한다.

퉁명스러운 관리 하나가 나타나 고바야시와 요네키즈에게 말을 건다.

"저들이 무슨 얘기를 하는지 알아들을 수 있나, 더주트?" 피셔가 묻는다.

말투는 정중하지만, 야코프는 부교가 몸이 좋지 않다는 것을 알아차린다. 피셔 차석 상관장이 다다미 60장 방에서 가장 지위가 높은 조신들과 상의할 것이다. 잠시 후 고바야시 통역관이 전갈을 확인한다. 피셔가 선언한다. "이 정도면 받아들이겠습니다." 그리고 야코프에게 말한다. "동방의 총독들은 이름만 최고위자이지 현실 정치에 대해서는 아무것도 모른다니까. 꼭두각시 놀이꾼이랑 직접 얘기하는 게 낫지."

퉁명스러운 관리가 영국 군함으로 인한 혼란 탓에 네덜란드인 두 명보다 한 명의 목소리가 나을 거라 덧붙인다. 수석 사무원은 부교쇼의 더 조용한 곳에서 기다려야 할 것이다.

피셔는 배로 신이 난다. "타당한 조치로군. 더주트 수석 사무원은," 그가 네덜란드인의 어깨를 탁 친다. "시금치 물이나 실컷 마시고 있으면 되겠네."

XXXVI
부교쇼의 잔국실

✧

구월 초사흘 미시

"안녕하십니까, 부교님." 더주트가 무릎을 꿇고 절한 후 이와세 통역관과 도미네 대신, 구석의 서기 두 명에게 고개를 끄덕여 보인다.

"안녕하시오, 상관장 대리." 부교가 인사를 받는다. "이와세가 우리와 함께할 것이오."

"그의 재능이 필요할 것입니다. 다친 데는 좀 어떠십니까, 이와세 상?"

"부러진 것은 아니고 살짝 금간 정도입니다. 고맙습니다." 이와세가 상체를 두드린다.

더주트는 바둑판을 알아차린다. 에노모토와 두다 만 바둑이 그대로 놓여 있다.

부교가 네덜란드인에게 묻는다. "바둑이 네덜란드에도 알려져 있소?"

"아니요. 제가 데지마에 처음 왔을 때 오가와 통역관이……" 그는 이와세와 잠시 상의한다. "……'기초'를 가르쳐주었습니다. 교역 철이 끝난 후에도 계속 바둑을 둘 생각이었는데…… 불행한 사건이 일어나서……"

비둘기가 이 무시무시한 오후에 평화로이 지저귄다.

정원사가 청동빛 연못에서 갈퀴로 흰 자갈을 한곳에 모은다.

시로야마가 본론으로 들어간다. "이런 방에서 회의를 여는 것은 상규에 어긋나는 일이오만, 나가사키의 모든 조신, 현인, 지관이 다다미 60장 방으로 몰려들어 다다미 6장 방에 육백 명의 목소리가 들어찬 격이 되었소. 생각을 할 수가 없지."

"피셔 차석 상관장은 청중과 즐거워할 것입니다."

시로야마는 더주트가 신중하게 거리를 두는 것을 알아차린다. "자, 우선," 그가 서기에게 시작하라고 고갯짓을 한다. "군함의 이름이 피바스라고요. 통역관 중에는 그 단어를 아는 이가 없소."

"포이보스는 네덜란드어가 아니라 그리스 이름입니다. 포이보스는 태양의 신입니다. 그의 아들은 파에톤이고요." 더주트는 서기들이 낯선 단어를 쓰도록 도와준다. "파에톤은 유명한 아버지를 자랑했으나, 친구들은 말했습니다. '네 어머니는 진짜 남편이 없어서 태양의 신이 네 아비라 우기는 것뿐이야.' 이 말에 파에톤은 슬퍼했고, 그의 아버지가 아들에게 진짜로 하늘의 아들임을 입증하도록 도와주겠노라 약속했습니다. 파에톤은 이렇게 청하였습니다. '태양의 전차를 몰고 하늘을 한 번만 지나가게 해주십시오.'"

더주트는 서기들을 위해 잠시 말을 멈춘다.

"포이보스는 아들의 마음을 바꾸려 했습니다. '말은 거칠고 전차는 너무 높이 난다. 다른 것을 청해보아라.' 그러나 소용이 없었습니다. 파에톤은 계속 우겼고, 포이보스는 어쩔 수 없이 아들의 말을 들어주었습니다. 신화에서조차 약속은 약속이니까요. 아니, 신화에서는 특히나 그렇습니다. 그리하여 이튿날 새벽, 전차는 그 젊은이를 태우고 동쪽에서 하늘 높이, 높이 올라갔습니다. 그는 고집부린 것을 후회했지만 이미 늦었습니다. 말은 거칠었습니다. 우선 전차가 너무 높이, 너무 멀리까지 올라가서 지상의 모든 강과 폭포가 얼어붙었습니다. 그래서 파에톤이 지상 가까이로 전차를 몰았더니, 이번에는 너무 낮게 내려와 아프리카가 타버리고, 에티오피아 사람들의 피부가 새까맣게 그을고, 고대 세계의 도시들에 불이 붙었습니다. 그래서 결국 하늘의 왕인 제우스 신이 나섰습니다."

"서기는 잠시 멈추라." 시로야마가 묻는다. "그 제우스는 기독교인이 아닌가?"

"그리스인입니다, 부교님." 이와세가 말한다. "아메노미나카누시* 신과 비슷합니다."

부교가 더주트에게 이야기를 계속하라고 지시한다.

"제우스가 태양의 전차에 번개를 쏘았습니다. 전차가 폭발하고 파에톤은 지상으로 떨어졌습니다. 그는 에리다누스강에 빠져 죽었습니다. 파에톤의 누이인 헬리아데스 자매는 너무 많이 울어서 나무가 되었습니다. 네덜란드에서는 그 나무를 '포플러'라고 부릅니다만, 일본에서도 자라는지는 모르겠습니다. 나무가 된 누이들이 울면서……" 더주트가 이와세와 의논한다 "……눈에서 호박琥珀

* 일본의 최고 신 가운데 하나.

을 흘렸습니다. 그것이 호박의 기원이고, 이야기는 이렇게 끝납니다. 제 부족한 일본어를 용서하십시오."

"그대는 이런 이야기에 진실이 있다고 믿소?"

"그 이야기에 진실은 전혀 없습니다, 부교님."

"그렇다면 영국인이 거짓을 따라 군함의 이름을 붙였단 말이오?"

"부교님, 신화의 진실은 단어 하나하나가 아니라 그 단어들이 만드는 양식에 있습니다."

시로야마는 그 말을 잘 새겨둔다. 그러고는 당장 긴급한 문제로 화제를 돌린다. "오늘 아침 피셔 차석 상관장이 영국 함장이 건넨 서신을 가져왔소. 서신은 네덜란드어로 쓰였고, 영국 왕 조지의 인사를 전했소. 서신에서는 네덜란드 회사가 파산했고, 네덜란드는 이제 존재하지 않으며, 영국 총독이 바타비아를 다스리고 있다고 주장하고 있소. 그리고 프랑스인과 러시아인, 중국인이 일본을 침략하려 계획하고 있다는 경고로 끝맺었소. 조지왕이 일본을 가리켜 '태평양의 대영제국'이라 하며 우리에게 우호통상조약을 체결하자 하오. 그대의 생각을 말해주시오."

더주트는 신화를 이야기하느라 진이 빠져서 이와세에게 네덜란드어로 대답한다.

이와세가 통역한다. "더주트 상관장은 영국인이 자기 동포들을 위협하려 한다고 여깁니다."

"그의 동포들은 영국인의 제안을 어찌 생각하고 있는가?"

이 질문에 더주트는 직접 대답한다. "양국은 전쟁중입니다, 부교님. 영국인은 약속을 너무 쉽게 깨뜨립니다. 저희 중 누구도 그들과 협력할 마음이 없습니다. 한 명만 제외하고요……" 그의 시선이 다다미 60장 방으로 이어지는 복도로 향한다. "……지금 영국인을 위해 일하는 자 말입니다."

"피셔에게 복종하는 것이 그대의 의무가 아니오?" 시로야마가 더주트에게 묻는다.

가와세미의 고양이가 잘 닦인 툇마루 위로 날아가는 잠자리를 쫓아 잽싸게 달린다.

하인이 고개를 가로젓는 주인을 바라본다. 놔두어라……

더주트는 대답을 숙고한다. "한 사람이 여러 의무를 집니다. 그리고……"

애써 생각하다 그는 이와세의 도움을 빌린다. "더주트 씨가 말하기를, 그의 세번째 의무는 그의 상사를 따르는 것입니다. 두번째 의무는 그의 깃발을 지키는 것입니다. 그러나 첫째가는 의무는 자기 양심을 따르는 것입니다. 왜냐하면 신, 그러니까 그가 믿는 신이 그에게 양심을 주었기 때문입니다."

외국인의 명예라. 시로야마는 생각한다. 그리고 서기에게 그 말은 빼라고 명령한다. "피셔 차석 상관장은 그대가 반대하는 것을 알고 있소?"

불타는 듯 빨간 손가락 모양의 단풍잎이 부교의 옆으로 날려온다.

"피셔 차석 상관장은 자신이 보고 싶은 것만 봅니다, 부교님."

"그러면 판클레이프 상관장이 그대에게 지시를 전한 바가 있소?"

"아무 말도 듣지 못했습니다. 하지만 결론은 분명합니다."

시로야마는 단풍잎의 잎맥과 자기 손의 혈관을 비교해본다. "우리가 그 군함이 나가사키만을 빠져나가지 못하도록 막고자 한다면, 그대는 어떤 전략을 제안하겠소?"

더주트는 그 질문에 놀라지만 심사숙고한 답을 이와세에게 내놓는다. "더주트 상관장은 두 가지 전략을 제안합니다. 기만과 무력입니다. 기만은 거짓으로 조약을 맺기로 하고 협상을 질질 끄는 것입니다. 이 계획의 장점은 피를 흘리지 않아도 된다는 것입니다. 단점은 영국인이 북태평양의 겨울을 피하기 위해 일을 빨리 진척시키려 할 것이고, 인도와 수마트라섬에서 그런 술수를 본 적이 있다는 것입니다."

"그럼 무력은," 시로야마가 말한다. "군함 없이 어떻게 군함을 나포할 수 있겠소?"

더주트가 묻는다. "부교님께서는 병사를 몇이나 거느리고 계십니까?"

부교는 먼저 서기에게 기록을 멈추라고 말한다. 그런 다음 그들에게 물러가라고 명령한다. 그가 더주트에게 털어놓는다. "백 명이 있소. 내일은 사백 명, 곧 천 명을 모을 수 있소."

더주트가 고개를 끄덕인다. "배는 몇 척이나 있으십니까?"

도미네가 대답한다. "경비선 여덟 척이 항구와 해안을 지킵니다."

다음으로 더주트는 부교에게 고깃배와 화물선을 항구와 만 주위에 모을 수 있는지 묻는다.

"쇼군의 대리자로서 뭐든 청할 수 있소." 시로야마가 대답한다.

더주트가 이와세에게 의견을 전하자 그가 통역한다. "상관장 대리의 의견은 천 명의 잘 훈련된 사무라이라면 뭍에서든 군함 위에서든 적을 쉽게 굴복시킬 수 있겠지만, 그들을 군함까지 나르는 것이 문제라고 합니다. 검객들이 배에 오를 수 있을 만큼 가까이 가기도 전에 군함이 포격을 가해 소형 선단을 궤멸시킬 것입니다. 더군다나 포이보스호의 해병은 최신식……" 이와세는 '소총'이라는 단어를 네덜란드어로 말한다. "……머스킷 총으로 무장하고 있습니다. 파괴력은 세 배이면서 재장전은 훨씬 더 빠릅니다."

"그렇다면 무력으로 배를 사로잡을 희망은 없는 것이 아니오?" 시로야마의 손가락이 단풍잎을 부스러뜨린다.

"배를 사로잡을 수는 없습니다." 더주트가 대답한다. "그러나 만을 폐쇄할 수는 있을 것입니다."

시로야마는 이 네덜란드인이 일본어를 잘못 말한 것이 아닌가 싶어 이와세를 힐끗 보지만 더주트는 통역관에게 꽤 길게 말한다. 그는 손짓으로 쇠줄, 벽, 활과 화살을 표현한다. 이와세가 몇 가지 단어를 확인하고 부교에게로 고개를 돌린다. "부교님, 상관장 대리가 네덜란드인이 '배다리'라 부르는 것을 세우자고 제안합니다. 배를 한데 묶어 만든 다리입니다. 그의 생각으로 이백 척이면 충분할 거랍니다. 만 바깥의 마을에서 배를 징발해 만 입구의 제일 폭이 좁은 지점으로 모이게 한 다음 해안을 따라 배를 죽 묶어 물위에 뜬 벽을 만드는 것입니다."

시로야마는 그 장면을 머릿속으로 그려본다. "군함이 뚫고 지나가지 못하도록 어떻게 막겠는가?"

상관장 대리가 그 말을 이해하고 이와세에게 네덜란드어로 말한다. "더주트 사마가 말하기를, 배다리를 통과하려면 군함이 돛을 펼쳐야 한다고 합니다. 돛은 삼을 짜서 만든 것인데, 빗물에 젖지 않도록 흔히 기름칠을 한다고 합니다. 특히 지금처럼 따듯한 철에는 기름 먹인 돛에 불이 아주 잘 붙는답니다."

"불화살이라, 옳거니." 시로야마도 깨닫는다. "배에 궁수를 숨겨두면 되겠구나……"

더주트는 머뭇거리는 표정이다. "부교님, 포이보스호에 불이 붙으면……"

시로야마가 신화를 떠올린다. "태양의 전차처럼!"

이런 대담한 계획이 성공한다면, 경비병이 부족한 것쯤은 잊힐 게야. 그는 생각한다.

"포이보스호에 탄 선원 중 다수는 영국인이 아닙니다." 더주트가 말한다.

이 정도 승리라면 원로회의에 자리를 얻을 수 있을지도 몰라. 시로야마는 예견해본다.

더주트는 불안해진다. "그 포로들이 명예롭게 항복하도록 허락해주셔야 합니다."

시로야마가 눈살을 찌푸린다. "명예로운 항복이라. 우리는 일본에 있소, 상관장 대리."

XXXVII
펜핼리건 함장의 선실에서

1800년 10월 19일 저녁 여섯시경

먹구름이 끼고 벌레와 박쥐가 어스름 속에 모여든다. 함장은 경비선 뱃머리에 앉은 유럽인을 알아보고 망원경을 내린다. "피셔 특사가 노를 저어 우리에게 되돌아오고 있군, 탤벗."

준위가 적당한 대답을 찾는다. "좋은 소식입니다, 함장님."

비냄새가 나는 저녁 산들바람에 급여 대장이 팔락거린다.

"'좋은 소식'은 피셔 특사가 가져왔으면 하는 것이지."

잔잔한 바다 너머 1마일쯤 떨어진 나가사키는 초를 밝히고 덧문을 닫는다.

사관후보생 맬러프가 문을 두드리고 문틈으로 머리를 내민다. "호벨 대위님의 인사를 전합니다, 함장님. 피셔 씨가 돌아오고 있습니다."

"그래, 알아. 호벨 대위에게 피셔 씨가 무사히 배에 오르거든 바로 내 선실로 데려오라고 전해라. 탤벗, 커틀립 소령에게 전하게.

만약을 위해 해병들이 총을 장전하고 준비 태세를 취하도록 하라고……"

"예, 함장님." 탤벗과 맬러프가 젊은이답게 민첩하게 자리를 뜬다.

함장은 통풍과 망원경, 희미해져가는 불빛과 함께 홀로 남는다.

뒤쪽으로 4분의 1마일쯤 거리에 있는 해안의 감시초소에 횃불이 밝혀진다.

잠시 후 의사 내시가 특이하게 문을 두드린다.

"들어오게, 선생. 빨리도 왔군." 함장이 말한다.

내시가 망가진 풀무처럼 씨근거리며 들어온다. "발의 통풍은 겪는 사람에게는 견디기 힘든 점악성 시련입니다, 함장님."

"'점악성'이라고? 이 선실에서는 쉬운 영어로 말해주게, 내시 선생."

내시는 창가의 벤치에 앉아 펜핼리건이 다리를 올리도록 돕는다. "통풍은 좋아지기 전에 더 나빠집니다." 그의 손가락은 부드럽지만 만질 때마다 여전히 끔찍하게 아프다.

"내가 그걸 모른다고 생각하나? 치료약의 양을 두 배로 늘리게."

"아편 양을 두 배로 늘리면……"

"조약을 맺을 때까지만 두 배로 늘리라고!"

내시는 붕대를 풀고 눈앞의 광경에 숨을 헉 들이쉰다. "예, 함장님. 하지만 소화관이 막히지 않도록 헤나와 알로에를 좀 넣겠습니다……"

피셔가 영어로 함장에게 인사하고 악수를 하고는 탁자 주위의 호벨, 렌, 탤벗, 커틀립에게 고개를 끄덕여 보인다. 펜핼리건이 헛기침을 한다. "자, 앉으시오, 특사. 곧장 본론으로 들어갑시다."

"함장님, 그전에 사소하지만 먼저 드릴 말씀이 있습니다." 호벨이 말한다. "스닛커르 씨가 좀전에 늙은 노아처럼 고주망태가 되어 저희에게 와서는 피셔 특사와의 회의에 자기도 참석하게 해달라고 요구했습니다. 그러면서 어떤 놈도 끼어들어 '정당한 내 몫을 낚아채도록' 절대 놔두지 않겠다고 다짐했습니다."

"정당한 그의 몫이라면 엉덩이나 한 대 호되게 맞는 겁니다." 렌이 끼어든다.

"그에게 필요하면 부르겠다고 말했습니다, 함장님. 제 조치가 옳았다고 생각합니다."

"그렇네. 지금 필요한 사람은……" 그가 우아하게 손짓을 한다. "……피셔 특사이지. 우리 친구에게 오늘 있었던 일을 얘기해달라고 하게."

호벨이 피셔의 대답을 기록하는 동안 펜핼리건은 피셔의 어조에 주의를 기울인다. 네덜란드어 문장은 세련되게 들린다. "그의 말에 따르면, 피셔 특사는 데지마의 네덜란드인과 부교쇼의 일본인 관리들과 온종일 상의를 했습니다. 로마는 하루아침에 이루어지지 않았음을 잊지 말랍니다. 하지만 영국령 데지마를 위한 주춧돌을 놓았다고 믿는답니다."

"그 말을 들으니 기쁘오. '영국령 데지마'라, 좋은 표현이오."

하인 존스가 청동 램프를 가져온다. 치그윈이 맥주와 잔을 내온다.

"네덜란드인부터 시작합시다. 그들은 원칙적으로 협력에 동의하오?"

호벨이 피셔의 대답을 통역한다. "데지마는 우리 것이나 마찬가지입니다."

'마찬가지'라는 말이 첫번째 옥에 티로군. 함장은 생각한다.

"그들이 큐 각서의 적법성을 인정하오?"

긴 답변에 펜핼리건은 피셔가 언급한 '주춧돌'이라는 말이 의심스러워진다. 호벨은 피셔가 말하는 동안 더 길게 기록을 한다. "피셔 특사의 말로는 네덜란드 동인도회사가 무너졌다는 소식에 네덜란드인과 일본인 모두 망연자실했답니다. 〈쿠란트〉 신문이 아니었다면 네덜란드인은 그 사실을 믿지 않았을 것입니다. 그는 이런 낙담을 이용하여 포이보스호를 네덜란드인이 주머니 두둑하게 귀향할 수 있는 유일한 희망으로 제시했습니다. 그러나 반대하고 나선 이가 한 명 있는데, 이름이"—호벨이 피셔에게 이름을 확인하자 피셔가 혐오감을 담아 그 이름을 되풀이한다—"야코프 더주트라고, 영국 민족을 '유럽의 바퀴벌레'라 부르면서 '해충에 부역하는 자'는 누구든 요절을 내겠다고 했답니다. 피셔 씨는 이런 언사에 참지 못하고 결투를 신청했습니다. 더주트는 쥐구멍에 숨었고요."

피셔가 입가를 닦으며 호벨이 통역하도록 종결부를 덧붙인다.

"더주트는 포르스텐보스와 판클레이프의 아첨꾼이어서, 함장님이 그들을 죽였다고 비난하고 있답니다. 피셔 특사는 그를 사슬에 묶어 제거하기를 권한답니다."

펜핼리건은 고개를 끄덕인다. 묵은 원한을 청산할 셈인가보군. "아주 좋소."

프로이센인은 다음으로 봉인한 봉투와 바둑판무늬 상자를 내놓는다. 그는 장황한 설명과 함께 탁자 가운데로 이것들을 민다. 호벨이 통역한다. "피셔 씨 말로는, 일을 빈틈없이 하느라고 더주트의 반대에 대해 말씀드리기는 했지만, 그 사무원은 '거세된' 놈이니 안심하시랍니다. 피셔 씨가 데지마에 있는 동안 의사인 마리뉘스 선생이 그를 방문했답니다. 마리뉘스는 그 악한 더주트만 제외하고 뭍에 있는 모든 사람을 대변해왔는데, 피셔 씨에게 영국의 화의 제안이 가진 장점이 너무나 분명하다며 이 봉인한 편지를 함장님께 전해달라고 맡겼다고 합니다. 편지에는 '데지마 유럽인의 일치된 뜻'이 담겨 있답니다."

"우리 특사에게 감사의 말을 전해주게, 대위. 우리 모두 기쁘다고."

페터 피셔의 가벼운 미소가 대답한다. 물론 당신들은 기쁘겠지……

"이제 피셔 씨에게 부교와의 밀담은 어땠는지 물어봐주겠나?"

피셔와 호벨이 한참 말을 주고받는다.

"네덜란드어는 짝짓기하는 돼지가 내는 소리 같군." 커틀립이 렌에게 말한다.

벌레가 밝은 불빛에 이끌려 선실 유리창에 모여든다.

호벨은 준비가 되었다. "오늘 저녁 포이보스호로 돌아오기 전에 피셔 특사는 시로야마 부교의 가장 높은 조신인 도미네 대신과 길게 접견을 가졌습니다."

"시로야마 부교와의 돈독한 관계는 어찌된 겁니까?" 렌이 묻는다.

호벨이 설명한다. "피셔 특사 말이 시로야마는 사실 '고상한 카스트라토', 그러니까 명목상의 우두머리이고, 실제 권력은 그 대신에게 있답니다."

펜핼리건은 걱정이 든다. 끊임없이 거짓말을 하는 자보다는 하찮은 거짓말이나 하는 아랫것이 나은데.

호벨이 계속 말한다. "피셔 특사 말에 따르면, 그 힘있는 대신이 통상조약에 대한 우리 제안에 대단히 공감했다고 합니다. 에도는 바타비아가 신뢰할 수 없는 교역 상대라는 데 실망했습니다. 도미네 대신은 네덜란드제국이 분할된 데 크게 놀랐고, 피셔 특사가 그의 마음에 의심의 씨를 잔뜩 뿌렸습니다."

펜핼리건은 바둑판무늬 상자를 만져본다. "이것이 대신의 전갈이라고?"

피셔는 그 말을 알아듣고 호벨에게 이야기한다. "그가 말하길, 이 역사적인 편지는 도미네 대신이 구술하고 시로야마 부교의 승인을 받아 일급 통역관이 네덜란드어로 번역한 것이라고 합니다. 자신은 내용을 보지 못했으나, 만족스러운 내용일 것이라는 점은 자신 있게 말할 수 있답니다."

펜핼리건이 상자를 살펴본다. "훌륭한 만듦새로군. 하지만 어떻게 열지?"

"숨겨진 스프링이 있을 겁니다." 렌이 말한다. "제가 해볼까요?" 중위는 시도해보지만 실패한다. "이런 망할 아시아놈들 같으니."

"좋은 영국제 망치에는 꼼짝 못할 텐데." 커틀립이 코담배를 들이마신다.

렌이 상자를 호벨에게 건넨다. "동양의 자물쇠 따기가 장기 아니십니까, 대위님."

호벨이 한쪽 끝의 판자를 밀자 뚜껑이 열린다. 안에는 두 번 접어 앞쪽에 봉랍을 찍은 문서가 들어 있다.

이런 편지로 한 사람의 목숨이 왔다갔다한다니. 펜핼리건은 생각한다.

함장이 종이칼로 봉랍을 자르고 종이를 펼친다.

편지는 네덜란드어로 쓰여 있다. "다시 한번 호벨 대위에게 맡겨

야겠군."

"알겠습니다." 호벨이 양초로 두번째 램프에 불을 붙인다.

"'영국 배 포이보스호의 함장에게. 부교 시로야마는 '영국인'에게 알리노라……'" 호벨이 얼굴을 찌푸리며 잠시 멈춘다. "죄송합니다, 문법이 좀 어색해서. '……외국과의 교역을 규제하는 법률을 바꾸는 일은 나가사키 부교의 소관이 아니다. 이런 문제는 에도에 있는 쇼군의 원로회의 소관이다. 그러므로 영국 함장에게'"—'명하노니'라는 단어다—"'명하노니 영국과 조약을 맺을 가능성을 에도의 당국자와 논의할 동안 육십 일간 정박해 있도록 하라.'"

적의어린 침묵이 탁자 주변을 뒤덮는다.

"이 누렇게 뜬 피그미들이 우리를 도적떼로 아나봅니다!" 렌이 외친다.

피셔는 일이 뭔가 잘못되어간다는 것을 눈치채고 대신의 편지를 보여달라고 한다.

호벨이 대답 대신 손짓을 한다. 기다려. "더 나쁜 것이 있습니다. '영국 함장에게 모든 화약을 뭍으로 보낼 것을 명한다……'"

"웃기고 있네, 화약보다 우리 목숨을 먼저 가져가라지요!" 커틀립이 욕을 퍼붓는다.

외교가 결코 간단하지 않다는 사실을 깜박하다니, 내가 바보였어. 펜핼리건은 생각한다.

호벨이 계속 읽는다. "'……그리고 절차 준수 여부를 확실히 하기 위해 배에 검사관이 오르는 것을 허용하라. 영국인은 상륙 시도를 해서는 안 된다.' 여기 밑줄을 쳐놓았습니다, 함장님. '부교의 서면 동의 없이 그런 시도를 한다면 전쟁 행위로 간주될 것이다.

마지막으로, 영국 함장은 쇼군의 법은 밀수꾼을 책형으로 다스림을 알아야 할 것이다.'"

펜핼리건은 눈을 문지른다. 통풍이 쑤셔온다. "우리 '특사'에게 그의 영리함이 맺은 결실을 보여주게."

페터 피셔는 편지를 읽으며 점점 믿을 수 없다는 표정이 되더니, 호벨에게 새된 목소리로 더듬거리며 항변한다. "함장님, 피셔는 대신이 육십 일에 대한 얘기도, 화약 얘기도 한 적이 없다고 합니다."

"피셔야 당연히 좋은 얘기만 들었겠지." 펜핼리건이 말한다. 그리고 의사가 건넨 편지가 든 봉투를 연다. 네덜란드어를 예상했으나 영어로 깔끔하게 쓰여 있다. "뭍에 유능한 언어학자가 있나보군. '영국 해군의 펜핼리건 함장에게. 오늘 데지마 임시 공화국의 대통령으로 선출된 나 야코프 더주트와……'"

"'공화국'이라고!" 렌이 코웃음을 친다. "창고로 이루어진 저 촌락 말인가?"

"'……아래 서명한 우리는 큐 각서를 거부함을 알려드립니다. 우리는 나가사키에서 네덜란드의 교역 이득을 불법으로 탈취하려는 당신의 목표에 반대합니다. 영국 동인도회사의 이름으로 던진 이득의 미끼를 거부합니다. 판클레이프 상관장을 돌려보내줄 것을 요구합니다. 또한 브라운슈바이크의 페터 피셔는 금후 우리 영토에서 추방되었음을 알려드립니다.'"

네 장교는 전 특사 피셔를 쳐다본다. 그는 침을 꿀꺽 삼키고 통역을 부탁한다.

"계속 이어지네. '제아무리 스닛커르와 피셔 등등이 당신에게 그렇지 않다고 장담할지라도, 일본 당국은 어제의 납치 행위를 주권

침해로 보고 있습니다. 신속한 보복이 예상되며, 나로서는 이를 막을 힘이 없습니다. 이런 국가 간 책동과는 무관한 그 배의 일원, 그리고 그들의 처자식과 부모를 생각해주십시오. 영국 해군 함장으로서 따라야 할 명령이 있는 줄은 잘 압니다만, 아 랭포시블 뉠 네트뉘. 존경을 담아, 야코프 더주트.' 모든 네덜란드인의 서명이 첨부되어 있어."

아래 사관실에서 거침없고 활달한 웃음소리가 들려온다.

"피셔에게 요점만 추려 알려주게, 호벨."

호벨이 편지를 네덜란드어로 통역하는 동안 커틀립은 파이프에 불을 붙인다. "어째서 이 마리뉘스라는 작자가 우리 프로이센인에게 말똥을 먹였을까요?"

펜핼리건이 한숨을 내쉰다. "그에게 최고 바보 역을 맡기기 위해서지."

"편지 끝의 저 개구리 우는 소리는 또 뭡니까?" 렌이 묻는다.

탤벗이 헛기침을 한다. "'누구도 불가능한 일을 해야 할 의무는 없다'는 뜻입니다."

"프랑스어로 방귀 뀌고 박수받고 싶어하는 놈이야말로 제일 재수없습니다." 렌이 말한다.

"게다가 그 '공화국'이니 하는 헛소리는 또 뭡니까?" 커틀립이 코웃음을 친다.

"사기를 올리려는 거지. 동료 시민은 변덕스러운 아랫것들보다 더 용감한 전사가 되는 법이니까. 이 더주트라는 자는 피셔가 우리한테 믿게 만들려 했던 것과 달리 바보가 아니야."

프로이센인은 격분하여 호벨에게 부인하는 말을 폭포수처럼 쏟아낸다. "함장님, 피셔는 더주트와 마리뉘스가 자기들끼리 못된 장난질을 꾸며냈다고 주장합니다. 서명도 위조한 게 틀림없답니다. 헤리츠존과 바르트는 글을 쓸 줄도 모른다고요."

"그러니까 엄지로 지장을 찍지 않았나!" 펜핼리건은 피셔의 땀에 절고 핏기가 가신 절망적인 얼굴에 고래 이빨로 만든 문진을 던지고 싶은 충동을 꾹 참는다. "저자에게 보여주게, 호벨! 엄지 지장을 보여줘! 엄지로 찍은 지장이라고, 피셔! 지장 말이야!"

✧

목재들이 삐걱거리고, 사람들은 코를 골고, 쥐들은 쏠고, 램프는 쉿쉿 소리 내며 탄다. 불 밝힌 나무 자궁 같은 침실의 접이식 책상 앞에 앉아, 펜핼리건은 왼손 마디 사이 가려운 데를 긁으며 열두 명의 보초가 현장 주변에서 잇달아 전갈을 전하는 소리에 귀를 기울인다. "종 세 번, 이상무." 함장은 생각한다. 아니, 그렇지 않아, 빌어먹을. 백지 두 장이 편지로 바뀌기를 기다리고 있다. 한 장은 데지마의 야코프 더주트 씨—'대통령'이라니, 말도 안 돼, 그는 생각한다—에게, 또 한 장은 나가사키를 다스리는 존엄한 부교 시로야마에게 보내는 편지다. 글재주 없는 함장은 머리를 박박 긁어보지만 압지 위로 떨어지는 것은 단어가 아니라 비듬과 머릿니뿐이다.

그는 비듬을 쓸어 램프 속으로 날린다. 육십 일을 기다리는 것도 괜찮을지 모르지……

웨츠는 12월에 중국해를 건넌다면 힘겨운 항해가 되리라 걱정했다.

……하지만 화약을 내주었다가는 군사법원에 회부될 거야.

풍뎅이 한 마리가 잉크병 그림자 속에서 더듬이 한 쌍을 씰룩거린다.

그는 면도용 거울 속 노인을 쳐다보며 내년 〈타임스 오브 런던〉 구석에 실릴 가상의 기사를 읽는다.

"군함 포이보스호의 전직 함장 존 펜핼리건이 제임스 1세 치하에서 처음으로 일본에 파견된 영국 사절단 임무를 마치고 귀환했다. 그는 어떤 군사적, 상업적, 외교적 성공도 거두지 못하고 직위해제되어 연금 없이 은퇴했다."

거울에 비친 그가 경고한다. "브리스틀과 리버풀에서 성난 군중을 대면하는 건 너에게는 강제징집이나 마찬가지일 거야. 호벨이나 렌 같은 자가 수도 없이 대기하고 있어……"

망할 네덜란드놈 야코프 더주트의 눈…… 그는 생각한다.

펜핼리건은 풍뎅이가 존재할 권리가 없다고 결정한다.

……그 망할 자식은 젊고 팔팔한데다 영어까지 완벽하게 하는군.

풍뎅이는 호모사피엔스가 내리치는 주먹을 피한다.

뱃속이 갑자기 요동친다. 피해볼 도리가 없을 것 같다.

발의 고통을 견디든가 아니면 바지에 똥을 싸는 수밖에 없겠군. 펜핼리건은 깨닫는다.

방 옆의 변소로 몸을 질질 끌고 가는 동안 통증은 견딜 수 없을 만큼 심해진다……

……어두운 변소에서 단추를 풀고 변기에 털썩 주저앉는다.

통증이 가셨다가 다시 밀려온다. 내 발이 석회화된 감자가 되어가고 있어.

그러나 열 발짝 정도의 고통스러운 여행으로 그의 장은 가라앉았다.

자기 장도 다스리지 못하면서 군함을 지휘한다니. 그는 생각에 잠긴다.

20피트 아래에서 잔물결이 선체에 와 부딪는다.

그는 외설스러운 짧은 노래를 흥얼거린다. 젊은 처녀들, 그네들은 새처럼 덤불 속에 숨어 있네……

펜핼리건은 중년의 살에 파묻힌 결혼반지를 돌린다.

젊은 처녀들, 그네들은 새처럼 덤불 속에 숨어 있네……

메러디스가 죽은 지 불과 삼 년밖에 안 되었지만 벌써 그녀의 얼굴이 기억 속에 희미하다.

……내가 젊은이라면 덤불 속으로 뛰어들 텐데……

펜핼리건은 그 초상화가에게 15파운드를 줄 걸 그랬다고 생각한다……

오른쪽으로 폴-디들-데로, 오른쪽으로 폴-디들-디.

……하지만 청산해야 할 형의 빚이 있었고, 그의 급료 지급은 또 늦어졌다.

그는 화끈거리고 가려운 왼손 마디 사이를 긁는다.

익숙한 화끈거림이 괄약근에 느껴진다. 치질도 생겼나?

"자기 연민에 빠져 있을 시간이 없어." 그는 혼잣말을 한다. "공식 서한을 써야 해."

함장은 보초들의 외침소리에 귀를 기울인다. "종 다섯 번, 이상무……" 램프의 기름이 얼마 없지만 다시 채우려면 통풍을 감수해야 할 것이다. 이렇게 간단한 일로 치그윈을 부르기도 민망하다.

그의 망설임이 백지 위에 기록된다. 그는 생각을 불러내보지만 양떼처럼 흩어진다. 위대한 함장이나 제독은 다들 기념하는 의미로 지명에서 따온 별칭을 갖고 있어. 그는 생각한다. 넬슨은 나일강, 로드니는 마르티니크 등등이고, 저비스는 세인트빈센트곶이지. "그러니까 존 펜핼리건이 나가사키를 별칭으로 하면 안 될 게 뭔가?" 야코프 더주트라는 네덜란드 사무원, 그자가 이유지. 그를 이쪽으로 날려보낸 망할 바람……

더주트가 편지로 보낸 그 경고는 절묘한 수였어. 함장은 인정한다.

그는 깃펜에서 잉크병 속으로 다시 떨어지는 잉크 방울을 지켜본다.

그런 경고에 신경쓴다면 그놈 수작에 놀아나는 거야.

예상치 못한 비가 바다를 훑고 갑판을 때린다.

하지만 경고를 무시하는 것은 경솔한 행동일 수 있어……

웨츠가 오늘밤 좌현에서 불침번을 선다. 그가 빗물을 받을 통과 차양을 내오라 명령한다.

……그리고 영일 조약이 아니라 영일 전쟁으로 이어질 수도 있고.

그는 브리스틀해협의 시암 교역소에 대한 호벨의 시나리오를 생각해본다.

의회가 답을 보내오는 데도 육십 일은 걸릴 거야, 그렇지.

펜핼리건은 잔뜩 부어오른, 손마디의 모기 물린 자국을 문지른다.

그는 면도용 거울을 들여다본다. 그의 할아버지가 마주보고 있다.

'잘 아는 외국인'과 '낯선 외국인'이 있어.

프랑스인, 스페인인, 네덜란드인을 상대할 때는 첩자로부터 정보를 사지.

램프가 쉿쉿거리며 불빛이 약해지더니 꺼진다. 선실이 밤의 어둠에 묻힌다.

더주트란 자는 자신이 가진 최선의 무기 중 하나를 꺼내놓았군.

"한숨 자면 안개가 걷힐 거야……" 함장이 스스로에게 충고한다.

보초가 외친다. "종 두 번, 종 두 번, 이상무……" 펜핼리건의 땀에 젖은 시트가 거미줄처럼 그의 몸에 감겨 있다. 선실용 갑판에서는 좌현 불침번이 해먹을 나란히 걸고 개와 고양이, 원숭이와 함께 잠들어 있을 것이다.

마지막 남은 소와 양, 염소 두 마리, 닭 여섯 마리도 잠들어 있다.

야행성 쥐들은 아마도 양식 창고에서 일하고 있을 것이다.

치그윈은 함장 선실 문 옆의 비좁은 공간에 잠들어 있다.

내시 선생은 최하갑판의 따뜻하고 작은 방에 잠들어 있다.

오늘밤 우현 불침번인 호벨 대위는 깨어 있겠지만 렌과 탤벗, 커틀립은 아침까지 쭉 잘 수도 있다……

함장은 야코프 더주트가 기녀를 끼고 놀고 있으리라 상상한다. 페터 피셔는 야코프가 회삿돈으로 하렘을 유지하고 있다고 장담했다.

메러디스가 어린 트리스트럼에게 말했다. "증오는 증오하는 사람을 먹어치운단다. 식인 거인이 남자애를 잡아먹듯이 말이야."

이제 메러디스가 천국에서 쿠션을 수놓고 있기를……

포이보스호 사슬 펌프의 리드미컬한 크랭크 소리가 들려오기 시작한다.

웨츠가 틀림없이 호벨에게 배 밑바닥에서 눈을 떼지 말라고 일러두었을 것이다.

천국은 골치 아픈 문제야. 그는 생각한다. 멀리서 보는 게 제일 좋지.

윌리 목사는 천국의 바다가 지상의 바다와 같은지에 대한 답을 피한다.

메러디스는 자신의 작은 오두막에서 더 행복하지 않을까?

잠이 그의 눈꺼풀에 입맞춘다. 꿈의 빛이 일렁거린다. 그는 브루어 스트리트에 있는 옛 정부의 집 계단을 오른다. 여자의 목소리가 어른거린다. "당신이 신문에 났어요, 조니." 그는 오늘자 〈타임스〉를 집어들고 읽는다.

"최근까지 군함 포이보스호에서 복무한 존 펜핼리건 제독은 상부에 보고를 올리면서, 화약을 내놓으라는 나가사키 부교의 명을 받고 비열한 행위가 있을지도 모른다고 의심했다고 말했다. 펜핼리건 제독은 공언했다. '데지마에는 빼앗을 만한 전리품이 전혀 없었고, 네덜란드인과 일본인이 함께 우리가 데지마를 통해 거래하는 것을 막았으므로, 데지마를 향해 총부리를 겨누는 수밖에 없었습니다.' 하원에서 피트 수상은 제독의 대담한 행동에 대해 '극동의 네덜란드 상업주의에 최후의 일격을 가했다'고 칭찬했다."

펜핼리건은 선실에서 일어나 앉아 머리를 탁 치며 큰 소리로 웃음을 터뜨린다.

✧

함장은 탤벗의 도움으로 간신히 상갑판으로 나간다. 그의 지팡이는 이제 도움이 안 되지만 그래도 있어야 한다. 통풍은 가시금작화와 쐐기풀을 꽁꽁 묶어놓은 것 같다. 아침에 비는 그쳤지만 공기는 습하다. 껍데기가 두터운 따개비가 달라붙은 듯한 구름이 비를 잔뜩 품고 있다. 중국 배 세 척이 건너편 해안을 따라 도시 쪽으로 간다. 그는 중국인들에게 약속한다. 이제 곧 굉장한 구경거리를 보게 될 거야, 거의 확실해……

풋내기 선원 이십여 명이 돛 수선공의 지시에 따라 상갑판 중앙에 앉아 있다. 그들은 함장에게 경례를 하다가, 너무 부어오르고 아파서 부츠도 구두도 신을 수 없게 된 함장의 붕대 감은 발을 눈치챈다. 함장은 다리를 절룩이며 당직 항해사 웨츠에게 간다. 타륜 앞에 선 웨츠는 포이보스호의 부드러운 흔들림에 커피잔이 쓰러지지 않도록 균형을 잡고 있다. "안녕한가, 웨츠. 보고할 건 없나?"

"빗물을 열 통 가득 받아놨습니다. 바람이 북쪽으로 붑니다."

조리실의 환기구로 지저분해 보이는 김이 구름처럼 피어오른다.

펜핼리건은 경비선을 응시한다. "지치지도 않는 우리 경비병들은?"

"밤새도록 지금처럼 우리 주위를 빙빙 돌았습니다."

"함선의 예상 기동 전략에 대해 자네의 의견을 듣고 싶네, 웨츠."

"아, 그러십니까? 그러면 탤벗 준위에게 키를 넘기겠습니다."

웨츠가 걸어가자 펜핼리건은 절룩이며 남들 눈을 피해 후갑판 난간 쪽으로 간다.

"데지마에 300야드 이내까지 접근할 수 있겠나?"

웨츠가 손짓으로 중국 정크선을 가리킨다. "저들이 할 수 있다면 저희도 할 수 있습니다."

"닻을 내리지 않고 삼 분간 제자리에 떠 있을 수 있나?"

웨츠는 바람의 세기와 방향을 가늠해본다. "그 정도야 쉽죠."

"그러면 만을 공격하고 외해까지 빠져나오는 데 시간이 얼마나 걸리겠나?"

"싸우면서 안전한 방향으로……" 항해장이 눈을 가늘게 뜨고 양쪽을 멀리까지 살핀다. "……퇴로를 개척해야 합니까?"

"지금으로서는 상황을 전혀 예측할 수 없네."

항해장 웨츠는 눈앞의 전경을 바라보며 농부가 암말에게 하듯 츳츳 혀 차는 소리를 낸다. "조건이 지금과 같다면, 함장님…… 오십 분이면 빠져나갈 수 있습니다."

✧

"로버트." 펜핼리건이 파이프를 문 채로 말한다. "쉬고 있는데 방해했군. 들어오게."

수염을 깎지 않은 대위는 침상에서 이제 막 일어난 참이다. "함장님." 호벨이 선원용 빵을 버터에 찍어 먹고 있는 선원 백오십 명의 소음에 선실 문을 닫는다. "이런 말이 있지. '잘 쉬는 일등항해사야말로 태만한 일등항해사다.' 내가 묻고 싶은 것이 있는데……" 대위가 펜핼리건의 붕대 감은 발을 쳐다본다.

"공처럼 부어올랐지만 내시 선생이 내 아가미에 약을 가득 채워줘서 오늘 하루는 떠 있을 수 있네. 시간은 충분할 걸세."

"아, 그렇습니까? 무슨 일이십니까?"

"내가 간밤에 편지를 두 통 썼네. 자네가 좀 읽어봐주지 않겠나? 편지는 짧지만 아주 중요하네. 철자를 틀리거나 해서 망치고 싶지는 않아. 자네 글솜씨는 포이보스호에서 최고 아닌가."

"그렇게 말씀해주시니 영광입니다만, 학식으로 따지면 목사님이……"

"소리 내어 읽어보게. 어떻게 들리는지 좀 들어봐야겠네."

호벨은 읽기 시작한다. "'야코프 더주트 귀하. 첫째, 데지마는 '임시 공화국'이 아니라 전 주인인 네덜란드 동인도회사가 사라진 외딴곳의 교역소일 뿐이다. 둘째, 당신은 대통령이 아니라 페터 피셔 차석 상관장이 잠시 자리를 비운 틈을 타 그의 윗자리로 멋대로 승진해 위에 언급한 회사의 규약을 위반한 일개 사무원일 뿐이다.' 잘 지적하셨습니다, 함장님. '셋째, 내가 받은 명령은 데지마를 외교적 수단으로든 군사적 수단으로든 점령하는 것이지만, 이것이 불가능하다고 판단된다면 교역소를 더이상 사용할 수 없게 만드는 수밖에 없다.'" 호벨이 놀란 얼굴로 고개를 든다.

"이제 거의 끝났네, 호벨 대위."

"'이 편지를 받는 즉시 깃발을 거두고 정오까지 포이보스호로 와라. 그러면 전쟁 포로로서 신사적인 대우를 받을 수 있을 것이다. 이 명령을 무시한다면, 데지마를……'" 호벨이 잠시 멈춘다. "'완전히 궤멸시킬 것이다……'"

선원들이 대걸레로 함장 선실 위쪽 후갑판의 물기를 닦고 있다.

호벨이 편지를 돌려준다. "문법이나 용어상의 실수는 없습니다."

"로버트, 우리 둘뿐이니 솔직히 터놓고 말해보게."

"이런 엄포가 너무…… 대담하다고 여기는 사람들도 있지 않을까요?"

"엄포가 아닐세. 데지마가 영국의 것이 되지 못한다면 누구의 것도 되어서는 안 돼."

"벵골 총독님께 저희가 받은 원래 명령이 그것이었습니까?"

"'상황에 따라 약탈하거나 교역을 하되, 귀관의 판단을 우선하라.' 상황을 보아하니 약탈도 교역도 어렵겠어. 꽁무니를 빼고 퇴각하는 건 그리 기분좋은 일이 아니니 내 판단대로 하는 수밖에."

어딘가 가까이에서 개 짖는 소리와 원숭이 끽끽대는 소리가 들려온다.

"함장님, 후폭풍은 생각해보셨습니까?"

"후폭풍은 야코프 더주트가 생각해야지."

"함장님, 제 의견을 물으시니 말씀드리는데, 저는 상대가 먼저 도발하지도 않았는데 우리가 데지마를 공격한다면 대영제국에 대한 일본의 안 좋은 시각이 두 세대는 갈 거라고 봅니다."

'안 좋은'과 '도발하지도 않았는데'라, 펜핼리건은 생각한다. 경솔한 말이군. "자네는 어제 부교의 편지에서 고의적인 모욕을 감지하지 못했나?"

"부교의 답변이 저희가 바라던 바에는 미치지 못했지만, 일본인은 저희를 나가사키에 초대한 적이 없습니다."

적을 이해하려 할 때는 신중해야 해. 펜핼리건은 생각한다. 스스로가 적이 될 수도 있으니. "두번째 편지는 시로야마 부교에게 보내는 것인가보군요."

"맞네." 함장이 종이를 건네준다.

"'시로야마 부교 귀하. 피셔 씨가 대영제국 국왕과 정부를 대신하여 우정의 손길을 내밀었습니다. 그러나 그 손은 거부당했습니다. 영국 함장은 화약을 내놓지도, 외국 검사관을 배에 들이지도 않을 것입니다. 귀하가 포이보스호에 제안한 격리는 문명국 간의 통상적인 관행을 위반한 것입니다. 그러나 다음의 조건을 수락한다면 그 정도 모욕은 없던 일로 할 용의가 있습니다. 정오까지 네덜란드인 야코프 더주트를 포이보스호로 넘길 것. 피셔 특사를 데지마의 상관장으로 앉힐 것. 화약과 조사에 관한 귀하의 수용 불가능한 요구를 철회할 것. 이 세 가지 조건을 수락하지 않는다면, 네덜란드인은 전시의 규정에 따라 비타협적 태도를 보인 벌을 받게 될 것이며, 재산이나 인명에 대한 부수적인 피해는 귀하의 책임입니다. 유감스러운 마음으로, 대영제국 해군 펜핼리건 함장.' 저, 함장님, 이건……"

펜핼리건의 발에서 맥박 치는 혈관이 견디기 힘들 정도로 아프다.

"……이것도 첫번째 편지 못지않게 직설적입니다."

함장은 분노와 슬픔을 느끼며 생각한다. 내 은혜에 감사해 마지않던 젊은 후배는 어디로 갔나? "부교에게 보낼 편지를 서둘러 네덜란드어로 번역하게. 그리고 페터 피셔에게 경비선으로 가서 편지를 전달하라고 하게."

탤벗 준위가 함장의 선실 창가에 앉아 켐퍼의 책을 큰 소리로 읽고, 의사의 조수인 래퍼티가 함장의 살이 늘어진 턱에 난 수염을 깎고 있다. "'오래지 않아 1638년, 이 이교도 법정은 일말의 거리낌도 없이 네덜란드인에게 저주받을 시험을 내렸다. 쇼군의 명령과 기독교도에 대한 사랑 중 어느 쪽이 그들의 마음을 더 크게 지배하는지 알아내기 위한 시험이었다. 현지인 기독교도를 말살하는 데 일조해 제국에 봉사하는 것이 그들이 해야 할 일이었다. 잔존하던 현지인 기독교도 사만여 명은 순교하게 되었다는 절망감에 빠져……'" 탤벗이 단어를 읽느라 잠시 머뭇거린다. "'…… 시마바라의 오래된 요새로 옮겨가 방어 준비를 했다. 네덜란드인의 지도자……'" 탤벗이 다시 머뭇거린다. "'쿠케바커르도 그곳으로 가서 십사 일간 기독교도를 단단히 포위하고 육지와 바다 양쪽에서 사백이십육 차례의 대포 공격을 가했다.'"

"네덜란드인이 얼마나 쩨쩨한지 알고는 있었지만," 래퍼티가 펜핼리건의 코털을 외과용 가위로 잡아당긴다. "교역할 권리를 얻자고 기독교도를 학살했다니 도저히 믿을 수가 없네요, 함장님. 아예 자기 늙은 엄마도 해부학자한테 팔아먹지?"

"그들은 유럽에서 제일 절조 없는 민족이야. 탤벗?"

"예, 함장님. '이러한 군사적 원조의 결과 신도들은 항복하지도 완전히 패하지도 않았으나, 포위당하여 힘이 약해졌다. 그리고 일본의 명령에 따라 네덜란드인은—배가 위험한 바다를 계속 항해해야 한다는 사실에도 불구하고—여섯 개의 포를 더 배에서 내렸다. 그래서 일본인은 그들의 잔인한 계획을 실행에 옮길 수 있었는지도 모른다……' 이 대포가 만에 있던 포대를 장식한 그 장난감들일지도 모르겠네요."

"아마도 그럴 걸세, 탤벗. 그럴 거야."

래퍼티가 함장의 광대뼈 주위에 피어스 비누를 문지른다.

커틀립 소령이 들어온다. "새로운 경비선이 원래 있던 경비선과 비슷한 거리로 접근하고 있습니다, 함장님. 더주트의 낌새는 없습니다. 데지마에는 여전히 그들의 깃발이 코에 엄지손가락을 올린 것*처럼 뻔뻔하게 휘날리고 있습니다."

"그 엄지손가락을 잘라내고 코도 베어내자고." 펜핼리건이 장담한다.

"그리고 그들이 수레에 실을 수 있는 것은 다 싣고 데지마를 떠나고 있습니다."

그렇다면 결정을 한 게로군. 펜핼리건은 생각한다. "지금 몇시지, 탤벗?"

"시간은…… 열시 반이 막 지났습니다, 함장님."

"렌 중위, 월드론에게 해안에서 소식이 들어오지 않으면……"

복도에서 네덜란드어로 시끄럽게 소란 떠는 소리가 들려온다.

베인스인지 페인스인지가 고함을 지르고 있다. "절대 안 돼, 함장님 허락 없이는!"

피셔의 성난 목소리가 네덜란드어로 뭐라 외치면서 '특사'라는 말로 끝맺음을 한다.

"저 하노버 젊은이들이 피셔에게 일이 어떻게 돌아가고 있는지 말해준 모양이군요." 커틀립이 말한다.

"호벨 대위님을 데려올까요?" 탤벗이 묻는다. "아니면 스마이어스를 찾아올까요?"

"일본에서 우리 제안을 받아들이지 않는다면 우리에게 네덜란드어가 무슨 필요가 있겠나."

피셔의 목소리가 그들의 귀에까지 들린다. "펜핼리건 함장님! 우리 얘기 좀 합시다! 함장님!"

"시큼한 양배추는 괴혈병을 예방할 수 있지만," 함장이 말한다. "시큼한 독일놈은……"

---

* '경멸하다' '조롱하다'라는 뜻의 관용구.

래퍼티가 콧바람을 내뿜으며 쿡쿡거린다.

"……도움은커녕 방해만 되지. 나는 바쁘다고 전하게, 소령. '바쁘다'는 말을 못 알아듣거든 알아듣게 해줘."

정오가 되기 오 분 전, 펜핼리건은 금색 술을 단 연미복에 삼각모자를 쓰고 상갑판에서 일동에게 연설한다. "전시에 늘 그렇듯, 외국에서는 사건이 빨리 진행되는 법이다. 오늘 아침 교전을 벌일 것이다. 거창한 전투 전야 연설은 필요 없다. 짧고 요란하고 일방적인 교전을 예상한다. 어제 우리는 일본에 우정의 손길을 내밀었다. 그들은 그 손에 침을 뱉었다. 용감하지 못해서? 그렇다. 현명하지 못해서? 그렇다고 생각한다. 그것이 문명국의 법에 따라 처벌할 수 있는 행동일까? 안타깝지만 그렇지 않다. 오늘 아침의 전투는 네덜란드인을 벌하고자 하는 것이다……" 고르지 못한 함성이 일부 나이 많은 선원들 쪽에서 나온다. "……우리가 일자리와 무료 배편을 제안했던 그 조난자 무리 말이다. 그들은 어떤 영국인도 참아 넘길 수 없는 건방진 태도로 응답했다."

이슬비가 바람을 타고 산 위로 흩뿌려진다.

"우리가 말라바르 해안이나 히스파니올라섬에 정박하고 있었다면, 보상금을 받고 이 바다에 킹조지항이라는 이름을 붙여서 네덜란드인에게 갚아줬을 것이다. 한시에 최고의 수병들을 데지마로 보내 습격하고 다섯시까지 배로 철수하는 위험을 내가 무릅쓰지는 않으리라고 네덜란드인은 생각할 테고, 그 생각이 옳기는 하다. 결국은 일본 전사의 수가 포이보스호의 탄알보다 많을 것이다."

경비선 두 척 중 한 척이 나가사키 쪽으로 되돌아가고 있다.

최대한 빠르게 노를 저어라. 그러지 않으면 포이보스호에 따라잡힐 테니. 함장이 그 배에 대고 중얼거린다.

"하지만 데지마를 폐허로 바꿔놓음으로써 우리는 네덜란드 권세의 신화 역시 무너뜨릴 수 있다. 일단 먼지가 가라앉고 교훈을 깨우치면, 앞으로 나가사키에 보내는 영국 사절을, 빠르면 내년이 될 텐데, 또 그렇게 통명스럽게 물리치지는 못할 것이다."

커틀립 소령이 묻는다. "함장님, 일본인이 우리 배에 기어올라오려고 하면 어떻게 합니까?"

"경고탄을 발사한다. 하지만 통하지 않으면 영국제 소총의 위력과 정확성을 보여줘야겠지. 살상은 되도록 최소한으로 한다."

"함장님, 사정거리가 예상을 벗어나는 경우도 있습니다." 포병대장 월드론이 손을 들고 말한다.

"우리 목표는 데지마다. 하지만 우연히라도 나가사키에 포탄이 떨어진다면……"

펜핼리건은 옆에 서 있는 호벨이 불만에 차 심기가 불편한 상태인 것을 감지한다.

"……그때는 일본이 동맹을 더 신중하게 선택하게 될 것이다. 그러니 이런 꽉 막힌 오지에 다가오는 세기를 맛보여주기로 하자." 펜핼리건은 삭구에 있는 선원들 사이에서 갈색 피부의 천사처럼 그를 내려다보고 있는 하틀풀을 알아본다. "영국의 전투견이 의로운 분노를 일으킬 때 적에게 어떤 타격을 가할 수 있는지 이 매독이 만연한 이교도의 항구에 똑똑히 보여주자!"

삼백 명에 가까운 선원이 존경심에 불타는 눈빛으로 함장을 바라본다.

그는 호벨을 힐끗 쳐다보지만, 호벨은 나가사키 쪽을 보고 있다.
"포병들은 자기 위치로! 우리를 데려다주게, 웨츠."

이십 명이 권양기를 돌린다. 굵은 쇠밧줄이 끼익거리고, 닻이 올라온다.

웨츠가 돛댓줄에 모여든 수병에게 명령을 내린다.

"잘 나아가는 배는 물위에 뜬 한 편의 오페라다……" 골딩 함장은 말하곤 했다.

스프릿 돛과 지브 돛이 펼쳐진다. 집붐이 쫙 늘어난다.

"……총감독은 함장이라 해도 지휘자는 항해장이지."

앞돛대와 주범이 내려지고 이제 중간 돛대의 돛 차례다……

포이보스호의 뼈들이 팽팽해지고 관절들은 긴장한 듯 삐걱댄다.

웨츠는 포이보스호가 좌현으로 바람을 받을 때까지 키를 돌린다.

이름이 딱 어울리는 측연수 레드베터는 클루라인*에 매달려 수심을 재고 있다.

빗방울이 떨어지는 하늘 한가운데, 선원들이 상활에 올라앉아 있다……

뱃머리가 140도로 호를 그린다……

……그리고 군함이 크게 기울면서 나가사키를 향해 방향을 튼다.

훈제한 듯 그을린 덴마크 선원이 엉킨 밧줄 매듭과 씨름하고 있다.

"잠시만 좀 보고 와도 되겠습니까?" 호벨이 그 덴마크인을 가리킨다.

---

* 돛을 접을 때 돛의 모서리를 끌어올리기 위한 밧줄 또는 도르래 장치.

"그러게." 펜핼리건이 말한다. 그의 퉁명스러운 대답은 이런 의미다. 서둘러 돌아올 필요 없네.

함장이 렌에게 말한다. "사실 이물 쪽에서 보는 게 더 좋지."

"훌륭한 생각이십니다, 함장님." 중위가 맞장구를 친다.

펜핼리건은 통풍 걸린 발을 절면서 앞돛대 돛댓줄 쪽으로 되도록 멀리 걸어간다. 커틀립과 수병 십여 명이 이제는 겨우 100야드 앞에 있는 남은 경비선 한 척을 지켜보고 있다. 길이 20피트 정도에 작은 갑판실이 있고 다우 배*보다 더 허술해 보이는 배다. 검객 여섯 명과 검사관 두 명이 어떻게 대응할지를 놓고 논쟁을 벌이는 듯하다.

"어디 일어서봐라, 난쟁이들. 두 조각을 내주마." 렌이 중얼거린다.

"정신 차리게 살짝 맛을 보여주면 어떨까요, 함장님." 커틀립이 제안한다.

"괜찮은 생각이다. 단," 함장이 수병들에게 지시한다. "죽이지는 마라."

"예, 함장님." 수병들이 대답하고 소총을 준비한다.

커틀립은 간격이 50야드 정도로 가까워질 때까지 기다린다. "발사!"

경비선의 기둥에서 파편이 튀어 날린다. 바닷물이 물보라를 뿌린다.

검사관 한 명이 웅크린다. 동료가 갑판실로 뛰어들어간다. 사공

---

* 홍해와 인도양에서 사용되던, 삼각형의 큰 돛을 단 목조선.

둘은 제자리로 뛰어가 배를 포이보스호의 항로에서 벗어나게 하려 하지만 늦었다. 이물에서는 일본 병사들이 아주 잘 보인다. 그들은 겁먹지도, 위축되지도 않은 채 유럽인을 올려다보지만, 화살이나 창으로 공격하려 움직이거나 추격하려 하지는 않는다. 그들의 배는 포이보스호의 항적에서 굼뜨게 벗어나더니 이내 후진하여 사라진다.

"침착하게 잘했다." 펜핼리건이 수병들을 칭찬한다.

"다음 판을 위해 장전하라." 커틀립이 명령한다. "화약이 비에 젖지 않도록 신경쓰고."

산비탈을 스쳐지나가는 동안 나가사키가 점점 더 가까워진다.

포이보스호의 제1사장이 데지마 동쪽으로 8도 내지 10도를 가리킨다. 영국 국기가 이물 깃대에서 널빤지처럼 빳빳하게 펄럭인다.

호벨이 말도 없이 함장 옆의 무리에 다시 합류한다.

펜핼리건은 진흙탕이 된 시내 옆에 자리잡은 작고 초라한 마을을 힐끗 본다.

"근심거리가 있으신 것 같습니다, 호벨 대위님. 속이라도 안 좋으십니까?" 렌이 묻는다.

"쓸데없는 데 신경쓰지 말게, 렌 중위." 호벨이 앞을 바라보며 말한다.

발 빠른 맬러프가 몸을 흔들며 닻 기둥에서 내려온다. "일본 병력이 백여 명쯤 모여 있습니다, 함장님. 데지마 해안에 면한 광장에요."

"하지만 우리 쪽으로 배를 띄우지는 않았지?"

"아직까지는 아닙니다, 함장님. 클로벌리가 앞돛대 장루에서 감시하고 있습니다. 상관은 버려진 것 같습니다—나무들조차 달아났습니다."

"좋아. 나는 네덜란드인이 겁쟁이로 보이길 바란다. 다시 위로 올라가라, 맬러프."

레드베터가 웨츠에게 전한 수심은 여전히 넉넉하다.

빗줄기가 거세어지지만, 바람이 계속 빠른 속도로 잘 불어준다.

이삼 분이 지나고, 데지마에서 다급하게 울리는 종소리가 들려온다.

포병대장 월드론이 아래 포열갑판에서 외친다. "우현 해치를 열어!"

포문 해치가 열리다 뱃전에 부딪혀 뼈가 부러지는 듯한 소리가 난다.

탤벗이 망원경을 보며 말한다. "함장님, 망루에 유럽인 두 명이 있습니다."

"오?" 함장도 자기 망원경으로 빗속에서 800야드 정도 거리에 있는 두 사람을 발견한다. 둘 중 더 마른 쪽은 스페인 산적처럼 챙 넓은 모자를 쓰고 있다. 덩치가 더 큰 다른 한 명은 난간에 기대어 포이보스호를 향해 지팡이를 흔드는 듯 보인다. 원숭이 한 마리가 구석에 앉아 있다. "탤벗, 다니엘 스닛커르를 데려오게."

"저자들은 저기 서 있으면 우리가 안 쏠 줄 아나봅니다." 렌이 조롱한다.

"데지마가 그들의 배야. 그들은 자기네 후갑판에 서 있는 거라고." 호벨이 말한다.

"우리가 본격적으로 나선 것을 알면 꽁지가 빠져라 도망갈걸."

커틀럽이 예측한다.

포이보스호는 만의 동쪽 굽이에서 700야드 앞까지 다가간다. 웨츠가 고함을 친다. “좌현으로 바짝 돌려!” 군함이 80도를 돌고 소총 사정거리의 두 배쯤 되는 지점에서 우현의 뱃머리가 해안선과 평행을 이룬다. 그들은 직사각형의 창고들이 늘어선 곳을 지나간다. 우산을 받쳐들거나 밀짚 우비를 입은 사람들이 펜핼리건이 마카오에서 보았던 중국 상인 같은 옷차림으로 지붕 위에 웅크리고 있다.

“피셔가 데지마의 중국 상관 얘기를 했는데 저기가 거기인가봅니다.” 렌이 기억을 떠올린다.

포병대장 월드론이 나타난다. “이제 우현의 포를 준비시킬까요, 함장님?”

“삼사 분 후에 열두 발을 전부 쏠 거네, 월드론. 즉각 시작해.”

“예, 함장님!” 아래에서 그가 부하들에게 외친다. “포탄 장전!”

탤벗이 스닛커르를 데리고 온다. 스닛커르는 어떤 태도를 취해야 좋을지 몰라 머뭇거리는 모습이다.

“호벨, 스닛커르에게 자네 망원경을 좀 빌려주게. 망루에 있는 자들이 누구인지 말해달라고 하게.” 스닛커르의 대답에서 더주트의 이름이 나온다. “지팡이를 든 자가 의사인 마리뉘스이고, 괴상망측한 모자를 쓴 자가 야코프 더주트랍니다. 원숭이의 이름은 윌리엄 피트이고요.” 스닛커르는 호벨이 묻지도 않은 말을 몇 마디 덧붙인다.

펜핼리건은 거리를 500야드 정도로 가늠한다.

호벨이 계속 말한다. “스닛커르 씨가 저한테 전해달라는데, 함장님이 자기를 특사로 택했더라면 전혀 다른 결과를 보셨을 거랍니다. 하지만 함장님이 다 부숴버리기로 작정한 사실을 알았더라면 절대 함장님을 이 바다로 안내하지 않았을 거랍니다."

펜핼리건은 생각한다. 스닛커르를 통해 자네가 감히 하지 못할 말을 하다니 정말로 유능하군, 호벨. "스닛커르를 여기에서 배 밖으로 던져버린다면 일본인이 그를 어떻게 대할지 한번 물어보게."

호벨이 통역하자 스닛커르는 매맞은 개처럼 뒤로 물러선다.

펜핼리건은 망루의 네덜란드인에게로 다시 주의를 돌린다.

더 가까운 거리에서 본 학자이자 의사인 마리뉘스는 둔하고 무례해 보인다.

반면 더주트는 더 젊고 예상했던 것보다 훨씬 멋진 모습이다.

어디 네덜란드인의 용기로 영국인의 탄약에 맞서보시지. 펜핼리건은 생각한다.

월드론이 해치 위로 상체를 내민다. "명령하신 대로 준비되었습니다, 함장님."

동양의 비가 선원들의 거친 얼굴 위로 레이스처럼 흩뿌린다.

"바로 쏘게, 월드론……"

"예, 함장님." 월드론이 아래에서 명령을 내린다. "우현 포병, 발포!"

커틀립 소령이 그의 옆에서 흥얼거린다. "눈먼 쥐 세 마리, 눈먼 쥐 세 마리……"

현장 너머 포문에서 점화 담당의 외침소리가 들린다. 발포!

함장은 포구砲口를 내려다보는 네덜란드인을 지켜본다.

댕기물떼새가 바다 위를 난다. 새의 날개 끝이 물에 닿아 물방울을 떨구고 잔물결을 일으킨다.

저건 군인이나 광인이 할 법한 일이지. 펜핼리건은 생각한다. 의사와 일개 사무원이 아니라.

첫번째 포가 두개골이 쪼개질 듯 격렬하게 포탄을 발사한다. 중년인 펜핼리건의 심장이 이십오 년 전 미국 사나포선과 첫 전투를 벌였던 때처럼 뛴다. 칠팔 초 정도 간격을 두고 열한 대의 포가 뒤따른다.

창고 하나가 무너진다. 방파제 두 곳이 박살난다. 지붕 기와가 부서져 튀어오른다. 함장은 실눈을 뜬 채 흐뭇하게 연기와 파괴되는 모습을 지켜보면서 확신한다. 더주트와 마리뉘스는 두 다리 사이에 꼬리를 단단히 숨기고 급히 땅으로 내려갔겠지……

……커틀립이 흥얼거린다. "칼로 생쥐 꼬리를 잘랐네……"

바람이 갑판에서 장교들을 뒤덮은 포연을 걷어낸다.

탤벗이 제일 먼저 그들을 발견한다. "저들이 아직도 망루에 있습니다, 함장님."

펜핼리건이 급히 중앙 해치로 향한다. 아픈 발이 통증으로 울부짖고 지팡이가 갑판을 친다. 이런 망할, 망할, 망할……

위관들이 그가 넘어질세라 초조해하며 스패니얼종 개처럼 뒤따라온다.

"2차 포격을 준비해라." 그가 해치 아래쪽의 월드론을 향해 외친다. "망루를 동강내는 포병에게 10기니를 주겠다!"

월드론의 목소리가 들려온다. "예, 알겠습니다, 함장님! 함장님 말씀 다들 들었지!"

펜핼리건은 격분하여 몸을 질질 끌고 후갑판으로 간다. 장교들이 뒤를 따른다.

"배를 멈춰라, 웨츠." 그가 항해장에게 명령한다.

웨츠는 풍속, 돛폭, 방향키 각을 직관적으로 계산한다. "멈췄습니다, 함장님."

"함장님, 120야드 거리에서라면 제 부하들이 우리 브라운 베스*로 저 꼴 보기 싫은 두 놈을 벌집으로 만들 수 있습니다." 커틀립이 말한다.

함장은 군함 블레넘호의 함장 프레더릭의 말을 떠올린다. 트리스트럼은 후갑판에서 연쇄 사격으로 벌집이 되었네. 부하 장교들처럼 갑판에 엎드렸더라면 살 수도 있었을 텐데, 트리스트럼은 그러지 않았어. 위험 앞에서 눈도 깜빡하지 않았지……

"좌초할 위험을 감수할 수는 없네, 소령. 오늘 끝마무리가 안 좋을 수도 있어."

펜핼리건은 한숨을 내쉰다. 찰리의 불도그와 크리켓 방망이를 기억해야지?

함장이 눈을 깜박이며 중얼거린다. "연기 때문에 눈을 뜰 수가 없군."

까마귀 같은 겁쟁이가 용기 있는 죽은 자를 먹어치우지. 함장은 이렇게 믿는다.

렌이 탤벗과 사관후보생들에게 말한다. "저걸 보니 스위프트슈어호에서 펼쳤던 모리셔스 해전이 생각나는군. 프랑스 전함 세 척이 짖어대는 폭스하운드떼처럼 우리 뒤를 쫓아왔지……"

호벨이 조용히 말한다. "함장님, 제 망토를 드릴까요? 비가……"

---

* 옛날 영국 군대의 소총.

펜핼리건은 기분 상한 듯 고개를 치켜든다. "내가 벌써 노망이라도 났나, 대위?"

로버트 호벨은 호벨 대위로 되돌아간다. "기분 상하게 해드릴 뜻은 없었습니다, 함장님."

웨츠가 고함을 치자 장루 선원이 대답한다. 밧줄이 팽팽히 당겨지고 도르래가 끼익끼익 소리를 낸다. 빗물이 번들거린다.

데지마에서 높고 폭이 좁은 창고가 요란한 소리와 함께 뒤늦게 무너진다.

"……그래서 정신을 차려보니 적함에서 오도 가도 못하게 되었더라고." 렌이 이야기를 하고 있다. "어스름과 안개 속에서 모자를 푹 눌러쓰고 랜턴을 들고 허둥거리며 원숭이 뒤를 따라 화약고로 내려갔지, 오밤중처럼 캄캄하더라고. 그 옆의 밧줄 창고로 들어가 불을 놓았어……"

윌드론이 다시 나타난다. "함장님, 2차 포격 준비를 마쳤습니다."

해군 장교 같은 인상을 풍기는군. 펜핼리건은 더주트와 마리뉘스를 관찰한다……

……그렇다면 해군 장교처럼 죽어도 되겠지. "10기니다, 잊지 마라, 윌드론."

윌드론이 사라진다. 그가 미친 사람처럼 고함을 친다. "놈들을 해치워라!"

시간의 작은 톱니바퀴가 맞물려 재깍재깍 돌아간다. 점화 담당이 외친다. "발포!"

폭발이 아름답고, 무시무시하고, 요란한 호를 그리며 포탄을 날린다……

……창고 지붕으로, 벽으로 포탄이 날아간다. 한 발이 더주트와 마리뉘스 바로 앞을 스쳐간다. 그들은 바닥에 엎드리지만, 다른 포탄은 모두 데지마 위로 날아간다……

습기 찬 연기가 시야를 가린다. 바람이 습한 연기를 걷어낸다.

날카로운 트롬본 소리 혹은 거대한 나무가 쓰러지는 소리 같은 소음이 울린다……

……데지마 뒤쪽에서 나는 소리다. 목재와 돌벽이 무시무시한 굉음과 함께 무너진다.

더주트가 마리뉘스를 일으킨다. 그의 지팡이는 사라지고 없다. 그들은 내륙 쪽을 바라본다.

비난해야 할 적에게서 용기를 발견하는 건 불쾌한 일이지. 펜헬리건은 생각한다.

"적절히 경고를 해주지 않았다고 함장님을 비난할 수 있는 자는 아무도 없을 겁니다." 렌이 말한다.

권력이야말로 인간이 미래를 구성하는 수단이다…… 함장은 생각한다.

"저 미개한 아시아 피그미들은 오늘을 잊지 못할 겁니다." 커틀립이 장담한다.

……하지만 구성을 하려면 그 나름의 방식이 있어야지. 그는 모자를 벗는다.

포열갑판의 해치에서 섬뜩한 비명소리가 들려온다.

펜헬리건은 구역질을 느끼며 확신한다. 누가 반동에 다쳤군.

호벨이 서둘러 살펴보러 가려는데 월드론의 머리가 불쑥 나타난다.

포병대장의 눈에 끔찍한 잔상이 아직 남아 있다. "또 쏠까요, 함장님?"

존 펜핼리건이 묻는다. "누가 다쳤나, 월드론?"

"마이클 토저입니다—포미 밧줄이 끊어지는 바람에……"

뒤쪽에서 칼에 찔린 듯한 흐느낌과 헐떡이는 비명소리가 들려온다.

"다리를 잘라야 할 것 같나?"

"벌써 잘렸습니다. 불쌍한 녀석을 지금 내시 선생에게로 옮기고 있습니다."

"함장님……"

펜핼리건은 호벨이 토저에게 가보겠다는 허락을 구하려 한다는 걸 안다.

"가보게, 대위. 그건 그렇고, 자네 망토 좀 빌려도 되겠나?"

"예, 함장님." 로버트 호벨이 자기 망토를 함장에게 건네주고 아래로 내려간다.

사관후보생이 그가 옷 입는 것을 도와준다. 호벨의 체취가 난다.

함장이 독기에 차서 망루 쪽으로 돌아선다.

망루는 여전히 그대로이고 두 남자도 여전하다. 네덜란드 깃발이 휘날린다.

"우리 캐러네이드 포* 맛을 보여줘라. 포병 넷을 준비시키게, 월드론."

사관후보생들이 서로 마주본다. 커틀립 소령은 신이 나서 쉭 소리를 낸다.

* 옛날 전함에서 사용된 포신이 짧은 포로, 사정거리가 짧다.

맬러프가 탤벗에게 나지막이 묻는다. "캐러네이드 포는 별 효과가 없지 않습니까?"

펜핼리건이 대답한다. "근거리 공격을 위한 것이지, 맞아, 하지만……"

그는 망원경으로 그를 지켜보는 더주트를 본다.

"저 망할 네덜란드 깃발을 누더기로 만들어야겠다." 함장이 선언한다.

언덕 위의 집에서 습하고 무거운 공기 속으로 연기가 피어오른다.

저 망할 네덜란드놈들도 갈기갈기 찢어주겠다. 함장은 생각한다.

포병들이 토저의 사고로 우울해진 얼굴을 하고 아래에서 기어올라온다. 그들은 후갑판의 현장에서 판자를 치우고, 포신이 짧고 바퀴가 달린 캐러네이드 포를 제 위치로 옮긴다.

펜핼리건이 명령한다. "사슬탄을 장전하게, 월드론."

"깃발을 겨냥한다면, 그러면……" 포병대장 월드론이 깃대 꼭대기에서 불과 5야드 아래에 있는 망루를 가리킨다.

"휘익 소리를 내면서 빙글빙글 도는, 삐죽삐죽하고 부서진 사슬로 엮인 원뿔 네 개." 커틀립 소령이 흥분한 호색한처럼 눈을 빛낸다. "삐죽삐죽한 쇠사슬 고리가 저 네덜란드놈들 얼굴에서 미소를 싸악 지워줄 거다……"

"……그리고 저놈들 얼굴이 머리에서 떨어져나가겠지요." 렌이 덧붙인다. "머리는 몸통에서 떨어져나가고요."

탄약을 나르는 소년이 폭발물 자루를 들고 해치에서 나타난다.

함장은 펜잰스 출신 부랑아 모프를 알아본다. 모프의 핼쑥한 얼굴에 분홍빛이 감돈다.

짧고 구경이 큰 포구에 화약을 채우고 헝겊조각으로 마개처럼 봉한다.

함포 안의 기울어지고 녹슨 작은 통에서 사슬탄이 달그락거린다.

월드론이 말한다. "깃발을 겨냥해라. 너무 높이는 말고, 할 요빌."

펜핼리건의 오른쪽 다리가 심한 통증으로 나무토막처럼 굳어가고 있다.

통풍이 이기고 있어. 펜핼리건은 알고 있다. 곧 침대에서 꼼짝도 못하는 신세가 될 거야.

마리뉘스 선생이 그의 동포와 항의하러 다시 나타난다.

하지만 더주트는 곧 죽을 거야. 함장은 스스로를 달랜다.

월드론이 명령한다. "저 포미 밧줄을 이중으로 묶어라. 왜 그래야 하는지는 아래에서 봤겠지."

호벨이 옳았을까? 함장은 생각한다. 지난 삼 일 동안 내가 통증 때문에 제대로 생각을 하지 못했던 걸까?

"발포 준비가 되었습니다. 명령만 하십시오." 월드론이 말한다.

함장은 두 네덜란드인에게 사형선고를 내리기 위해 숨을 가득 들이쉰다.

그들도 알고 있어. 마리뉘스는 난간을 붙잡고 멀리 내다보며 움찔하지만 그대로 있는다.

더주트가 모자를 벗는다. 비에 젖고 제멋대로 헝클어진 그의 머리카락은 구릿빛이다……

……그리고 펜핼리건은 죽음을 기다리는 그의 아름답고 하나뿐인 붉은 머리의 아들, 트리스트럼을 본다……

XXXVIII
데지마의 망루

1800년 10월 20일 정오

윌리엄 피트가 계단에서 들리는 발소리에 코를 킁킁거린다. 야코프 더주트는 망원경을 여전히 포이보스호로 향하고 있다. 1000야드 밖에 있는 군함은 빗속에서 북서풍을 거스르며 능수능란하게 침로를 바꾸고는 중국 상관을 지나쳐—몇몇 주민이 지붕 위에 앉아 이 장관을 구경하고 있다—데지마와 나란하게 뱃전을 댄다.

"그래서 아리 흐로터가 결국 보아뱀가죽이라고 주장하는 모자를 자네에게 줬구먼?"

"직원들은 전부 부교쇼로 가 있으라고 명령했습니다, 선생님. 선생님도 마찬가지고요."

"돔뷔르흐인, 여기 있으면 자네한테 곧 의사가 필요하게 될 걸세."

군함이 포문을 연다. 덜컥, 덜컥, 덜컥, 못을 치는 망치 소리 같다.

"아니면," 마리뉘스가 코를 푼다. "무덤 파는 일꾼이 필요해지거나. 비가 종일 오겠군. 보게." 그가 뭔가를 부스럭거린다. "고바야시가 자네한테 비옷을 보내줬네."

야코프가 망원경을 내린다. "그 비옷의 전 주인이 매독으로 죽지 않았습니까?"

"죽을 날을 받은 적에게 베푸는 작은 친절이지. 그래야 자네의 귀신이 그에게 씌지 않을 것 아닌가."

야코프는 밀짚 우비를 어깨에 걸친다. "에일라튀는 어디 있습니까?"

"제정신인 자들은 죄다 우리 부교쇼에 있지."

"선생님의 하프시코드는 무사히 옮겼습니까?"

"하프시코드와 약전 모두 무사히 옮겼지. 자네도 함께 그리로 가세나."

빗줄기가 야코프의 얼굴을 쓰다듬는다. "데지마는 제 담당 지역입니다."

"영국놈들이 우쭐한 사무원이라고 봐줘서 대포를 쏘지 않을 거라 생각한다면……"

"그런 생각은 안 합니다, 선생님, 하지만……" 그는 스무 명이 넘는 주홍색 외투 차림의 수병이 돛댓줄을 기어오르는 것을 알아차린다. "일본 경비선을 쫓아버리려나봅니다…… 무차별 사격을 가하려면 함선이 더 들어와야 할 테니까…… 120야드 안까지요. 영국 배에 적대적인 해역에서 배가 좌초할 위험을 무릅쓰기는 어려울 겁니다."

"뱃전 대포에서 쏟아지는 일제사격보다는 머스킷 총을 난사하는 쪽이 낫겠네."

저에게 용기를 주소서, 야코프는 기도한다. "제 생명은 하느님의 손에 맡겼습니다."

"아, 슬프도다." 마리뉘스가 크게 한숨을 내쉰다. "독실한 말로 할 수 있는 것은 얼마 없지."

"부교쇼로 가십시오. 그러면 다른 이들을 고통스럽게 하지 않으셔도 될 겁니다."

마리뉘스가 난간에 기댄다. "젊은 오스트는 자네가 틀림없이 뭔가 비밀스러운 방어책을 몰래 준비해두었을 거라 생각하고 있네. 우리의 불운을 뒤집을 뭔가를 말이야."

"제 방어책은," 야코프가 가슴팍의 주머니에서 시편을 끄집어낸다. "제 믿음입니다."

마리뉘스는 외투로 비바람을 막고는 그 낡고 두꺼운 책을 살펴보면서 머스킷 총탄으로 팬 자국을 손가락으로 만져본다. "이것이 누구의 심장을 꿰뚫었던가?"

"제 증조부요. 하지만 이 책은 칼뱅 시대 이후로 저희 집안에 있었습니다."

마리뉘스가 속표지를 읽는다. "시편? 돔뷔르흐인, 자네는 참으로 다리 둘 달린 경이의 보고로구먼! 아람어를 거칠게 번역한 이런 잡동사니를 뭍으로 어떻게 숨겨왔단 말인가?"

"오가와 우자에몬이 결정적인 순간에 눈감아주었습니다."

"'왕들에게 승리를 안겨주시고,'" 마리뉘스가 읽는다. "'당신의 종 다윗을 살려주신 이여, 무서운 칼날에서 살려주소서.'"

바람결에 포이보스호에서 명령을 전달하는 소리가 들려온다.

에도광장에서 관리 한 명이 부하들에게 고함을 치고 있다. 부하들이 일제히 대답한다.

그들 뒤로 몇 야드 떨어진 곳에서 네덜란드 국기가 펄럭인다.

"저 삼색 식탁보가 자네를 위해 죽어주지는 않는다네, 돔뷔르흐인."

포이보스호가 바람을 타고 접근한다. 배는 날렵하고 아름다우면서 사악하다.

"깃발을 위해 죽은 사람은 아무도 없습니다. 깃발이 상징하는 바를 위해 죽을 뿐이지요."

"자네가 무엇을 위해 죽음을 무릅쓰는지 궁금해 죽겠구먼." 마리뉘스가 기이한 외투 속으로 손을 집어넣는다. "그게 영국 함장이 자네를 '일개 사무원'이라고 불렀기 때문은 아니겠지."

"잘은 모르지만, 저 깃발은 이 세상에 남은 마지막 네덜란드 국기입니다."

"잘은 모르지만, 그렇겠지. 하지만 그래도 여전히 깃발이 자네를 위해 죽어주지는 않는다네."

"함장은……" 야코프는 영국 함장이 망원경으로 그들을 지켜보고 있음을 느낀다. "……우리 네덜란드인이 겁쟁이라고 믿고 있습니다. 하지만 스페인으로 시작해, 우리 야단스러운 이웃의 모든 권력자가 우리 나라를 없애버리려 했으나 모두 실패했습니다. 북해조차도 우리를 질퍽거리는 대륙 끝자락에서 없애버리지는 못했습니다. 왜일까요?"

"이유는 이걸세, 돔뷔르흐인. 달리 더는 갈 곳이 없으니까!"

"그래서 우리가 고집불통 말썽꾸러기인 겁니다, 선생님."

"자네 숙부는 자네가 부서진 기왓장과 벽돌 속에서 죽어가며 네덜란드인의 남자다움을 과시하기를 바란다는 건가?"

"제 숙부님이라면 루터의 말을 인용하실 겁니다. '벗은 우리에게 우리가 할 수 있는 일을 보여주지만, 우리의 적은 우리가 해야만 하는 것을 보여준다.'" 야코프는 군함의 선수상을 자세히 살펴보면서 정신을 딴 데로 돌린다—이제 겨우 600야드 앞이다—그의 망원경으로 보면 그렇다. 선수상을 조각한 사람은 포이보스호에 악마적인 결단력을 부여했다. "선생님, 이제 가셔야 합니다."

"하지만 더주트 이후의 데지마를 생각해보게! 이러다가 아우베한트가 상관장이 되고 흐로터가 차석 상관장이 되겠어. 자네 망원경 좀 이리 줘보게."

"흐로터는 우리 중에서 가장 훌륭한 상인입니다. 양이 싼 똥을 양치기한테 팔 위인이에요."

윌리엄 피트가 마치 사람처럼 도전적으로 포이보스호를 향해 콧방귀를 뀐다.

야코프는 고바야시의 밀짚 우비를 벗어 원숭이에게 씌워준다.

"제발요, 선생님." 비가 망루의 나무판자를 적신다. "제 죄책감을 더 키우지 말아주십시오."

갈매기가 판자로 창문을 막아놓은 통역관 조합의 지붕에서 날아오른다.

"자네는 아무 책임 없네! 나는 방황하는 유대인처럼 아무도 해칠 수 없는 존재야. 나는 내일—몇 달 후에—잠에서 깨어날 거고 완전히 다시 시작할 거네. 저기 보게. 다니엘 스닛커르가 후갑판에 있군. 저 원시인 같은 걸음걸이만 봐도 알겠구먼……"

야코프의 손가락이 비틀어진 코를 만진다. 겨우 작년 일이었던가?

포이보스호의 함장이 명령을 한다. 활대에 있는 선원들이 중간

돛대의 돛을 접는다……

……그리고 군함이 300야드 밖에서 갑자기 딱 멈춘다.

야코프의 공포가 그의 심장과 간 사이에 새로 생긴 내부 기관처럼 커졌다.

한 무리의 장루 선원이 입가에 손나팔을 대고 상관장 대리에게 외친다. "박박 닦아라, 네덜란드 꼬마야, 닦아 닦아 닦아!" 그러고는 검지와 중지를 뒤집어 흔든다.

"어째서……" 야코프가 긴장으로 팽팽해지고 새된 목소리로 말한다. "……어째서 영국인이 저런 짓을 하는 걸까요?"

"그 유래는 아쟁쿠르 전투*에서 싸웠던 궁수들에게까지 거슬러 올라갈 걸세."

대포가 고물에 가장 가까운 포문에서 나온다. 또 한 대, 또 한 대가 나와 전부 열두 대가 배치된다.

댕기물떼새가 바다 위를 낮게 난다. 날개 끝이 바다를 스친다.

"쏘려나봐요." 야코프는 목소리가 자기 목소리 같지 않다. "선생님! 가세요!"

"실은 핏 바르트가 얘기해줬는데, 어느 겨울에—팔레르모 인근에서였던 것 같아—흐로터가 진짜로 양의 똥을 양치기한테 팔았다더군."

야코프는 영국 함장이 입을 열고 외치는 것을 본다.

---

* 백년전쟁중이었던 1415년 10월 25일 프랑스군이 영국군에 대패한 전투. 당시 영국군 궁수에 의한 피해가 커지자 프랑스군이 영국 포로의 손가락을 잘랐는데, 영국군이 이에 대항해 활을 쏠 두 손가락이 아직 멀쩡하다고 보여주며 조롱하는 의미로 상대에게 손등을 보인 채 검지와 중지를 흔들었다는 유래가 전해진다.

"발포!" 야코프가 눈을 질끈 감는다. 그는 시편에 손을 얹는다. 대포가 발포할 때까지 빗방울이 세례를 베풀듯 점점이 떨어진다.

짧고 날카롭게 터지는 천둥 같은 소리가 야코프의 감각을 연타한다. 하늘이 옆으로 흔들린다. 대포가 차례로 발사된다. 그는 망루 바닥에 엎드린 기억도 없는데 정신을 차려보니 그러고 있다. 사지가 멀쩡한지 확인한다. 다 제자리에 잘 붙어 있다. 손마디가 벗겨지고 이상하게도 왼쪽 고환이 아프지만 다른 데는 다친 곳이 없다.

개가 일제히 짖어대고 까마귀가 미친듯이 운다.

마리뉘스는 난간에 기대어 있다. "6번 창고는 다시 지어야겠군. 조합 뒤쪽 방파제에 큰 구멍이 뚫렸어. 고스기 도신은 아마"—방파제 길에서 강한 바람이 불어오며 요란한 소리가 들린다—"오늘 밤에는 어디 다른 곳에서 묵어야 할 거야. 나는 무서워서 오줌을 지린 것 같군. 우리의 영광스러운 깃발은 자네도 보다시피 멀쩡하네. 대포알 절반은 우리 위로 날아가서……" 의사가 내륙 쪽을 바라본다. "……해안에 피해를 입혔어. 퀴드 논 모르탈리아 펙토라 코기스, 아우리 사크라 파메스.*"

군함을 감싼 연기 장막이 산들바람에 갈기갈기 찢어진다.

야코프는 일어서서 애써 숨을 고른다. "윌리엄 피트는 어디 있습니까?"

"도망갔지. 원숭이 한 마리가 인간 두 명보다 현명해."

---

* 로마 시인 베르길리우스의 시 구절로, '황금에 대한 탐욕으로 파괴에 몰두하는 인간을 어떻게 막겠는가'라는 뜻.

"전투의 베테랑이신 줄은 몰랐습니다, 선생님."

마리뉘스가 긴 한숨을 뱉어낸다. "근접 포 사격을 당해보니 제정신이 좀 돌아오나, 아니면 계속 여기 있을 건가?"

나는 데지마를 버릴 수 없어. 야코프는 깨닫는다. 그렇지만 죽을까봐 두렵다.

마리뉘스가 혀를 찬다. "그럼 버텨보세. 영국군이 발포를 다시 시작하기 전까지 잠깐은 시간이 있어."

류가지 신사에서 여느 때처럼 오시를 알리는 종이 울린다.

야코프는 육지 문을 주시한다. 경비병 몇 명이 위험을 무릅쓰고 문밖으로 나간다.

에도광장에서 네덜란드 다리를 지나 달려가는 한 무리가 보인다.

그는 가마에 실리던 오리토를 떠올린다.

그녀는 살아남았을까 생각하며 말없이 기도를 올린다.

오가와의 층층나무 두루마리 통은 그의 재킷 주머니 속에 잘 숨겨져 있다.

내가 죽는다면, 누군가 지위가 높은 사람이 이걸 발견해서 읽어야 할 텐데……

중국 상인 몇이 지붕에서 손가락으로 가리키며 손을 흔든다.

포이보스호 포문에서의 움직임으로 보아 또 포를 쏠 모양이다.

말이라도 계속하지 않는다면 떨어진 접시처럼 산산이 부서질 거야. 야코프는 깨닫는다.

"선생님이 무엇을 믿지 않으시는지는 압니다. 그럼 선생님이 믿으시는 건 뭡니까?"

"아, 데카르트의 방법론, 도메니코 스카를라티의 소나타, 기나나무 껍질의 효능을 믿지…… 그러니까 실제로 믿거나 믿지 않을 가치가 있는 것은 거의 없다는 말일세. 반박하려고 기를 쓰느니 그냥 공존하려는 편이 낫겠지……"

구름이 산자락을 덮는다. 빗방울이 아리 호로터의 모자에서 뚝뚝 떨어진다.

"북유럽은 차가운 빛과 또렷한 선들이 있는 곳이지요……" 야코프는 자기가 헛소리를 되는대로 쏟아내고 있다는 것을 알지만 멈출 수가 없다. "……그래서 신교인 거예요. 지중해 세계는 불굴의 햇살과 한 치 앞이 안 보이는 그늘이 있는 곳이고요. 그래서 가톨릭이지요. 그런데 여기는……" 야코프는 내륙 쪽을 손짓으로 가리킨다. "……이…… 신비스러운…… 동양…… 이곳의 종, 이곳의 용, 이곳의 수백만…… 여기, 윤회, 카르마의 개념, 고향에서는 이단인 것이……" 네덜란드인이 재채기를 한다.

"몸조심하게." 마리뉘스가 얼굴에서 빗물을 떨어낸다. "그럴듯해 보인다고?"

야코프가 다시 재채기를 한다. "저는 잘 이해가 안 됩니다."

"아무것도 이해가 안 될 때야말로 모든 것을 가장 잘 이해하는 것일 수도 있지."

어느 움푹 들어간 집에서 뿜어내는 연기가 빼곡히 모인 지붕이 만든 경사 위쪽으로 피어오른다.

야코프는 등나무집을 찾아보려 하지만 나가사키는 미궁 같다. "선생님, 카르마를 믿는 사람은 무심코 저지른 죄는 다음 생에서가 아니라 이번 생에서, 단 한 번의 생애 동안에 되돌아와 자기를 따라다닌다고 믿을까요?"

“자네가 생각하는 죄가 뭔지는 몰라도, 돔뷔르흐인,” 마리뉘스가 사과를 꺼내 절반을 야코프에게 건넨다. “우리가 이런 상황에 처해야 마땅할 정도의 죄는 아닐 걸세.” 그가 사과를 입에 넣는다……

이번 포 사격에 두 사람은 졸도한다.

정신을 차려보니 야코프는 귀신 들린 집에서 담요를 뒤집어쓴 소년처럼 몸을 웅크리고 있다.

기왓장 파편이 땅바닥으로 떨어져내린다. 사과가 없어졌어, 그는 생각한다.

“하느님, 마호메트님, 공자님, 이번에는 가까웠어.” 마리뉘스가 말한다.

두 번은 살아남았지만 세 번까지는 힘들걸. 야코프는 생각한다.

두 네덜란드인은 한 쌍의 환자처럼 서로를 돕는다.

육지 문의 문짝은 날아가버렸고 질서정연하게 줄 맞춰 서 있던 에도광장의 경비병들도 우왕좌왕하고 있다. 포탄 두 발이 경비병이 모여 있는 곳에 각각 떨어졌다. 야코프는 어린 시절 하던 놀이를 떠올린다. 나무 인형들 사이로 날아가는 공깃돌 같군.

대여섯 혹은 일곱 명이 피를 흘리며 쓰러져 비명을 지르면서 몸부림친다.

여기저기 혼란과 고함소리가 난무하고 이리저리 뛰어다니는 가운데 핏빛이 낭자하다.

내면의 목소리가 조롱한다. 원칙을 고수한 결과가 이거야, 더주트 대통령.

포이보스호의 수병들은 이제 그들을 조롱하지 않는다.

"아래를 보게." 마리뉘스가 아래쪽 지붕을 가리킨다. 포탄 한 발이 한쪽을 뚫고 들어가 다른 쪽으로 관통해 나왔다. 깃발광장으로 내려가는 계단 절반은 부서져 사라졌다. 지켜보던 중에 용마루가 위층 방 쪽으로 무너진다. "불쌍한 피셔." 마리뉘스가 말한다. "그의 새 친구들이 그의 장난감을 죄다 부숴버렸군. 보게, 돔뷔르흐 인. 자네는 자네 입장을 고수했고 불명예는……"

목재가 끼익거리며 망루 계단이 땅으로 무너져내린다.

"흠, 피셔의 방으로 뛰어내려야 할지도 모르겠군……" 마리뉘스가 말한다.

야코프는 망원경으로 펜핼리건을 살펴본다. 제기랄, 내가 지금 도망간다면.

그는 후갑판의 포병들을 본다. "선생님, 캐러네이드 포가……"

그는 펜핼리건이 망원경으로 자신을 보는 것을 본다.

망할 놈, 어디 잘 봐라. 야코프는 생각한다. 이게 네덜란드 일개 사무원이다.

영국군 장교 중 한 명이 함장에게 항의하는 것 같다.

함장은 그를 무시한다. 배에서 가장 치명적인 근거리 함포의 포신이 올라간다. "사슬탄입니다, 선생님." 야코프가 말한다. "뛰어내리세요."

그는 망원경을 내린다. 더 보아봤자 소용이 없다.

마리뉘스가 포이보스호를 향해 사과를 내던진다. "크라스 잉겐스 이테라비무스 아이쿠오르."*

* 로마 시인 호라티우스의 시 구절로, '내일이면 다시 망망대해로 떠나리라'라는 뜻.

야코프는 그들을 향해 날아올 묵직한 원뿔형 포탄을 상상한다…… 망루의 단에 닿을 즈음에는 폭이 거의 40피트는 될 것이다.

파편이 그의 옷과 살갗, 내장을 갈기갈기 찢어놓을 것이다……

마지막까지 죽음에 대한 생각만 하고 있어서는 안 돼. 야코프는 스스로를 질책한다.

그는 지금의 상황까지 오게 된 길고도 복잡한 과거를 되짚어보려 한다……

포르스텐보스, 즈바르데크로너, 아나의 아버지, 아나의 키스, 나폴레옹……

"제가 시편 23편을 암송해도 괜찮겠습니까, 선생님?"

"나도 같이 해도 괜찮다면 그러게, 야코프."

그들은 빗물로 미끄러운 난간을 나란히 붙잡고 있다.

목사의 아들은 창조주께 기도를 올리기 위해 흐로터의 모자를 벗는다.

"'야훼는 나의 목자, 아쉬울 것 없어라.'"

마리뉘스의 목소리는 길이 잘 든 첼로 소리 같다. 야코프의 목소리는 떨린다.

"'푸른 풀밭에 누워 놀게 하시고……'"

야코프는 눈을 감고 숙부의 교회를 떠올린다.

"'……그 이름 목자이시니 인도하시는 길, 언제나 곧은 길이오.'"

헤이르티어가 그의 옆에 있다. 야코프는 여동생이 오리토를 만나보지 못한 것이 아쉽다.

"'나 비록 음산한 죽음의 골짜기를 지날지라도……'"

……그리고 야코프는 아직도 두루마리를 가지고 있다. 미안, 미

안해요……

"'내 곁에 주님 계시오니 무서울 것 없어라. 막대기와 지팡이로……'"

"'인도하시니 걱정할 것 없어라. 원수들 보라는 듯……'"

야코프는 포탄이 터지고 모든 것이 날아가는 순간을 기다린다.

"'상을 차려주시고, 기름 부어 내 머리에 발라주시니……'"

마리뉘스의 목소리가 작아진다. 기억이 잘 나지 않는 모양이다.

"'……내 잔이 넘치옵니다. 한평생 은총과 복에 겨워 사는 이 몸……'"

야코프는 조용히 웃느라 떨리는 마리뉘스의 목소리를 듣는다.

눈을 떠보니 포이보스호가 방향을 바꾸어 멀어지고 있다.

주돛이 습한 바람을 받아 나부끼면서 내려간다……

✧

야코프는 판클레이프 상관장의 침대에서 자다 깨다를 반복한다. 목록을 만드는 습관이 몸에 밴 사람답게, 그는 자꾸 잠에서 깨는 이유의 목록을 만든다. 첫째, 판클레이프 상관장 침대의 벼룩. 둘째, 바르트가 축하주로 건넨 '데지마 진'. 그 술에서 유일하게 맛이 느껴지지 않는 술이 진이어서 그런 이름이 붙었다. 셋째, 시로야마 부교가 보낸 굴. 넷째, 콘 투미가 작성한 네덜란드 소유 자산의 어마어마한 피해 목록. 다섯째, 내일 있을 시로야마와 부교쇼 관료들과의 만남. 여섯째, 역사가 포이보스호 사건을 뭐라고 묘사할지에 대한 그의 마음속 기록과 그 결과의 장부. 대변에 기록된 내용은, 영국인이 네덜란드인에게서 정향 한 톨도, 일본인에게서 장뇌 한 개도 빼앗아가지 못했다는 것이다. 앞으로 두세 세대 동안 영국과 일본 간의 조약은 생각도 할 수 없을 것이다. 차변에 기록된 내용은, 상관에 남은 것은 이제 유럽인 여덟 명과 노예 몇, 너무 야위어서 뼈만 남았다고 해도 좋을 수탉 한 마리뿐이라는 것이다. 내년 6월에 배가 오지 않는다면—자바가 영국 손에 넘어갔고 네덜란드 동인도회사가 더이상 존재하지 않는다면 오지 않을 확률이 크다—데지마는 운영 비용을 대기 위해 일본인으로부터 빚을 얻어야 할 것이다. 남은 것이라곤 누더기밖에 없고, 더군다나 일본인이 보기에 포이보스호를 불러들인 데 네덜란드인도 일부 책임이 있는 마당에, 과연 '동양의 동맹'이 이런 손님을 반가워하겠는가. 호리 통역관이 뭍의 피해 소식을 가져왔다. 에도광장에서 병사 여섯이 죽었고, 여섯이 부상을 당했다. 신마치의 민가 부엌에 날아든 포탄으로 화재가 나 마을 사람 여러 명이 화상을 입었다. 통역관은 정치적인 파장은 그보다 훨씬 더 클 것이라고 암시했다.

스물여섯 살 먹은 상관장이라니, 야코프는 생각한다. 들어본 적도 없어……

……그는 몸을 뒤척인다. 데지마만큼이나 위기에 몰린 상관 얘기도 들어본 적 없지.

그는 톨 하우스가 그립지만 상관장은 금고 옆에서 자야만 한다.

✧

다음날 아침 일찍 야코프는 부교쇼에서 고토 통역관과 도미네 대신을 만난다. 도미네는 야코프에게 부교를 만나기 전에 불쾌한 일을 부탁하게 되어 미안하다고 사과한다. 어제저녁 파펜부르크 섬 근처에서 낚싯배가 외국 선원의 시체를 건져냈는데, 더주트 상관장이 그 시체를 살펴보고 포이보스호에서 나온 시체일 가능성이 있는지 봐달라는 것이다.

야코프는 돔뷔르흐호에서 장례식이 있을 때마다 숙부를 도왔기 때문에 시체를 겁내지 않는다.

대신은 그를 이끌고 안뜰을 지나 텅 빈 창고로 간다.

그는 야코프에게 뭐라고 알아듣지 못할 말을 한다. 고토가 통역한다. "죽은 시체가 기다리는 곳입니다."

영안실이로군. 야코프는 깨닫는다. 고토는 야코프에게 그 단어를 가르쳐달라고 부탁한다.

밖에서 노승 한 명이 물통을 들고 기다리고 있다.

"'영안실'을 떠날 때 정화하기 위한 것입니다." 고토가 설명한다.

그들은 안으로 들어간다. 작은 창이 하나 나 있고 죽음의 냄새가 감돈다.

침상 위에 억센 머리카락을 땋아내린 어린 메스티소 선원의 시체가 누워 있다.

그는 선원용 바지를 입고 도마뱀 문신을 했을 뿐, 그 외에는 아무것도 걸치지 않았다.

열린 창문으로 차갑고 센 바람이 불어들어온다.

그 바람에 소년의 머리카락이 헝클어져서 그가 꼼짝도 않고 있는 것이 더 강조되어 보인다.

소년의 축 늘어진 잿빛 피부는 살아 있을 때에는 탁한 금색이었을 것이다.

"발견된 소지품이 있습니까?" 야코프가 일본어로 묻는다.

대신이 선반에서 쟁반 하나를 내린다. 쟁반에는 영국 파딩 동전 한 개가 놓여 있다.

앞면에 '조지 3세'라고 적혀 있고 뒷면에는 브리타니아가 새겨져 있다.

"포이보스호의 선원이 틀림없습니다." 야코프가 말한다.

"그렇군요. 하지만 이자도 영국인입니까?" 도미네 대신이 묻는다.

그의 어머니와 아버지만이 대답할 수 있겠지. 야코프는 생각한다. 그는 고토에게 말한다. "도미네 사마께 소년의 아버지는 아마도 유럽인일 거라고 전해주십시오. 어머니는 흑인이었을 겁니다. 제가 추측하기로는 그렇습니다."

대신은 여전히 납득이 안 가는 얼굴이다. "그런데도 영국인입니까?"

야코프는 고토와 눈빛을 주고받는다. 통역이 대답과 그 대답을 이해할 수단을 모두 주어야 하는 경우가 종종 있다. 야코프가 도미네에게 묻는다. "제가 일본 여자와의 사이에서 아들을 얻는다면, 그 아이는 네덜란드인이겠습니까, 일본인이겠습니까?"

천박한 질문에 도미네는 자기도 모르게 움찔한다. "반쪽."

야코프는 대답 대신 시체를 손짓으로 가리킨다. 그렇다면, 그는……

대신이 고집스레 다시 묻는다. "하지만 더주트 상관장은 그가 영국인이라고 말하겠습니까?"

비둘기 지저귀는 소리가 처마밑에서 고요한 아침을 흔든다.

야코프는 오가와가 그리워진다. 그는 고토에게 네덜란드어로 묻는다. "제가 놓친 게 뭐지요?"

"이 외국인이 영국인이라면 시체를 도랑에 내던질 겁니다." 통역관이 대답해준다.

고맙소, 야코프는 생각한다. "영국인이 아니면 외국인 묘지에 묻히고요?"

영리한 고토가 고개를 끄덕인다. "더주트 상관장이 옳습니다."

야코프가 도미네에게 말한다. "대신님, 이 젊은이는 영국인이 아닙니다. 피부가 너무 검습니다. 그를"—기독교인답게—"이나사산 묘지에 묻어주시기 바랍니다. 그의 무덤에 이 동전도 같이 넣어주시고요."

✧

잔국실로 가는 복도 중간쯤에 단풍나무가 작은 연못 위로 가지를 뻗은, 찾는 이가 많지 않은 안뜰이 있다. 접견을 하기에 앞서 도미네 대신이 시로야마 부교와 상의할 동안 야코프와 고토는 툇마루에서 기다리라는 청을 받았다.

붉은 낙엽이 검은 물속에 얼룩처럼 비친 태양 위로 떨어진다.

네덜란드어로 말하는 목소리가 들린다. "승진을 축하하네, 더주트 상관장."

어느 정도는 피할 수 없는 일이지. 야코프는 오가와의 살인자이자 오리토의 간수 쪽으로 돌아선다. "안녕하십니까, 승정님." 그는 갈비뼈를 누르는 층층나무 두루마리 통을 느끼며 네덜란드어로 대답한다. 왼편 가슴에 길고 가늘게 튀어나온 것이 틀림없이 보일 것이다.

에노모토가 고토에게 말한다. "대기실의 그림 중 자네의 흥미를 끌 만한 것이 있을 거네."

고토가 고개를 숙인다. "승정님, 통역관 조합의 규칙에 따르면……"

"내가 누구인지 잊었나보군. 나는 두 번은 봐주지 않아."

고토가 야코프를 쳐다본다. 야코프가 고개를 끄덕인다. 그는 두루마리 통을 숨기기 위해 왼쪽으로 약간 돌아서려 한다.

에노모토의 말없는 하인 중 한 명이 고토와 함께 간다. 또 한 명은 근처에 머문다.

에노모토가 네덜란드어로 말한다. "네덜란드 상관장이 군함에 용감하게 맞섰다는 소식이 지금 일본 전역으로 퍼져나가고 있네."

야코프는 시라누이 교단의 12계율 생각밖에는 할 수가 없다. 야코프는 궁금하다. 당신의 교단 사람이 죽으면, 계율이 거짓 계명이라는 사실이 드러나지 않을까? 당신의 여신님은 생명 없는 나무토막이라는 사실이 드러나지 않을까? 모든 비구니의 불행과 익사시킨 아기들 또한 헛되다는 것도?

에노모토는 멀리서 들려오는 목소리를 알아들으려는 듯 이맛살을 찌푸린다. "일 년 전 당신을 다다미 60장 방에서 처음 보았을 때……"

하얀 나비가 천천히 야코프의 얼굴 앞을 날아간다.

"……이상하다 생각했지. 외국인이지만 어딘가 친밀해. 알고 있나?"

"저도 그날을 기억합니다만, 친밀함은 전혀 느끼지 못했습니다."

에노모토는 어린아이의 무해한 거짓말을 듣는 어른처럼 미소를 짓는다. "흐로터가 '더주트가 수은을 팝니다'라고 말했을 때 내 생각했지. 그거다, 친밀함!"

머리가 검은 새가 타는 듯이 붉은 나무 한가운데에서 쳐다보고 있다.

"그래서 수은을 샀지. 하지만 여전히 생각했어. 그래도 친밀한 느낌은 여전히 있어. 이상해."

야코프는 오가와 우자에몬이 죽기 전에 어떤 고통을 느꼈을지 궁금하다.

"그러다 이런 말을 들었지. '더주트 씨가 아이바가와 오리토에게 청혼했습니다.' 나는 생각했지, 저런!"

야코프는 에노모토가 그 사실을 알고 있었다는 데 충격을 감출 수가 없다. 물위의 낙엽들이 아주 천천히 빙글빙글 돈다. "당신이 어떻게……" 그리고 그는 생각한다. 이제 내가 확인해준 셈이 되었군.

"한자부로는 아주 멍청해 보이지. 그래서 좋은 첩자가 될 수 있어……"

야코프의 어깨를 묵직한 것이 내리누른다. 등이 아프다.

그는 오리토의 그림을 자기 스케치북에서 뜯어내는 한자부로를 그려본다……

……그리고 그 페이지를 탐욕스러운 눈들이 줄줄이 훑었겠지. 야코프는 생각한다.

"당신의 신사에서 비구니에게 무슨 짓을 하는 겁니까? 어째서 당신은……" 야코프는 하마터면 사미승 지리쓰가 무엇을 알고 있었는지 자기도 안다는 증거를 불쑥 내밀 뻔한다. "당신 정도 지위를 가진 사람이라면 누구라도 선택할 수 있었을 텐데, 왜 오리토를 납치한 겁니까?"

"그녀와 나 또한 친밀함이 있으니까. 당신, 나, 그녀. 유쾌한 삼각형이지……"

네번째 꼭짓점도 있어. 야코프는 생각한다. 오가와 우자에몬.

"……하지만 이제 오리토는 만족하고 있네." 에노모토가 일본어로 말한다. "나가사키에서 그녀가 하던 일도 중요했지만, 시라누이에서의 사명은 더 깊은 것이지. 그녀는 교가 번을 위해 봉사하고 있네. 여신님을 섬기고 있어. 나의 교단에 봉사하고 있지." 그는 야코프의 무력함이 안쓰럽다는 듯 미소를 짓는다. "그래서 이제 나도 이해했네. 친밀함은 수은이 아니었어. 친밀함은 오리토였지."

하얀 나비가 에노모토의 얼굴 앞을 날아간다.

승정의 손이 나비 주위로 둥글게 원을 그린다……

……그러자 나비가 종잇조각처럼 생기를 잃고 팔락이며 검은 연못 속으로 떨어진다.

도미네 대신이 네덜란드인과 승정을 보고 멈춰 선다.

"우리의 친밀함은 끝났네, 더주트 상관장. 길고 긴 삶을 즐기게."

얇은 종이 장막이 나가사키의 멋진 경치를 가리며 잔국실에 애도의 분위기를 드리운다. 야코프는 그 분위기가 꼭 분주한 고향 도시의 거리에 있는 조용한 예배당 같다고 생각한다. 꽃병에 꽂힌 분홍색과 주황색 꽃은 그 활기를 반쯤 잃었다. 야코프와 고토는 부교 앞에 놓인 이끼색 다다미 위에 무릎을 꿇고 앉는다. 이틀 새에 오 년은 더 나이 먹은 것 같군. 야코프는 생각한다.

"이렇게 바쁜…… 때에 네덜란드 상관장이 찾아와주다니 예를 아는 분이오."

"존경하는 부교님께서도 바쁘기는 매한가지 아니십니까." 네덜란드인은 고토에게 최근의 위기 상황에서 자신을 지원해준 데 대해 부교님께 적절하게 예를 갖춘 표현으로 감사를 드려달라고 한다.

고토가 그의 일을 훌륭하게 수행한다. 야코프는 '위기'라는 단어를 배운다.

부교가 대답한다. "예전에도 외국 배들이 우리 바다를 찾아왔소. 그러고는 이내 그들의 대포로 말을 했지. 포이보스호는 예언자이자 선생이었소. 다음번에는," 그가 숨을 들이마신다. "쇼군의 종복들이 준비 태세를 더 잘 갖추고 있을 것이오. 당신의 '배다리'를 에도에 보낼 기록에 적었소. 하지만 이번에는 행운이 내 편이 아니었소."

야코프의 풀 먹인 칼라가 그의 목을 긁는다.

"어제 망루에 있는 당신을 보았소." 부교가 말한다.

"관심 가져주신 데……" 야코프는 어떻게 반응하면 좋을지 알 수가 없다. "감사드립니다."

"나는 번개와 천둥을 가지고 날아오른 파에톤을 생각했소."

"저에게는 다행스럽게도 영국인은 제우스만큼 겨냥을 잘하지 못합니다."

시로야마가 부채를 펼쳤다가 다시 접는다. "두려웠소?"

"'아니요'라고 대답하고 싶지만, 솔직히…… 그렇게 무서웠던 적이 없었습니다."

"하지만 당신은 도망갈 수 있었는데도 제자리를 지켰소."

두번째 포격이 있은 후에는 아니지. 그는 생각한다. 그때는 어차피 내려갈 길이 없었으니. "저를 길러주신 숙부님께서 늘 꾸짖으셨던 것이 저의……" 그는 고토에게 '고집스러움'을 번역해달라고 부탁한다.

밖에서 대나무가 산들바람에 흔들린다. 그 소리는 옛날 옛적의 소리 같고 구슬프다.

시로야마의 눈이 야코프의 외투 속 두루마리 통이 솟아오른 곳에 머문다……

……그러나 부교는 말한다. "에도에 보낼 보고문을 쓰다보니 질문하고 싶은 것이 하나 생겼소."

"제가 대답할 수 있는 것이라면, 대답해드리겠습니다, 부교님."

"어째서 영국인이 데지마를 파괴하지 않고 떠난 것이오?"

"저 또한 밤새 똑같은 질문에 시달렸습니다, 부교님."

"그들이 후갑판에 대포를 장착하는 것을 보았을 것이오."

야코프는 고토에게 대포는 배와 벽에 큰 구멍을 뚫기 위한 것이지만, 캐러네이드 포는 많은 사람에게 작은 구멍을 내는 데 쓴다고 설명해준다.

"그렇다면 어째서 영국인이 적의 대장을 그 '캐러네이드 포'로 죽이지 않았단 말이오?"

"함장이 나가사키에 피해를 주지 않으려 했던 것일지도 모릅니다." 야코프는 어깨를 으쓱한다. "어쩌면……" 그는 고토에게 '자비로운 행동'을 통역하게 한다.

방 두세 개쯤 떨어진 곳에서 어린아이의 목소리가 들려온다.

오리토가 받았다는 부교의 유명한 아들인가보군. 야코프는 짐작한다.

시로야마가 엄지손가락 관절을 들여다보며 말한다. "어쩌면 당신의 용기가 적을 부끄럽게 만든 것인지도 모르오."

야코프는 런던 사람들과 생활했던 사 년의 기억을 떠올리며 그럴 리는 없다고 생각하지만 칭찬의 말에 고개를 숙인다. "부교님께서는 보고문을 제출하기 위해 에도까지 가실 예정이십니까?"

시로야마의 얼굴에 고통스러운 기색이 스치고 야코프는 이유가 궁금하다. 부교가 고토에게 이해하기 어려운 대답을 한다. "부교님께서 말씀하시기를……" 고토가 주저한다. "……에도에서…… 상인이 쓰는 말로, '신용거래 정산'을 요구하고 있습니다."

야코프는 이렇게 고의적으로 얼버무릴 때는 그냥 넘어가야 한다는 것을 배운다.

구석에 놓인 바둑판이 그의 눈에 띈다. 그는 이틀 전에 이곳에 왔을 때도 똑같은 판을 보았던 것을 깨닫는다. 시합은 겨우 몇 수 더 진행되었다.

"나의 상대와 거의 만날 수가 없소." 시로야마가 말한다.

야코프는 거의 확신에 가까운 추측을 한다. "상대가 교가 번의 승정입니까?"

부교가 고개를 끄덕인다. "승정이 이 판의 주인이오. 그는 적의 약점을 파악하고 그것을 이용해 적의 힘을 꺾지." 부교는 유감스러운 표정으로 바둑판을 들여다본다. "두렵지만 내 위치는 희망이 없소."

"망루에서의 제 위치 역시 희망이 없었습니다." 야코프가 말한다.

대신 도미네가 고개를 끄덕여 고토 통역관에게 신호를 보낸다. 때가 되었다.

"부교님," 야코프가 다급하게 안쪽 주머니에서 두루마리를 꺼낸다. "외람되지만, 혼자 계실 때 이 두루마리를 읽어봐주십시오."

시로야마가 눈살을 찌푸리며 대신을 쳐다본다. 도미네가 야코프에게 말한다. "전례에 따르면, 네덜란드인의 편지는 모두 데지마의 통역관 조합에서 두 사람이 번역한 다음……"

"영국 군함이 나가사키로 들어와 포문을 연 마당에 전례가 다 무엇이냐?" 시로야마가 우울하던 참에 짜증이 폭발한다. "하지만 이것이 구리를 더 달라는 청원이거나 다른 문제라면, 더주트 상관장은 에도에서 나의 입지가 그리 좋지 않다는 것을 알아두어야 할 것이오……"

"진심을 담은 개인적 서신입니다, 부교님. 부디 제 빈약한 일본어를 용서해주십시오."

야코프는 그 거짓말에 도미네와 고토의 호기심이 사그라지는 것을 느낀다.

무해하게만 보이는 두루마리 통이 부교의 손으로 넘어간다.

XXXIX
부교쇼, 잔국실 툇마루에서

✧

구월 아흐레

갈매기들이 빛살을 뚫고 우아한 기와지붕과 볼품없는 초가지붕 위를 선회하다가 시장 바닥에서 내장을 낚아채고는, 위에 못을 박은 담장과 삼중으로 빗장을 지른 문으로 격리된 정원 위로 날아간다. 갈매기들은 회반죽을 바른 박공지붕, 삐걱거리는 탑, 똥냄새가 고약한 마구간 위에 앉는다. 탑과 휑뎅그렁한 종 위를 맴돌다가 뚜껑을 덮은 우물 옆에 소변 통들이 놓인 외진 공터 위를 돈다. 노새 마부와 노새, 주둥이가 늑대처럼 생긴 개가 그런 갈매기들을 쳐다보고, 등이 굽은 나막신 장인은 신경쓰지 않는다. 갈매기들은 속도를 높여 나카시마강으로 모여들어 다리의 아치 밑을 날아간다. 부엌문에서 사람들이 새들을 힐끗 보고, 높고 험한 산등성이를 걸어가던 농부들은 한참을 쳐다본다. 갈매기들은 세탁소의 빨래통에서 피어오르는 수증기 구름을 뚫고 날아간다. 고양이 사체를 뜯어먹는 솔개 위를 지나, 깨지기 쉬운 패턴에서 진실을 일별하는 학자

위를 지나, 목욕탕에서 간통하는 남자 위를 지나, 비통에 빠진 부정한 여자, 가재와 게를 토막 내는 여자 생선장수, 도마 위에서 고등어 내장을 제거하는 그네들의 남편, 도끼날을 가는 나무꾼의 아들, 밀랍을 굴리는 양초 직공, 세금을 걷는 매서운 눈빛의 관리, 옻칠 장인, 피부가 얼룩덜룩한 염색업자, 점괘가 잘 맞지 않는 점쟁이, 눈도 깜박이지 않는 거짓말쟁이, 돗자리 짜는 장인, 골풀 자르는 사람, 붓끝을 자꾸 빨아 입술에 먹물이 묻은 서예가, 책이 팔리지 않아 망한 책장사, 궁정 시녀, 음식에 독이 들었나 확인하는 하인, 의상 담당자, 좀도둑질하는 급사, 콧물을 줄줄 흘리는 요리사, 햇빛도 들지 않는 다락방 구석에서 굳은살 박인 손가락을 찔려가며 바느질하는 침모, 절룩거리고 다니는 꾀병쟁이, 돼지치기, 사기꾼, 입술을 깨물며 변명만 한가득 늘어놓는 채무자, 변명에 지쳐 올가미를 조이는 채권자, 더 나은 삶을 꿈꾸는 죄수와 남의 아내 옆에서 늙어가는 한량, 미칠 지경이 되도록 들들 볶여 뼈만 남은 개인 지도 교사, 사정이 허락하면 약탈자로 변하는 소방수, 입을 꽉 다문 증인, 돈에 매수된 판사, 들장미와 원한을 키우는 시어머니, 막자사발에 약을 가는 약재상, 아직 시집가지 않은 딸을 태우고 가는 가마꾼, 말없는 여승, 아홉 살짜리 창녀, 한때는 아름다웠으나 병마에 시든 여인, 작은 꽃다발이 놓인 지장보살, 썩어서 떨어져나간 코를 푸는 매독 환자, 도공, 이발사, 기름 행상, 가죽 무두장이, 칼장수, 똥지게꾼, 문지기, 양봉가, 대장장이와 포목상, 고문 기술자, 유모, 위증자, 소매치기, 갓난아기, 자라는 아이, 의지가 강한 사람과 순종적인 사람, 병든 사람, 죽어가는 사람, 굴복하는 자와 저항하는 자 위를 지나, 처음에는 세상을, 그다음에는 가족을 등지고 결국은 그 창조자인 자신으로부터 등을 돌리게 될 걸작 속으로 침잠해 들어간 화가의 지붕 위를 지나, 처음 비행을 시작했던 곳을 다시 돌아 잔국실 툇마루 위로 날아간다. 간밤에 내린 비가 증발하고 있는 웅덩이가 고인 곳. 시로야마 부교가 웅덩이에 흐릿하게 비친 햇살 사이로 선회하는 갈매기를 바라본다. 이 세상은 단 하나의 걸작만을 품고 있어. 그는 생각한다. 세상 자체가 바로 그것이야.

✦

가와세미가 시로야마를 위해 안에 받쳐입는 흰 예복을 들고 있다. 그녀는 푸른 무궁화로 장식된 기모노를 입었다. 이 가을날에 봄의 무늬가 말한다. 계절의 수레바퀴가 부서졌어. 나 역시 그렇고.

시로야마는 쉰 살인 팔을 소매에 집어넣는다.

가와세미가 그의 앞에서 몸을 수그리고 옷매무새를 바로잡는다.

이제 그의 허리 위로 띠를 매어준다.

그녀는 보기 드문 녹색과 흰색의 디자인을 골랐다. 녹색은 생명이고, 흰색은 죽음인가?

기녀 시절 혹독하게 훈련받은 첩실은 전문가의 솜씨로 멋지게 띠를 매듭짓는다.

"내가 매듭을 묶으려면 항상 시간이 열 배는 걸려." 그는 말하곤 했다.

가와세미가 허벅지까지 내려오는 하오리를 든다. 그가 옷을 받아 입는다. 검은색 고급 비단은 눈처럼 서늘하고 공기처럼 가볍다.

소매에는 그의 가문 문장이 수놓아져 있다.

방 두 개 너머에서 이십 개월 된 나오즈미의 발소리가 들린다.

가와세미가 그에게 인롱*을 건네준다. 그 안에는 아무것도 들어 있지 않지만, 그는 그것이 있어야 비로소 준비가 다 끝난 기분이 든다. 시로야마는 인롱의 끈을 네쓰케**에 꿴다. 그녀는 코뿔새 부리에 부처를 새긴 네쓰케를 골라주었다.

가와세미가 차분한 손길로 그에게 칼집에 든 단검을 건넨다.

내가 가장 행복했던 곳, 그대의 집에서 죽을 수 있다면…… 그는 생각한다.

그는 관습대로 단검을 허리띠에 꽂는다.

……하지만 예법을 지키는 모습을 보여줘야 해.

"쉬잇!" 옆방에서 하녀의 목소리가 들린다. "쉬!" 나오즈미가 웃음을 터뜨린다.

통통한 손이 문을 밀어 연다. 웃을 때는 가와세미를 닮았고 찌푸릴 때는 시로야마를 닮은 사내아이가 당황한 하녀를 제치고 방안으로 뛰어들어온다.

"정말 죄송합니다." 하녀가 문지방에 무릎을 꿇고 사죄한다.

"찾았다!" 어린아이가 이를 다 드러내고 웃으며 노래하듯 외치고는 발이 걸려 넘어진다.

"짐을 다 꾸려놓거라. 시간이 되면 부르마." 가와세미가 하녀에게 말한다.

---

* 약 따위를 넣어 허리에 차는 타원형의 작은 합.

** 남자가 담배쌈지나 지갑 등의 끈 끝에 매달아 허리띠에 질러서 빠지지 않게 하는 세공품.

하녀가 절을 하고 물러간다. 울어서 눈이 빨갛다.

조그만 인간 돌개바람은 일어나서 무릎을 문지르더니 뒤뚱거리며 아버지에게로 간다.

"오늘은 중요한 날이다." 나가사키의 부교가 말한다.

나오즈미는 반쯤 노래하듯 묻는다. "오리 연못에 오리가 이치 니 상?"

시로야마는 첩실에게 조바심내지 말라고 표정으로 이른다.

지금이 아이에게 더 나을 거야. 그는 생각한다. 너무 어려서 뭐가 뭔지도 모를 나이이니.

가와세미가 무릎을 꿇고 부른다. "이리 오렴. 이리 와, 나오군……"

아기가 어머니의 무릎에 앉아 어머니의 머리카락에 손을 묻는다.

시로야마는 한 걸음 떨어져 앉아서 마법사처럼 재빠르게 손을 빙빙 돌린다……

……그의 손바닥에 상아 산 위에 지은 상아 성이 있다.

그는 천천히 그것을 돌려서 정신이 팔린 아이의 눈앞으로 가져간다.

조그만 계단, 구름무늬, 소나무, 바위로 쌓은 석조 건물……

"네 증조할아버지께서 일각수 뿔로 깎으신 거란다." 시로야마가 말한다.

……아치형 문, 창문, 화살 구멍, 그리고 꼭대기의 탑.

"너에게는 보이지 않지만, 이 성에는 왕자가 살고 있단다." 부교가 말한다.

너는 이 이야기를 잊어버리겠지. 그는 알고 있다. 하지만 네 어머니가 기억할 거다.

"왕자의 이름은 우리와 같다. 성이라는 뜻의 시로, 산이라는 뜻의 야마. 시로야마 왕자는 아주 특별하다. 너와 나는 언젠가 조상 곁으로 가게 되겠지만, 이 성의 왕자는 절대 죽지 않는다. 바깥세상의 시로야마—나, 너, 혹은 너의 아들—가 한 명이라도 살아남아 이 성을 손에 들고 성안을 들여다보는 한 왕자는 죽지 않는다."

나오즈미는 상아 조각을 받아 들여다본다.

시로야마는 아들을 품에 안지도, 아이의 달콤한 체취를 맡지도 않는다.

"감사합니다, 아버지." 가와세미가 아이의 머리를 기울여 인사하게 한다.

나오즈미가 상아 조각을 들고 팔짝팔짝 뛰면서 문으로 달려간다.

문가에서 아이가 돌아서서 아버지를 본다. 시로야마는 생각한다. 지금이야.

그러고는 아이는 아버지에게서 영영 멀어진다.

욕망이 아기들을 부모, 불행, 의무에서 꾀어내지…… 시로야마는 생각한다.

꽃병의 천수국이 여름의 기억을 그대로 되살려준다.

……그러나 아마도 가장 운좋은 것은 생각 없는 생각에서 태어난 것이지. 정인 사이의 참을 수 없는 거리는 새로운 존재의 뼈와 연골로만 이을 수 있어.

류가지 신사의 종소리가 오시를 알리다.

그는 생각한다. 자, 이제 살인을 저질러야 해.

"당신은 지금 떠나야 하오." 시로야마가 첩실에게 말한다.

가와세미는 울지 않으려고 바닥만 쳐다본다.
"아이가 바둑에 재능을 보인다면, 혼인보 유파에서 스승을 들이도록 하시오."

✧

다다미 60장 방 밖의 대기실과 앞뜰로 이어지는 긴 복도는 무릎을 꿇고 앉은 조신, 고문, 검사관, 촌장, 경비병, 하인, 재무 관료, 그의 집 하인 들로 바글바글하다. 시로야마가 발을 멈춘다.
까마귀가 흐리고 답답한 하늘을 가로지르며 소문을 뭉갠다.
"여러분, 모두 고개를 드시오. 여러분의 얼굴을 보고 싶소."
이삼백여 명이 고개를 든다. 눈, 눈, 눈……
……유령을 보는 듯한 눈이군. 시로야마는 생각한다. 아직은 죽지 않은 유령을.
"시로야마 사마!" 원로 와다가 대변인 노릇을 자처하고 나선다.
시로야마가 그 짜증나는 충성스러운 노인을 쳐다본다. "와다 사마."
"부교님을 섬겨온 것이 제 평생 가장 큰 영광이었습니다……"
와다의 얼굴이 감정에 복받쳐 팽팽하게 긴장된다. 눈에서 빛이 반짝인다.
"저희 모두 부교님의 지혜와 모범에서 가르침을 얻습니다……"
당신들이 나한테 배운 것은 언제나 반드시 해안경비대에 천 명을 배치해야 한다는 것뿐이지. 시로야마는 생각한다.
"부교님에 대한 기억은 저희 가슴속에 영원히 남을 겁니다."

내 몸뚱이와 내 머리가 함께 땅속에서 썩을 동안 말이지. 시로야마는 생각한다.

원로의 얼굴에 눈물이 줄줄 흘러내린다. "나가사키는 이제 두 번 다시 옛 모습을 찾지 못할 것입니다!"

아, 다음주면 모든 것이 다 평소대로 돌아갈 거야. 시로야마는 생각한다.

"부교님을 섬기는 특권을 누렸던—누리는—모든 이를 대신하여……"

요강을 비우던 천민까지도? 부교는 생각한다.

"……저, 와다가 부교님의 자애로운 보살핌에 영원한 감사를 드립니다!"

처마밑에서 비둘기가 갓 태어난 아기를 맞는 할머니처럼 구구운다.

"고맙소. 나를 섬겼던 것처럼 내 후임자를 대해주기를 바라오." 그가 말한다.

이제껏 들은 가장 멍청한 연설이 내가 마지막으로 듣는 연설이 되었군. 그는 생각한다.

도미네 대신이 부교의 마지막 과업을 위해 문을 연다.

✦

다다미 60장 방의 문이 덜걱거리며 닫힌다. 도미네 대신이 시로야마 부교의 영예로운 죽음을 발표하기 위해 나타날 때까지 아무도 들어올 수 없다. 복도의 조용한 군중이 생명의 밝은 영역으로 돌아가고 있다. 부교에 대한 존경심에서, 밤이 올 때까지 가끔 순찰을 돌 때를 제외하고는 건물 전체가 비워질 것이다.

커다란 장막이 반쯤 열려 있지만 방은 오늘 어둠침침하고 휑뎅그렁하다.

에노모토 승정이 바둑판을 들여다보며 전황을 파악하고 있다.

승정이 몸을 돌려 인사한다. 그의 사미승이 고개를 깊이 숙인다.

부교는 방 한가운데로 걸어간다. 그의 몸이 숨죽인 공기의 휘장을 옆으로 밀어낸다. 그의 발이 바닥을 스친다. 도미네 대신이 주인의 뒤를 따른다.

다다미 60장 방은 폭이 600, 길이가 6000쯤 될 것이다.

시로야마가 적을 마주하고 바둑판 앞에 앉는다. "이렇게 바쁜 분께 마지막으로 두 번이나 폐를 끼치다니, 정말 용서할 수 없는 이기적인 행동이지요."

"부교님의 청을 받는 것은 저에게는 영광일 따름입니다." 에노모토가 대답한다.

"에노모토 사마는 검을 다루는 솜씨도 뛰어나다고 들었습니다. 직접 만나뵙기 한참 전부터 다들 경외심에 찬 어조로 소리 낮춰 얘기하더군요."

"사람들은 그런 이야기를 과장하기 마련입니다만, 요 몇 해 동안 다섯 사람이 할복할 때 저에게 목을 쳐달라 청한 것은 사실입니다. 저는 그 임무를 충실히 이행해주었지요."

"저도 승정님 이름이 생각났습니다. 다른 누구도 아닌 승정님 말입니다." 시로야마가 에노모토의 허리띠에 꽂힌 칼을 힐끗 내려다본다.

승정이 젊은이에게 고개를 끄덕인다. “제 사미승이 그것을 가져왔습니다.”

검은색 천으로 싼 칼이 붉은 융단 위에 놓여 있다.

옆의 탁자 위 흰 쟁반에 검은 잔 네 개와 붉은 호리병 한 개가 놓여 있다.

시체를 쌀 수 있을 정도로 큰 흰색 천이 적당한 거리에 놓여 있다.

에노모토가 바둑판을 가리킨다. “아직도 우리가 시작한 판을 끝내기를 원하십니까?”

“죽기 전에 뭔가 해야 하는 법이지요.” 부교는 하오리로 무릎을 덮으면서 바둑판으로 주의를 돌린다. “다음 수를 정하셨습니까?”

에노모토가 흑돌의 동쪽 귀를 위협할 자리에 백돌을 놓는다.

신중하게 돌을 놓는 소리가 맹인의 지팡이 부딪치는 소리처럼 울린다.

시로야마가 백돌 북쪽에 맞서 교두보를 놓을 수 있는 안전한 수를 둔다.

그의 아버지는 그에게 이렇게 가르쳤다. “이기려면 이기고 싶은 욕망을 떨쳐내야 한다.”

에노모토는 그 줄을 경계함으로써 북쪽 돌들을 안전하게 지킨다.

맹인이 이제 더 빨리 움직인다. 지팡이가 딱 딱 소리를 내며 나아간다. 돌이 놓인다.

몇 수 더 놓지 않아 시로야마의 흑돌이 백돌 여섯 점을 잡는다.

에노모토가 말한다. “그것들은 이미 제구실을 못하고 빌린 시간을 살고 있었습니다.” 그는 흑돌의 서쪽 경계 뒤 깊숙한 곳에 첩자를 심어놓는다.

시로야마는 그 돌을 무시하고 서쪽과 중앙 집 사이에 길을 내기 시작한다.

에노모토가 난데없이 남서쪽에 또 이상한 돌을 놓는다.

두 수를 더 놓고 나니 시로야마의 대담한 검은 다리가 돌 세 개면 완성될 참이다. 부교는 생각한다. 과연 저자가 내가 내처 계속하도록 놔둘까?

에노모토가 서쪽 첩자와 아주 가까운 거리에 돌을 놓는다.

……시로야마의 눈에 남서쪽에서 북동쪽으로 호를 그리며 휘어진 흑돌 저지선의 중간 기착지가 보인다.

백돌이 흑돌의 주력군이 이 마지막 무대에 합류하지 못하게 막는다면……

……내가 지배하는 왕국은 세 개의 보잘것없는 영지로 분할될 것이다. 시로야마는 깨닫는다.

다리는 이제 교차점 두 개만 남겨놓고 있다. 시로야마가 돌 하나를 놓는다……

……그리고 에노모토가 다른 한편에 백돌을 놓는다. 전투의 형세가 바뀐다.

내가 저기로 가면 그도 저기로 가겠지. 내가 저기로 가면 그도 저기로 가겠지. 내가 저기로 가면……

그러나 다섯번째 수를 두고 상대가 수를 둔 후, 시로야마는 첫번째 수는 잊는다.

바둑은 예언자 사이의 결투야. 누가 더 멀리 보느냐로 승부가 나지. 그는 생각한다.

둘로 갈라진 그의 군대는 백돌의 실수를 바라는 처지로 전락한다.

그러나 에노모토는 실수하지 않아. 부교는 알고 있다.

"우리가 바둑을 둔다고 생각하십니까, 바둑이 우리를 갖고 논다고 보십니까?" 그가 묻는다.

"부교님께서는 수행자 같은 생각을 하시는군요." 에노모토가 대답한다.

계속 수가 이어지지만, 게임은 이미 중반을 넘어섰다.

시로야마는 신중하게 흑돌의 영역을 계산하고 잡힌 돌을 센다.

에노모토도 눈치를 채고 백돌에 대해 같은 일을 하며 부교의 반응을 기다린다.

승정은 백이 여덟 집 유리한 것으로 계산한다. 시로야마가 계산하기로 에노모토는 여덟 집 반 차이로 승리했다.

패한 쪽이 말한다. "나의 대담함과 승정님의 섬세함의 결투였습니다."

"제 섬세함 탓에 하마터면 질 뻔했습니다." 에노모토가 동의한다.

두 사람은 돌을 통에 도로 넣는다.

"이 바둑을 꼭 내 아들에게 전해주어라." 시로야마가 도미네에게 명한다.

✧

시로야마가 붉은 호리병을 가리킨다. "사케를 준비해주시다니 감사합니다, 승정님."

"제 지나친 조심성을 마지막까지 존중해주셔서 감사합니다, 부교님."

시로야마는 에노모토가 살짝 비꼬는 어조로 말하지는 않았나 주의깊게 살피지만 그런 기색은 전혀 없다.

사미승이 붉은 호리병을 기울여 검은 잔 네 개를 채운다.

다다미 60장 방은 이제 잊힌 묘지처럼 고요하다.

나의 마지막 시간이군. 부교는 주의깊은 사미승을 보며 생각한다.

검은 호랑나비 한 마리가 탁자 위를 날아간다.

사미승이 사케 한 잔을 먼저 부교에게 건네고, 다음 잔은 자기 주인에게, 또 한 잔은 대신에게 건넨 다음 네번째 잔을 들고 자기 방석으로 돌아간다.

시로야마는 도미네나 에노모토의 잔을 힐끔거리지 않으려고 어두운 구석을 바라보며, 복수에 목마른 학대받은 영혼들을 떠올린다. 수십 명, 수백 명일까? 그는 잔을 들고 말한다. "삶과 죽음은 불가분의 관계지요."

나머지 셋이 그 진부한 글귀를 되풀이한다. 부교는 눈을 감는다.

그의 입술에 닿은 사쿠라지마산産 잔의 화산재 유약이 거칠게 느껴진다.

진하게 응축된 증류주가 부교의 입안에 감돈다……

……그 뒷맛은 향기롭다…… 첨가물이 들어가지 않은 순수한 맛이다.

어두운 눈꺼풀 장막 안쪽에서, 그는 충성스러운 도미네가 술을 마시는 소리를 듣는다……

그러나 에노모토도 사미승도 뒤이어 마시지 않는다. 부교는 기다린다. 시간이 흐른다.

절망감이 부교를 사로잡는다. 에노모토는 독에 대해 알고 있어.

눈을 뜨자 씁쓸한 조소가 그를 맞는다.

우리가 계획한 것, 기발한 수와 도미네의 끔찍한 희생이 모두 헛된 일이 되었어.

그는 오리토와 오가와, 더주트, 그 모든 학대받은 영혼을 실망시켰다.

도미네에게 약제사를 연결해준 사람이 우리를 배신했나? 아니면 중국인 약제사가?

내 의식용 칼로 저 악마를 죽여야 하나?

그가 눈을 뜨고 기회를 살피는데, 에노모토가 자기 잔을 비운다……

……주인이 마시고 잠시 후 사미승이 자기 잔을 내려놓는다.

시로야마의 절망감은 사라지고 명백한 사실에 가슴이 두근거린다. 이 분 후면 그들도 알게 될 것이고, 사 분 후면 우리 모두 죽을 거야.

"천을 좀 펴주겠나, 대신? 바로 저기에……"

에노모토가 손을 들어올린다. "제 사미승한테 시키시면 됩니다."

그들은 젊은이가 커다란 흰색 삼베를 펼치는 모습을 본다. 그 용도는 참수된 시체에서 나오는 피를 흡수하고 이후에 시신을 싸는 것이지만, 오늘 아침의 역할은 사케가 그들의 몸에 흡수될 동안 부교의 진짜 막판 승부에서 에노모토의 주의를 다른 곳으로 돌리는 것이다.

승정이 제안한다. "제가 속죄의 독경을 할까요?"

"어떤 속죄건 이제 그건 제 몫입니다." 시로야마가 대답한다.

에노모토는 아무 말도 하지 않지만 칼을 거둔다. "부교님, 단도로 정말 할복을 하시겠습니까, 아니면 요즘의 풍조에 따라 부채를 사용해 상징적으로 가볍게 치는 식으로 하시겠습니까?"

시로야마의 손끝과 발끝의 감각이 무뎌진다. 독이 우리 혈관 속에 잘 퍼지고 있군. "승정님, 우선 설명을 좀 들으셔야겠습니다."

에노모토가 무릎 위에 칼을 놓는다. "어떤 문제에 관해서 말씀입니까?"

"어째서 우리 넷이 삼 분 안에 죽게 되는지에 관해서요."

승정은 잘못 들었나 싶어 시로야마의 얼굴을 유심히 살핀다.

잘 훈련된 사미승이 일어나서 웅크린 채 조용한 복도에 위협의 기미가 없는지 살핀다.

에노모토가 너그러운 태도로 말한다. "어두운 감정이 이런 때에 마음을 어지럽히는 법입니다. 하지만 부교님의 사후 명예를 위해……"

"부교님이 판결을 내리실 땐 조용히 하라!" 코가 뭉개진 대신이 자신의 직위에 어울리는 위엄을 담아 묵직하게 외친다.

에노모토가 나이든 대신을 향해 눈을 깜박인다. "감히 나에게 그런……"

"에노모토 승정," 시로야마는 시간이 얼마 남지 않았음을 알고 있다. "지엄하신 쇼군께서 나에게 내려주신 권한으로, 교가 번의 다이묘이며 시라누이 산사의 고승인 그대에게 다음의 죄가 있음을 밝히노라. 아리아케 해안 길의 하루바야시 여관 뒤에 매장한 예순세 명의 여인을 살해한 죄, 시라누이 산사 비구니들의 납치를 사주한 죄, 그대와 그대의 승려들이 여자들을 임신시켜 아이를 낳게 하고 그 아이들을 비정상적인 방법으로 계속해서 살해한 죄. 그대는 그대의 목숨으로 죗값을 치르라."

말발굽이 달각거리는 소리가 폐쇄된 복도에서 들려온다.

에노모토는 표정 하나 변하지 않는다. "한때는 고결했던 분이 이런 모습을 보이다니 마음이 아프군요……"

"이러한 고발을 부인하는가? 아니면 면죄받을 수 있다고 생각하는 건가?"

"비열한 질문이로고. 당신의 고발은 가증스럽소. 관직에서 실각한 당신이 나를 벌할 수 있다고 생각하다니—나를!—기가 막히는 자만심이군. 이리 와라, 사미승, 이제 이 한심한 자리를 떠야겠다……"

"이렇게 따듯한 날에 손발이 왜 그리 차갑겠나?"

에노모토가 경멸에 찬 입을 벌린 채 붉은 호리병을 보며 얼굴을 찌푸린다.

"저 병은 한 번도 제 시야를 벗어나지 않았습니다. 아무것도 넣지 않았습니다." 사미승이 말한다.

시로야마가 입을 연다. "먼저 내 이유를 들려주지. 이삼년 전 하루바야시 여관 뒤 대나무숲에 시체가 숨겨져 있다는 소문을 들었을 때는 별로 관심을 갖지 않았다. 소문의 증거는 없고, 에도에 있는 네 벗들은 내 벗들보다 강하니까. 다이묘의 뒤뜰에는 아무도 관심을 갖지 않아—보통은 그렇지. 하지만 네가 내 첩실과 아들의 생명을 구해주었던 바로 그 산파를 유괴해간 후로 나도 시라누이 산사에 점차 관심을 갖게 되었다. 히젠 번 영주가 보낸 첩자가 너의 은퇴한 비구니들에 대해 무시무시한 이야기를 해주었다. 그가 곧 살해당한 것으로 보아 그 이야기는 사실이 틀림없었다. 그래서 층층나무 두루마리 통 속의 증언이……"

"지리쓰는 교단에 등을 돌린 독사 같은 놈이었어."

"그리고 오가와 우자에몬도 물론 산도적에게 죽었겠지?"

"오가와는 첩자에다 개였으니 그렇게 죽어도 싸지." 에노모토가 일어서다 비틀거리며 주저앉아 으르렁거린다. "네놈이 무슨 짓을…… 무슨 짓을……"

"그 독은 온몸의 근육을 공격하는데, 사지에서 시작해 심장과 횡격막에서 끝난다. 시암 왕국의 삼각주에만 서식하는 나무뱀의 침샘에서 뽑은 것이지. 이 뱀은 '사 분 뱀'으로 알려져 있다. 박식한 약제사라면 이유를 추측할 수 있지. 놀라울 정도로 치명적이고 손에 넣기 대단히 어렵지만 도미네는 뛰어나게 연줄이 좋은 대신이지. 우리는 그 독을 개에게 먹여보았다. 그 개는…… 얼마나 버텼지, 대신?"

"이 분을 못 넘겼습니다, 부교님."

"개가 심장이 멈추어 죽었는지 숨을 못 쉬어 죽었는지 곧 알게 되겠지. 말하는 동안에도 팔꿈치와 무릎의 감각이 없어지는군."

에노모토가 사미승의 도움으로 자세를 고쳐 앉는다.

사미승이 푹 쓰러지더니 줄이 끊어진 꼭두각시 인형처럼 버둥거린다.

부교가 계속 말한다. "공기 중에서는 독이 얇고 투명한 파편으로 굳어지지. 하지만 액체 속에서는—특히 사케 같은 술 속에서는—곧바로 녹는다. 그래서 독을 바른 것을 감추려고 거친 사쿠라지마산 잔을 쓴 것이다. 너는 바둑에서 나의 공격은 간파했지만 이 간단한 계략은 눈치채지 못했으니, 나는 죽어도 억울하지 않다."

공포와 분노로 얼굴이 일그러진 에노모토는 칼을 향해 손을 뻗지만, 팔이 굳어서 무기를 칼집에서 뺄 수가 없다. 그는 믿을 수 없다는 듯이 자기 손을 노려보더니 괴성을 지르며 주먹으로 사케 잔을 날린다.

물수제비를 뜨며 검은 물 위를 스쳐가는 조약돌처럼, 잔이 텅 빈 바닥을 굴러간다.

"시로야마 네놈이, 이 말파리 같은 놈, 네가 무슨 짓을 했는지 안다면……"

"내가 아는 것은 슬퍼하는 이도 없이 하루바야시 여관 뒤에 묻힌 여인들의 영혼이……"

"그 기형 창녀들은 태어날 때부터 시궁창에서 죽을 운명이었어!"

"……그 영혼들은 이제 편히 쉴 것이다. 정의가 실현되었으니."

"시라누이 교단은 그들의 수명을 줄인 게 아니라 늘려준 거다!"

"그러면 네 미친 짓에 먹이를 주기 위해 그 '선물'을 낳아야 한단 말이냐?"

"우리가 씨를 뿌려서 우리 작물을 거두는 거다! 우리 작물은 우리 것이니 마음대로 쓸 수 있지!"

"너의 교단은 광기 위에 잔인성이라는 씨를 뿌렸다……"

"계율은 진실이다, 이 인간 흰개미야! 영혼의 기름은 영험하다! 교단이 광기 위에 세워진 거라면 어떻게 수세기 동안이나 살아남을 수 있었겠느냐? 어떻게 승정이 돌팔이 짓으로 제국에서도 가장 교활한 자들의 호의를 얻어낼 수 있었겠느냐고!"

가장 순수한 신도야말로 가장 무시무시한 괴물이지. 시로야마는 생각한다. "너의 교단은 너와 함께 죽는다. 지리쓰의 증언을 에도로 보냈고"—독이 그의 횡격막을 마비시키면서 호흡이 가빠진다—"네가 막을 방법도 없으니 시라누이 산사는 폐쇄될 것이다."

날아간 잔이 큰 호를 그리며 요란하게 굴러간다.

가부좌를 틀고 앉은 시로야마는 자기 팔을 시험해본다. 팔은 이미 그보다 먼저 죽었다.

에노모토가 숨을 헐떡인다. "우리 교단, 여신님, 의례는 영혼을 거두었어……"

도미네 대신 쪽에서 헐떡거리는 소리가 들려온다. 그의 턱이 덜덜 떨린다.

에노모토의 눈이 번쩍 빛난다. "난 죽을 수 없어."

도미네가 바둑판 위로 쓰러진다. 바둑돌이 든 통 두 개가 엎어진다.

에노모토의 얼굴이 굳어간다. "노화가 오지도 않았고, 피부에 반점이 생기지도, 기력이 쇠하지도 않았어."

"스님, 춥습니다." 사미승의 목소리가 잦아든다. "추워요, 스님."

시로야마가 마지막 말을 한다. "삼도내 건너에서 네 희생자들이 기다리고 있다." 그의 혀와 입술이 더는 말을 듣지 않는다. 시로야마의 몸이 돌처럼 굳어간다. 어떤 이는 말하지. 내세 같은 건 없다고. 인간은 생쥐나 하루살이처럼 덧없는 존재일 뿐이라고. 하지만 에노모토, 너의 눈을 보니 지옥이 꾸며낸 것이 아닌 줄 알겠구나, 그 속에 지옥이 비쳐 보이니. 바닥이 기울더니 벽이 된다.

부교에게로 쏟아낸 에노모토의 저주가 끝을 맺지 못하고 목에 걸린다.

이제 그를 잊으라. 부교는 생각한다. 모든 것을 내려놓으라……

시로야마의 심장이 멈춘다. 그의 귀에서 지구의 박동이 뛴다.

바로 옆에 바둑돌 한 개가 완벽하고 매끄러운 모습으로 놓여 있다……

……검은 나비 한 마리가 백돌 위에 앉아 날개를 편다.

4부

장마

1811년

XL
나가사키만이 내다보이는 이나사 산사

✧

1811년 7월 3일 금요일 아침

승려 두 명이 이끄는 장례 행렬이 묘지를 가로질러 나아간다. 승려의 검은색, 흰색, 검푸른색 승복을 보고 있자니 야코프는 십삼 년 동안 보지 못한 새, 까치가 생각난다. 한 승려가 둔중하게 북을 울리자, 다른 한 명이 한 쌍의 막대기를 친다. 마리뉘스의 관을 진 네 명이 그 뒤를 따른다. 야코프는 열 살 난 아들 유안과 함께 걷는다. 일급 통역관 이와세와 고토가 몇 발짝 떨어져 걷고, 백발이 성성하지만 아직 정정한 지란당의 마에노 선생과 오쓰키 몬주로 원장이 뒤쪽에서 경비병 네 명에 앞서 걷는다. 마리뉘스의 묘비와 관은 지란당 회원들이 비용을 댔는데, 더주트 상관장은 이에 감사할 따름이다. 데지마는 나가사키 부교쇼 금고에서 빌린 돈으로 세 철을 났다.

안개 방울이 야코프의 붉은 수염에 맺힌다. 그나마 가장 덜 해진 칼라 아래로 물방울이 목을 타고 흘러내리다가 그의 상체를 흠뻑

적신 따스한 땀과 섞인다.

외국인 구역은 묘지의 맨 끝인 경사가 가파른 숲 가장자리에 있다. 야코프는 돔뷔르흐의 숙부 교회 인근에 자살자를 매장하기 위해 마련했던 장소를 떠올린다. 돌아가신 숙부님의 교회지, 그가 정정한다. 고향에서 온 마지막 편지는 데지마에 삼 년 전에 도착했다. 헤이르티어가 그보다 이 년 전에 쓴 편지가 그제야 도착한 것이었다. 숙부가 죽고 나서 여동생은 돔뷔르흐 동쪽의 작은 마을인 프라우엔폴더르의 학교 선생과 결혼했다. 거기에서 그녀는 아이들을 가르치고 있다. 헤이르티어는 발헤런섬이 프랑스에 점령당해 생활이 어려워졌다고 마지못해 이야기했다—페이러의 대교회는 나폴레옹 군대를 위한 막사와 마구간이 되었다. 그러나 제부는 좋은 사람이고 그들은 운이 좋은 편이라고 그녀는 썼다.

뻐꾸기 소리가 안개 젖은 아침에 맴돈다.

외국인 구역에서 우산에 반쯤 가려진 추모객이 여럿 기다리고 있다. 장례 행렬의 속도가 느려서 그는 열두 개씩 열두 줄 혹은 열세 줄로 늘어선 비석 중에서 몇몇을 읽을 수 있다. 역대 상관장의 일보로 판단할 수 있는 한에서는 그가 여기 발을 디딘 최초의 네덜란드인이다. 매우 이른 시기에 죽은 이들의 이름은 서리와 이끼로 지워졌지만, 겐로쿠 시대부터는—야코프가 계산하기로는 1690년대—비석의 글씨를 조금은 더 확실히 알아볼 수 있다. 프리슬란트 출신인 듯한 요나스 테릅스트라는 지난 세기 초인 호에이 1년에 죽었다. 클라스 올데바리스는 1750년대인 호레키 3년에 신의 부르심을 받았다. 같은 제일란트 출신인 아브라함 판두셀라르는 셰넌도어호가 나가사키에 들어오기 이십 년쯤 전인 안에이 9년에 죽었다. 영국 군함에서 떨어져 죽은 젊은 메스티소의 무덤도 여기에 있다. 야코프는 그에게 '잭 파딩'이라는 이름을 붙여주었다. 구 년 전인 교와 2년에 '복부 파열'로 죽은 비보 헤리츠존도 있다. 마리뉘스는 맹장 파열을 의심했지만, 원인을 확인하기 위해 헤리츠존의 배를 열지 않겠다는 약속을 지켰다. 야코프는 헤리츠존의 공격적인 성격은 아주 잘 기억이 나지만 그의 얼굴은 가물가물하다.

마리뉘스 박사가 그의 마지막 목적지에 도착한다.

비석은 일본어와 로마자 둘 다로 적혀 있다. 뤼카스 마리뉘스 박사, 의사이자 식물학자, 분카 8년에 사망. 관이 내려가는 동안 승려들이 독경을 한다. 야코프는 뱀가죽 모자를 벗고 이교도의 경전 대신 시편 141편을 속으로 왼다. '맷돌이 땅에 부딪혀 깨지듯이……'

이레 전, 마리뉘스는 여느 때와 다름없이 건강했다.

'……우리의 뼈가 저승문 어귀에 흩어졌습니다. 그러나 주 야훼여, 나의 눈은 당신을 바라보고……'

수요일에 그는 자신이 금요일에 죽을 것이라고 선언했다.

'……이 몸 당신께 숨기오니 이 목숨 내버리지 마소서.'

뇌동맥류가 서서히 감각을 무디게 하고 있다면서.

'나의 기도 분향으로 받아주시고……'

그는 유언을 쓸 때에도 아무 근심이 없어 보였다—아주 좋아 보였다.

'……치켜든 손 저녁 제물로 받아주소서.'

야코프는 그의 말을 믿지 않았지만, 목요일에 마리뉘스는 병석에 누웠다.

'숨이 한번 끊어지면,' 시편 146편은 말한다. '흙으로 돌아가

고……'

의사는 자신이 허물을 한 겹 벗는 풀뱀이라고 농담을 했다.

'……그때에는 모든 계획 사라진다.'

그는 금요일에 오후 낮잠에 들어 다시는 깨어나지 않았다.

승려들이 독경을 마쳤다. 조문객들이 상관장을 쳐다본다.

"아버지," 유안이 네덜란드어로 말한다. "한말씀하셔야죠."

지란당의 나이든 회원들이 가운데를 차지하고 있고, 왼편에는 의사의 예전 학생과 현재 학생 열다섯 명이, 오른편에는 각양각색의 상류층 사람들과 호기심에 온 사람들, 첩자 몇과 신사 승려, 야코프가 알지 못하는 이들 몇이 있다.

그는 일본어로 말한다. "먼저 모든 분에게 진심어린 감사를 드립니다……"

산들바람이 나무를 흔들자 우산 위로 굵은 빗방울이 떨어진다.

"……이런 장마철에 우리 동료에게 작별인사를 하러 와주신데……"

야코프는 생각한다. 데지마로 돌아갈 때까지 그의 죽음이 실감나지 않을 거야. 그에게 이나사 산사 얘기를 하고 싶어질 테지만 그럴 수 없겠지……

"……그의 마지막 여행에 함께해주신 데 감사드립니다. 여기 저의 동포에게 쉴 곳을 마련해주시고, 오늘 아침 제가 불쑥 끼어든 것을 용인해주신 스님들께도 감사를 드립니다. 선생님은 당신이 가장 좋아하던 가르치고 배우는 일을 마지막까지 하셨습니다. 그래서 우리가 뤼카스 마리뉘스를 생각할 때면……"

야코프는 넓은 우산 아래 숨은 두 여자를 알아본다.

한 명은 나이가 어리고—하녀인가?—귀까지 덮는 모자를 썼다. 더 나이든 동행은 얼굴 왼쪽을 머릿수건으로 가리고 있다.

야코프는 하려던 말을 잊어버린다.

✧

"기다려주셔서 감사합니다, 아이바가와 선생님……" 신사에 시주를 해야 하고, 학자들과 인사도 나누어야 했다. 야코프는 그사이 그녀가 가버렸을까봐 두려운 만큼이나 그녀가 가지 않았을까봐 불안했다.

당신이군. 그는 그녀를 바라본다. 진짜 당신이야. 정말로 여기에 왔어.

그녀가 일본어로 말한다. "이런 날에, 그토록 오래전에 그렇게 잠깐 알았던 상관장님을 귀찮게 해드리는 건 이기적인 처사일 테지요……"

당신은 한마디로 설명할 수 없는 사람이지만, 결코 이기적이지는 않아. 야코프는 생각한다.

"……하지만 더주트 상관장님의 아드님이 저에게 아버님의 청을……"

오리토가 유안을 바라보며—아이는 산파에게 확실히 푹 빠져 있다—미소를 짓는다.

"……너무나 정중하고 끈기 있게 전해서 그냥 갈 수가 없었답니다."

"저애가 너무 성가시게 해드리지 않았나 모르겠습니다." 야코프는 유안에게 고마움을 담은 눈길을 보낸다.

"저렇게 예의바른 소년이 성가실 리가 있겠습니까."

"저애의 화가 스승님이 최선을 다해 훈육에 애쓰고 계십니다만, 아이 어머니가 세상을 뜬 후로 거칠어져서 돌이킬 수 없을 지경이 될까 걱정입니다." 그는 하녀인지 조수인지 동료인지 궁금해하며 오리토의 동행 쪽으로 돌아선다. "저는 더주트입니다. 와주셔서 감사합니다."

젊은 여자는 그가 외국인인데도 동요를 보이지 않는다. "저는 야요이라고 합니다. 얼마나 말씀을 많이 들었는지는 말 않겠습니다. 그랬다가는 온종일 한소리 들을 테니까요."

"아이바가와 선생님께서," 유안이 야코프에게 말한다. "선생님과 어머니가 오래전에 알고 지내셨다고 하시던데요. 아버지가 일본에 오시기 전부터요."

"그렇단다, 유안. 아이바가와 선생님은 친절하게도 무라야마의 유곽에서 네 어머니와 이모들을 가끔씩 치료해주셨단다. 하지만 선생님, 나가사키에는 무슨 일로……" 그는 묘지 쪽을 바라본다. "이렇게 슬픈 때에 오셨습니까? 미야코에서 산파 일을 하고 계신다고 알고 있었는데요."

"예, 맞습니다. 하지만 마에노 선생님이 제자 중 한 명에게 조언을 해달라고 저를 여기로 초청하셨답니다. 산과 학교를 열 계획이라고요. 나가사키에는…… 떠난 후로 한 번도 돌아오지 않았지요. 그래서 이제는 돌아와도 괜찮은 때가 되었다고 생각했습니다. 제가 돌아왔을 때 불행히도 마리뉘스 선생님께서 돌아가신 거지요."

그녀의 설명에 데지마를 찾을 계획에 대한 언급은 전혀 없어서, 야코프는 그녀가 그럴 계획은 없었던 모양이라고 생각한다. 그는 구경꾼의 호기심어린 눈길을 느끼고 신사 문에서 나카시마강으로 내려가는 긴 돌계단을 손짓으로 가리킨다. "같이 내려가실까요, 아이바가와 양?"

"그러지요, 더주트 상관장님."

야요이와 유안이 몇 걸음 떨어져 뒤따르고, 이와세와 고토가 그 뒤를 따른다. 그래서 야코프와 고명한 산파는 남들 눈을 어느 정도 피해 조용히 이야기를 주고받을 수 있다. 그들은 비에 젖은 이끼 낀 돌 위를 조심스레 걷는다.

당신에게 할말이 너무나도 많은데, 야코프는 생각한다. 하나도 할 수가 없군.

"아드님이 화가 슌로 선생님을 사사하고 있지요?" 오리토가 말한다.

"예, 슌로 선생님이 재능 없는 아이를 가엾게 여겨주셔서요."

"그렇다면 아드님이 아버지의 예술적인 재능을 물려받은 것이 틀림없군요."

"재능이라니요! 저는 손재주라고는 없는데요."

"죄송하지만 저는 그렇게 생각하지 않는데요. 반박할 증거도 가지고 있는걸요."

그렇다면 아직 그 부채를 가지고 있구나. 야코프는 미소를 숨길 수가 없다.

"쓰키나미 사마가 세상을 뜨신 후로 아드님을 키우느라 고생이 많으셨겠어요."

"아들은 이 년 전까지 데지마에서 지냈답니다. 마리뉘스 선생님과 에일라튀가 가르쳤고, 네덜란드어로 '유모'라고 부르는 사람을 고용했지요. 지금은 스승의 화실에서 살고 있지만 나가사키 부교가 허락해줘서 열흘에 한 번씩 데지마를 방문합니다. 데지마를 위해서는 바타비아에서 배가 들어오기를 고대해야 하지만, 저 아이를 떠나야 한다고 생각하면 걱정이 되어서……"

보이지 않는 딱따구리가 근처의 나무둥치를 쪼고 있다.

"마에노 선생님께서 마리뉘스 선생님이 평화로이 세상을 뜨셨다고 말씀하시더군요." 오리토가 말한다.

"당신을 자랑스러워하셨습니다. '아이바가와 양 같은 제자 덕분에 내 위신이 선다네, 돔뷔르흐인.' 그 말씀을 늘 하셨지요. '지식은 다른 이에게 전할 때에야 비로소 존재하는 거야……'" 사랑처럼, 야코프는 이렇게 덧붙이고 싶다. "마리뉘스 선생님은 냉소적인 몽상가였어요."

반쯤 내려오니 거품을 일으키는 커피색 강이 보이고 소리가 들린다.

"훌륭한 스승은 제자들 속에서 불멸을 얻는 법이지요." 그녀가 말한다.

"아이바가와 선생님도 '선생님의' 제자들에 대해 똑같이 말씀하실 수 있겠지요."

오리토가 말한다. "일본어를 이렇게 유창하게 하실 수 있다니 정말 대단하세요."

"그런 칭찬은 제가 여전히 실수를 한다는 증거입니다. 다이묘와 같은 대우를 받아서 곤란한 점이 바로 그것입니다. 아무도 제 실수를 바로잡아주지 않아요." 그는 망설인다. "오가와 사마라면 고쳐주었을 텐데요. 그는 뛰어난 통역관이었습니다."

휘파람새가 숨겨진 산 저 높은 곳에서 운다.

"그리고 용감한 사람이었지요." 오리토의 어조가 야코프에게 그가 어떻게, 왜 죽었는지 알고 있다고 말해준다.

"유안의 어머니가 살아 있을 때 제 실수를 고쳐달라고 그녀에게 부탁하곤 했지만 그녀는 최악의 선생이었지요. 제 실수가 너무 귀엽게 들린다고 했어요."

"하지만 당신의 사전이 이제 온 나라에서 쓰이고 있어요. 제 학생들은 '네덜란드어 사전 좀 줘'라고 말하지 않고 '다즈토 좀 줘'라고 한답니다."

바람이 물푸레나무의 긴 가지를 스친다.

오리토가 묻는다. "윌리엄 피트는 아직 살아 있나요?"

"윌리엄 피트는 사 년 전에 산타마리아호에 타고 있던 원숭이와 눈이 맞아 도망쳤습니다. 배가 출항하던 날 아침에 그 원숭이한테로 헤엄쳐 갔어요. 쇼군의 법을 원숭이에게도 적용해야 할지 판단이 안 서서 경비병이 그냥 보내줬습니다. 피트가 사라진 후로 당신이 '학생'이던 시절에 있던 사람 중 남은 이는 마리뉘스 선생님과 이보 오스트, 저뿐이었답니다. 아리 흐로터가 두 번 돌아왔지만 교역 철에만 머물렀지요."

그의 뒤에서 유안이 뭔가 재미있는 말을 했는지 야요이가 깔깔 웃는다.

"아이바가와 선생님이 어쩌다가라도…… 데지마를 찾아오고 싶다면 그때는…… 그때는……"

"더주트 상관장님은 정말 친절하시군요. 하지만 저는 내일 미야코로 돌아가야 한답니다. 궁에 임신한 분이 여럿 있어서 제 도움이 필요할 거예요."

"물론이지요! 물론 그러시겠지요. 제 말은 그런 뜻은 아니고…… 저는……" 야코프는 어쩔 줄 몰라하며 어떤 뜻이 아니었다는 것인지 말을 잇지 못한다. "……당신의 의무가," 그는 말을 더듬거린다. "당신의 책임이…… 다른 무엇보다도 중요하지요."

계단 맨 아래 가마 주위에 서 있는 가마꾼들이 마을까지의 고된 여정을 위해 종아리와 허벅지에 기름을 문질러 바르고 있다.

그녀에게 말해. 야코프는 스스로에게 명령한다. 그러지 않으면 네 비겁함을 후회하며 평생을 보내게 될 거야.

그는 비겁함을 후회하며 평생을 보내기로 마음먹는다. 아니, 그럴 수 없어.

"드릴 말씀이 있습니다. 그날, 십이 년 전, 에노모토의 부하들이 당신을 납치했을 때, 망루에서 당신을 보았습니다……" 야코프는 차마 그녀를 쳐다보지 못한다. "……당신이 육지 문의 경비병에게 들여보내달라고 애원하는 것을 보았습니다. 포르스텐보스가 저를 막 배신한 뒤였고, 저는 골이 난 아이처럼 당신을 보고도 아무것도 하지 않았습니다. 달려내려가서 따지고, 소동을 피우고, 동정적인 통역관이나 마리뉘스 선생님이라도 부를 수 있었을 텐데…… 그러지 않았습니다. 그런 저의 처사가 어떤 결과를 가져올지 꿈에도 몰랐습니다……" 그는 생선 가시가 목에 걸린 기분이다. "……하지만 제가 도우려고 육지 문으로 달려내려갔을 때에는, 너무 늦어버렸습니다."

오리토는 귀기울여 들으면서 조심스레 걷지만 눈은 돌리지 않는다.

"일 년 후에 제 행동을 보상하려 했습니다. 오가와 사마가 신사, 당신이 있던 신사, 에노모토의 신사에서 도망쳐나온 자에게서 받은 두루마리를 저에게 안전하게 보관해달라고 부탁했습니다. 며칠 후 그가 죽었다는 소식을 들었습니다. 저는 시간을 들여 조금씩 꾸준히 일본어를 익혀 두루마리를 읽을 수 있게 되었습니다. 제가 행동하지 않은 결과 당신이 어떤 위험에 처했는지 알게 된 날이 제 인생에서 최악의 날이었습니다. 그러나 절망한다고 당신에게 도움이 될 리 없었지요. 당신을 도울 방법이 아무것도 없었습니다. 그러다 포이보스호 사건으로 저는 시로야마 부교의 신뢰를 얻었고, 저 또한 그를 신뢰하게 되었습니다. 그래서 저는 엄청난 위험을 무릅쓰고 그에게 두루마리를 보여주었습니다. 그의 죽음과 에노모토의 죽음을 둘러싼 소문이 너무나 무성해서 다 이해할 수는 없었습니다만…… 곧 시라누이 산사가 완전히 헐렸고, 교가 번은 히젠 번 영주의 소유가 되었다는 사실을 알았습니다. 당신에게 이 이야기를 하는 것은…… 그건…… 당신에게 말하지 않는 것은 거짓말을 하는 것과 마찬가지이고, 당신에게 거짓말을 할 수는 없어서입니다."

덤불숲에 붓꽃이 피어 있다. 야코프는 얼굴이 붉어지고 기가 죽는다.

오리토가 잠시 생각에 잠기더니 대답한다. "고통이 생생할 때, 힘든 결정을 해야 할 때면 우리는 자신이 외과의라고 생각해요. 시간이 지나면 모든 것이 좀더 또렷이 보이지요. 이제 저는 우리가 시라누이 교단을 도려내기 위해 세상에 쓰인 수술 도구였다고 느껴요. 그날 당신이 저에게 데지마에 몸을 숨길 곳을 마련해주었다면 저는 고통을 면할 수 있었겠지요. 예, 하지만 야요이는 아직도 거기에서 죄수 신세로 있을 거예요. 계율도 여전히 위세를 떨치고 있을 테고요. 잘못하신 일이 아무것도 없는데, 어떻게 제가 당신을 용서할 수 있겠어요?"

그들은 언덕 아래에 다다른다. 강물이 불어 있다.

노점에서 부적과 구운 생선을 팔고 있다. 조문객은 평소 모습으로 되돌아간다.

어떤 이들은 대화를 나누고 어떤 이들은 농담을 하고 어떤 이들은 네덜란드인 상관장과 산파를 쳐다본다.

"언제 다시 유럽에 갈 수 있을지 알 수 없으니 힘드시겠어요." 오리토가 말한다.

"그 고통을 덜기 위해 데지마를 고향으로 생각하려 합니다. 아들이 여기 있으니까요."

야코프는 결코 안아볼 수 없는 이 여인을 안는 상상을 한다……

……그리고 그녀의 두 눈썹 사이에 단 한 번, 입맞추는 상상을 한다.

"아버지?" 유안이 걱정스러운 얼굴로 야코프를 쳐다본다. "어디 편찮으세요?"

이렇게도 빨리 자라다니. 아버지는 생각한다. 왜 내가 이럴 줄 미처 몰랐던가?

오리토가 네덜란드어로 말한다. "자, 더주트 상관장님, 함께 걷는 건 여기까지입니다."

5부

마지막 장

1817년 가을

XLI
나가사키만, 프로페터스호 후갑판

1817년 11월 3일 월요일

……야코프가 다시 보았을 때 샛별은 이미 모습을 감추었다. 데지마가 시시각각 멀어져간다. 그가 망루에 있는 사람에게 손을 흔들자 그 사람도 마주 손을 흔든다. 조류가 바뀌었지만 맞바람이 쳐서, 노 여덟 개짜리 일본 배 열여덟 척이 프로페터스호를 긴 만 밖까지 끌고 가는 중이다. 사공들이 리듬에 맞춰 같은 노래를 부른다. 음이 잘 맞지 않는 합창이 파도치는 소리와 배의 목재가 삐걱거리는 소리와 뒤섞인다. 열네 척이면 충분할 텐데, 야코프는 생각한다. 하지만 오스트 상관장이 로스 창고의 수리를 놓고 힘겨운 교섭을 해냈으니 이 정도는 들어주는 게 현명했을 거야. 야코프는 지친 얼굴에 떨어지는 가느다란 빗방울을 닦아낸다. 등불이 아직도 그의 옛집 바다 전망 방에서 타고 있다. 그는 램프 기름을 사기 위해 마리뉘스의 책을 한 권씩 팔아야 했던 힘겨웠던 시절을 떠올린다.

"안녕하십니까, 더주트 상관장님." 젊은 사관후보생이 나타난다.

"안녕하시오. 이제는 그냥 늙은 더주트 씨지만. 자네는?"

"부르하버입니다. 항해중에 필요하신 게 있으면 뭐든 제게 말씀하십시오."

"부르하버라…… 바다에 잘 어울리는 이름이군." 야코프가 손을 내민다.

사관후보생이 그 손을 굳게 잡는다. "영광입니다."

야코프가 망루 쪽으로 눈을 돌리니 이제 망루에 있는 사람은 체스 말 크기로 작아졌다.

부르하버가 말한다. "제 호기심을 용서하십시오. 하지만 대위님들이 저녁식사 자리에서 선생님이 이 만에서 영국 군함을 홀로 제압하셨다고 해서요."

"자네가 태어나기도 전의 일이지. 나 혼자도 아니었고."

"그 말씀은 신이 우리 깃발을 지키는 것을 도와주셨다는 뜻입니까?"

야코프는 독실한 마음을 읽는다. "그렇다고 해야겠지."

새벽이 회색빛 숲에 우중충한 녹색과 꺼져가는 붉은색을 불어넣는다.

"그리고 그후 십칠 년 동안 데지마에 고립되셨고요?"

"'고립되었다'는 적절한 표현이 아니네. 나는 에도를 세 번 방문했네. 아주 즐거운 여행이었지. 친구였던 의사 선생과 함께 주변의 곳에 식물채집을 하러 다닐 수 있었고, 나중에는 나가사키의 지인들을 어느 정도 자유로이 방문하는 것도 허용되었네. 그 당시 데지마는 감옥 섬보다는 엄격한 기숙학교에 더 가까웠지."

뒷돛대의 활대에서 한 선원이 스칸디나비아어로 뭐라 외친다.

줄사다리에서 뒤늦은 대답 대신 길고 왁자한 웃음소리가 들려온다.

석 달 동안 닻을 내리고 무료하게 떠 있던 것도 이제 끝이라며 선원들이 흥분한다.

"그렇게 오랜 세월이 지났으니 고향을 보고 싶은 마음이 간절하시겠습니다, 더주트 선생님."

야코프는 젊음의 그 명료함과 확실함이 부럽다. "이제 발헤런섬에는 낯익은 얼굴보다 모르는 얼굴이 더 많겠지. 전쟁도 치른데다 이십 년이라는 세월이 흘렀으니. 솔직히 말하면, 새 회사를 위한 영사 비슷한 역할로 나가사키에 정착하게 해달라고 에도에 청원했다네. 하지만 그런 전례를 찾을 수가 없었지." 그는 김 서린 안경을 닦는다. "그래서 보다시피 떠나게 된 것이고." 망루는 안경을 벗으니 더 잘 보인다. 원시인 야코프는 안경을 재킷 호주머니에 넣는다. 그는 회중시계가 없어진 것을 알고 가슴이 덜컥 내려앉았다가 곧 유안에게 주었다는 것을 기억해낸다. "부르하버 군, 지금이 몇 시인가?"

"좌현의 망꾼이 종을 두 번 울린 지 얼마 되지 않았습니다."

야코프가 뭍의 시간을 물은 거라고 설명하기 전에 류가지 신사의 종이 진시를 알린다. 일곱시 십오분이다.

야코프는 생각한다. 일본에서 작별 선물로 시간을 알려주는구나.

망루의 사람이 작은 i자로 줄어들었다.

셰넌도어호 후갑판에서도 내가 저렇게 보였을까. 야코프는 위니코포르스텐보스가 되돌아보기나 했을지 의심스럽다. 하지만 펜핼리건 함장이라면…… 야코프는 언젠가 그 영국인에게 '네덜란드 일개 사무원'의 이름으로 그 가을날에 무엇이 포이보스호의 캐러네이드포를 발포하지 못하게 했는지 묻는 편지를 보내고 싶다. 기독교인의 자비에서 나온 행동이었을까, 아니면 좀더 현실적인 고려에서 나온 것이었을까?

펜핼리건도 지금쯤이면 죽었을지 모르지…… 그는 인정하지 않을 수 없다.

흑인 선원 한 명이 근처의 밧줄을 기어올라간다. 야코프는 오가와 우자에몬이 외국 배는 유령이 움직이는 것 같다고 말했던 기억을 떠올린다. 보이지 않는 문을 통해 나타났다가 사라지는, 거울에 비친 상들이 배를 움직이는 것 같다고. 배의 쉼없는 항적을 바라보며 야코프는 그 통역관의 영혼을 위해 잠깐 기도를 드린다.

망루의 사람은 이제 제대로 보이지 않는 점이 되었다. 야코프가 손을 흔든다.

그 점도 양팔을 크게 뻗어 휘저으며 손을 흔든다.

"특별한 친구인가봅니다?" 사관후보생 부르하버가 묻는다.

야코프가 흔들던 손을 멈춘다. 그 사람도 손을 흔들기를 멈춘다. "내 아들이라네."

부르하버는 무슨 말을 해야 할지 몰라 주저한다. "아들을 두고 가시는 겁니까?"

"어쩔 수가 없네. 저애 어머니가 일본인이라, 법이 그렇다는군. 타국에 알려지지 않는 것이 일본의 최우선 방어책이지. 일본은 타국의 이해를 바라지 않아."

"하지만—그러면—언제 아들을 다시 만나실 수 있나요?"

"오늘—지금—이 내가 저 아이를 보는 마지막 순간이네……

적어도 이 세상에서는."

"필요하시면 제가 망원경을 빌려다 드릴까요?"

야코프는 부르하버의 배려에 감동한다. "고맙네. 하지만 괜찮네. 아들 얼굴은 제대로 보이지 않을 거야. 조리실에서 뜨거운 차나 한 병 갖다줄 수 있겠나?"

"물론이지요—화덕에 아직 불을 피우지 않았다면 시간이 좀 걸릴지도 모르지만요."

"천천히 하게. 내 가슴의 냉기를…… 좀 누그러뜨리려는 거니까."

"알겠습니다." 부르하버는 중앙 해치로 걸어가 아래로 내려간다.

유안의 윤곽이 나가사키를 배경으로 흐릿해져 잘 보이지 않는다.

야코프는 기도한다. 밤마다 기도할 것이다. 유안이 툰베리의 결핵 걸린 아들보다는 나은 삶을 살게 해달라고. 하지만 전 상관장은 외국인의 피에 대한 일본의 불신을 잘 알고 있다. 유안은 스승의 제자 중에서 가장 뛰어난 재능을 지녔지만 스승의 자리를 이어받지는 못할 것이며, 부교의 허가 없이는 결혼도 하지 못할 것이고, 도시를 떠나지도 못할 것이다. 저 아이는 일본인이기에 떠날 수가 없어. 야코프는 알고 있다. 하지만 그렇다고 저 나라에 속할 만큼 완전한 일본인도 아니야.

백여 마리의 산비둘기가 너도밤나무에서 흩어진다.

편지조차 모르는 사람의 공정함에 의지해야 한다. 답장을 받으려면 삼 년, 사 년, 오 년은 걸릴 것이다.

출국을 강요당한 아버지는 바람으로 흐려지는 눈의 속눈썹을 문지른다.

그는 이른 추위에 발을 구른다. 무릎이 쑤신다.

뒤를 돌아보니, 앞으로의 날들이 책장을 넘기듯 눈앞을 스쳐간다. 자바에 도착하자 새 총독이 바타비아의 해로운 공기에서 벗어난 높은 내륙에 위치한, 살기 좋은 보이텐조르흐에 있는 자기 저택으로 그를 부른다. 야코프는 새로운 총독부의 알짜배기 자리를 제안받지만 조국으로 돌아가고픈 소망을 들어 거절한다. 그는 생각한다. 나가사키에 머물 수 없다면, 차라리 아예 동양에 등을 돌리는 편이 낫다. 다음달에 그는 유럽행 배에서 어스름에 덮이는 수마트라섬을 지켜보며 하프시코드의 가느다란 후렴구처럼 또렷하게, 아마도 아람어로 삶의 덧없음을 꼬집는 마리뉘스 선생의 목소리를 듣는다. 물론 그의 마음이 치는 장난이다. 한 달 반 후, 승객들은 케이프타운 뒤로 솟은 테이블산을 본다. 야코프는 오래전 유곽의 지붕 위에서 판클레이프 상관장이 해주었던 이야기의 편린들을 회상한다. 발진티푸스, 아조레스제도에서 불어닥친 사나운 태풍, 바르바리의 해적선과의 다툼으로 대서양을 지나는 여정은 더욱 고되지만, 그는 우박을 동반한 폭풍 속에서 텍셀섬 정박지에 무사히 내린다. 항장港長이 야코프에게 헤이그 방문을 명하는 정중한 소환장을 건넨다. 헤이그에 가니 교역과 식민지 담당 부서에서 간단한 행사를 열어 전시에 그가 일본에서 수행한 임무를 표창한다. 그는 로테르담으로 가서, 동인도제도에서 한밑천 잡아 육 년 안에 돌아오겠다고 아나라는 젊은 여인에게 맹세했던 바로 그 부두에 선다. 이제 그는 돈을 충분히 벌었지만, 아나는 오래전 아이를 낳다 죽었다. 야코프는 발헤런섬에서 페이러로 가는 정기선에 오른다. 전쟁으로 상한 조국 땅의 풍차들이 요란한 소음을 내며 바삐 돌아간다. 페이러에는 고국으로 돌아온 돔뷔르흐인을 알아보는 이가 아무도 없다. 프라우엔폴더르는 이륜마차로 삼십 분 거리지만, 야코프는 제부의 오후 수업을 방해하고 싶지 않아서 걷기로 한다. 그가 문을 두드리자 여동생이 문을 연다. 그녀가 말한다. "바깥양반은 서재에 계신데요, 혹시……" 갑자기 그녀의 눈이 커진다. 그녀는 웃다가 울다가 한다.

다음 일요일, 야코프는 자기만큼이나 나이를 먹은 낯익은 얼굴들에 둘러싸여 돔뷔르흐 교회에서 설교를 듣는다. 그는 어머니와 아버지, 숙부의 무덤엔 존중을 표하지만, 목사관에서 만찬을 하자는 새 목사의 초대는 거절한다. 그는 상사商社와 수입 회사의 책임자들과 회합을 갖기 위해 마차를 타고 미델뷔르흐로 간다. 일을 제안받고, 결정을 내리고, 계약서에 서명한다. 야코프는 프리메이슨에도 가입한다. 성령강림절이 다가오고 튤립이 필 즈음, 그는 한 동료의 둔해빠진 딸과 팔짱을 끼고 교회를 나선다. 색종이 조각들을 보며 야코프는 미야코의 벚꽃을 떠올린다. 더주트 부인의 나이는 남편 나이의 절반밖에 안 되지만 전혀 문제가 되지 않는다—그녀의 젊음은 그의 돈에 걸맞은 값어치다. 남편과 아내는 서로가 짝으로 흡족하다. 대부분의 시간 동안, 아니면 얼마간은 그럴 것이다. 적어도 결혼생활 초기에는. 그는 일본에서 상관장으로 보낸 세월에 대해 회고록을 쓸 계획이지만, 늘 이런저런 일로 시간을 빼앗긴다. 야코프는 쉰이 되었다. 그는 미델뷔르흐 시의회 의원으로 선출된다. 야코프는 예순이 되었다. 회고록은 아직도 쓰지 않았다. 그의 구릿빛 머리카락은 타는 듯한 빛을 잃고 얼굴 살은 늘어지고 머리는 벗어져 늙은 사무라이의 박박 민 정수리를 닮았다. 그의 초상화를 그려준 잘나가는 화가는 우울하게 거리감을 두는 그의 분위기에 의아해하지만, 완성된 그림에서 부재의 유령을 쫓아버린다. 어느 날 야코프는 더주트 집안의 시편을 맏아들에게 물려준다—야코프보다 앞서 세상을 뜬 유안이 아니라, 제일란트 바깥의 삶에 대한 호기심으로 애태워본 적 없는 성실한 소년인 네덜란드인 아들에게. 10월 말인가 11월 초에, 해질녘에 돌풍이 분다. 그날 느릅나무와 플라타너스의 마지막 잎이 떨어지고 점등인이 순찰을 돌고 있을 때, 야코프의 가족은 가장의 침대 가에 둘러선다. 미델뷔르흐에서 가장 뛰어난 의사는 애석하다는 태도를 취하고 있지만, 자기 환자가 짧으면서도 돈이 되는 병을 앓을 동안 환자를 위해 할 수 있는 것을 다 해서 만족한다. 저녁식사 시간에 늦지 않게 집에 돌아갈 수 있을 것이다. 시계추가 난로 불빛을 반사하고, 야코프 더주트가 숨을 쌕쌕 몰아쉬는 마지막 순간에 호박색 그림자가 저쪽 구석에서 여인의 형상으로 엉긴다.

그녀는 몸집도 키도 더 큰 구경꾼들 사이로 슥 미끄러져들어온다……

……그리고 얼굴의 흉터가 가려지도록 머릿수건을 고쳐 쓴다.

그녀는 야코프의 열에 들뜬 얼굴에 서늘한 손을 올린다.

야코프는 그녀의 가느다란 눈에서 젊은 시절 자신의 모습을 본다.

그녀의 입술이 그의 두 눈썹 사이에 닿는다.

밀랍을 솜씨 좋게 바른 장지문이 열린다.

감사의 말

먼저, 네덜란드 인문사회과학 고등연구소NIAS, 그리고 2006년 상반기 동안 NIAS에 체류할 귀중한 기회를 제공해준 네덜란드 문학기금에 감사한다.

다음으로, 나딤 아슬람, 핏 바르트, 마누엘 베리, 에번 캠필드, 웨이슨 초이, 함 담스마, 월터 도너휴, 데이비드 에버쇼프, 조니 드팔브, 테이스 홀드스미트, 탤리 가너, 헨리 제프리스, 조니 겔러, 트리시 커, 마틴 킹스턴, 샤론 클라인, 타니아 쿠테바, 하리 쿤즈루, 진 마틴, 닉 미에데마, 세스 노테봄, 앨 올리버, 헤이즐 옴, 리데베이더 파리스, 조너선 페그, 노엘 레딩, 마이클 슐렌버그, 마이크 쇼, 앨런 스펜스, 더그 스튜어트, 루스 트로스, 아르요 판데르야흐트 교수, 클라스와 헤리 더프리스, 인내심 강한 나의 편집자 캐럴 웰치, 헹크 베셀링 교수, 헤오르허 어 판자넌 박사에게 감사를 전한다.

세번째로, 특히 케이스 엇하르트, 던디의 소형구축함 유니콘호의 선박관리인 로버트 호벨, 미델뷔르흐의 기록 보관 담당자 페터르 세잉커와 엄청나게 많은 질문에 답해준 레이던대학의 신트히아 피알러 교수에게 감사한다. 셀 수 없이 많은 자료를 조사했지만, 이 소설은 특히 런던대학 소아스SOAS의 티먼 스크리치 교수의 연구와 비어트리스 M. 보더트베일리가 축약하여 번역한 켐퍼의 『일본: 도쿠가와 문화 관찰』(펜핼리건 함장이 읽은 책), 애닉 M. 두프가 번역한 그의 선조 헨드릭 두프의 회고록 『일본 회상록』에서 큰 도움을 받았다.

네번째로, 출판사 소속 삽화가 제니와 스탠 미첼, 출판사 소속 번역가인 일본통 게이코 요시다에게 감사한다.

마지막으로, 로런스 노퍽과 그의 가족에게 감사를 전한다.

역사적 배경

1542 포르투갈인이 유럽인 최초로 일본에 상륙.

1549 스페인 예수회 선교사 프란시스코 사비에르가 선교를 하러 가고시마에 옴.

1600 네덜란드 배 리프더호가 규슈 앞바다에서 표류. 도쿠가와 이에야스가 세키가하라 전투에서 적수를 물리치고 일본의 지배자가 됨.

1603 일왕이 이에야스를 쇼군으로 임명. 이에야스가 에도(현재의 도쿄)로 정부를 옮김. 막부가 백성을 영주, 사무라이, 농부, 장인, 상인의 다섯 계층으로 나눔(천민 계급인 에타는 정식으로 언급되지 않음).

1609 네덜란드 동인도회사(VOC)가 나가사키에서 멀지 않은 히라도섬에 교역소를 열도록 허가받음.

1613 영국 동인도회사가 히라도에서의 교역 허가를 받음.

1614 기독교 개종자가 늘어나자 놀란 이에야스가 예수회 선교사들에게 일본을 떠나도록 명함. 일본 가톨릭교도들은 이국의 신앙을 버려야 했지만, 다들 이 칙령을 무시해 시행되지는 않음.

1616 이에야스가 죽은 뒤 도쇼 다이곤겐이라는 이름으로 신격화되어 니코에 안치됨(오늘날까지도 그곳에 있다).

1623 이익이 나지 않자 영국이 일본에서의 사업을 접음.

1632	나가사키에서 쉰다섯 명의 기독교도가 순교.
1634~1636	데지마가 건설되어 나가사키의 포르투갈 상인을 수용.
1635	쇼군 도쿠가와 이에미쓰가 '쇄국령'을 선포. 그후 일본인은 일본을 떠나려면 죽음을 각오해야 하고, 허가받지 않은 외국인은 추방되며, 외국 서적도 공식적으로 금지됨.
1637~1638	나가사키에서 불과 하루이틀 거리인 시마바라에서 반란이 일어남. 반란군은 오랫동안 포위당한 끝에 쇼군의 군대에 항복함. 네덜란드 교역소의 책임자가 일본 당국에 화약과 대포를 제공하고 반란군에 대한 포격을 감독. 그후로 기독교도의 씨를 말리기 위한 가혹한 조치가 취해짐. 후미에 의식(예수의 얼굴을 밟는 것)이 의무화됨. 쇄국령을 강화하기 위해 먼바다로 나아갈 수 있는 배의 건조가 금지됨.
1641	외국과의 교역이 나가사키의 중국과 네덜란드 교역소로 제한됨.
1673	영국 배 리턴호가 일본과 교역을 재개할 희망을 품고 나가사키만에 들어오지만, 성과를 거두지 못함.
1690~1692	붙임성 좋은 베스트팔리안 출신 의사 엥겔베르트 켐퍼가 데지마에 체류. 그가 쓴 『일본의 역사』는 수십 년 동안 이 비밀스러운 왕국에 대한 가장 권위 있는 자료가 됨.
1700년대	일본에서 비교적 안정된 시기가 오랫동안 유지됨. 주기적으로 개혁이 일어나면서 데지마의 수익성이 감소하고, 유럽에서 네덜란드의 영향력이 쇠퇴함. 일본에 계몽주의 책자들이 조금씩 들어오기 시작하고, 나가사키에 모여 네덜란드 과학인 난학을 연구하는 일본 학자가 점점 증가.
1774	스기타 겐파쿠가 쿨무스의 『타펠 아나토미아』를 여럿이 공

동으로 번역한 노작 『해체신서』를 출간.

1775 린네의 '사도' 중 한 명인 칼 페테르 툰베리가 데지마의 수석 외과의로 임명됨. 구 년 후 이 스웨덴인의 선구적인 저서 『일본 식물지』가 출간됨.

1783 시바 고칸이 일본 최초의 요판 인쇄물을 제작.

1779~1784 학자이자 상인, 외교관인 이사크 티칭이 데지마의 상관장으로 근무. 1822년 그의 『일본 도해』가 출간됨.

1780~1784 4차 영국-네덜란드 전쟁이 네덜란드인에게 비극적인 결말로 끝나면서 나라의 경제적, 정치적 기초에 균열이 드러남.

1795 프랑스가 네덜란드 연방주들을 침략하면서 구 정부가 폐지됨. 새로운 바타비아 공화국은 파리의 의존국으로 여겨짐. 데지마의 네덜란드인은 이 소식을 굳이 에도에 알리지 않음.

1797 일본에서 최초의 공기펌프를 제작.

1798 데지마가 화재로 큰 피해를 입음. 상관장 헤이스버르트 헤메이가 에도로 가던 중 사망(헤메이가 사쓰마 번의 영주와 교역 협상을 했기 때문에 독살당했다는 소문이 널리 퍼짐).

1799 VOC가 결국 파산을 선언함.

1800 여자들이 처음으로 후지산 입산을 허가받음.

1804 레자노프가 이끄는 러시아 사절단이 나가사키에 도착해 교역 허가를 청하지만, 오래 기다린 끝에 소득 없이 떠나라는 명령을 받음. 와카야마에서 난학의 영향을 받은 의사 하나오카 세이슈가 미국인 크로퍼드 롱이 디에틸에테르 마취법을 개발한 것보다 사십 년 앞서 약초를 이용한 마취법을 완성함.

1808 영국 군함 파에톤호가 네덜란드 기를 달고 나가사키만에

들어와 환영단을 인질로 잡고 신규 물자 공급과 네덜란드의 항복을 요구. 헨드릭 두프 상관장이 영국의 야심을 좌절시킴.

1811 네덜란드가 나폴레옹이 지배하는 프랑스의 속주가 됨. 데지마에 전 세계에서 마지막으로 남은 네덜란드 깃발이 휘날림.

1814 모토키 쇼자에몬이 두프의 도움을 받아 최초의 영일사전을 출간.

1815 나폴레옹 전쟁 종결. 네덜란드 왕국 수립.

1823~1829 독일 의사 PF 폰지볼트가 데지마에 거주. 의학과 식물학을 가르침. 일본인 아내와의 사이에서 딸 오이네 태어남(오이네는 서양 의학을 공부한 최초의 일본 여성이 됨).

1853 미국 해군 제독 매슈 페리가 네 척의 전함을 이끌고 에도만에 옴. 해상에서 포격하겠다는 위협으로 상륙 허가를 받은 후 일본에 미국과 통상조약을 맺을 것을 요구.

1854 페리가 답을 받으러 돌아오자 일본이 어쩔 수 없이 승낙. 비슷한 (불평등한) 조약을 러시아, 네덜란드, 영국, 프랑스와도 체결. 다른 교역항들이 열리면서 데지마의 존재 이유가 사라짐.

1868 메이지유신으로 일왕이 다시 권력을 잡음. 이백오십 년에 걸쳐 이어졌던 도쿠가와의 지배가 몇 달 사이에 무너짐.

1873 외국의 압력으로 종교의 자유가 공표되고, '숨어 있던 기독교도들'(가톨릭이 혼합된 형태) 수천 명이 나타나 많은 일본인을 놀라게 함.

역사소설에 대하여

1994년 크리스마스 무렵 나가사키에서 전차를 탔다가 정거장을 잘못 내렸다. 그 바람에 나는 아주 오래된, 이끼 낀 해자와 창고가 밀집한 곳에 우연히 들어서게 됐다. 이것이 네덜란드 동인도회사의 가장 멀리 떨어진 교역 '상관'이자 가장 독점적인 자랑거리였던 데지마와 나의 첫 만남이었다. 일본이 쇄국을 유지했던 이백오십년간, 트래펄가광장 크기밖에 되지 않는 나가사키항의 이 인공섬이 일본과 서구의 유일한 접점이었다. 데지마는 일본인이 국제 교역에 다른 항구들을 개방한 1850년대 이후로 쇠락했지만, 현재는 완벽한 재건이 진행중이다.

다시 1994년으로 돌아가서, 나는 아직 책을 한 권도 내지 못한 작가였지만 그 장소는 소설이 될 만한 가능성을 품고 있었고, 십이년이 지나 이제 '야코프의 천 번의 가을'이라는 제목으로 출간된 책에서 나는 직접 데지마를 재건하기 시작했다. 그냥 재미로 역사소설을 쓰기 시작한 것—그건 미친 짓이다—은 아니었다. 그보다는 이 책을 쓰려면 이 장르라야 했다. 역사소설은 처음 써보는 것이었기에, 나는 이미 다 나와 있는 이야기를 또 하지 않으려고 다른 책을 많이 읽었다. 작은 소망에서 시작했지만, 읽다보니 때로는 리버풀에서 시작된 자수성가 신화와 관련되곤 하는 장르에 대해 새삼 존경심을 품게 되었다. 리버풀을 비하할 마음은 절대 없지만, 역사소설은 좀더 멀리까지 되돌아간다.

장르의 법정에서 잘난 척하는 변호사라면 『성 브렌던의 항해』와 같은 중세 문헌에서 역사소설의 요소를 찾아낼 수 있을 것이다. 이 8세기 라틴어 문헌에는 클론퍼트의 브렌던, 중세 배 건조, (아이슬랜드?) 화산에 관한 '사실'과, 찬송가를 부르는 새나 유다와의 대화처럼 꿈같은 이야기가 뒤섞여 있다. 문제는 이 책을 읽은 학식 있는 독자들이 그가 역사를 기록하고 있다고 믿었느냐, 아니면 과거를 골자로 우화를 만들어내고 있다고 믿었느냐다. 『앵글로색슨 연대기』도 로마제국 이전의 간단명료한 영국 역사와, 황당한 주장, 예를 들면 앨프리드왕이 노르웨이 신 오딘의 아들 발드르의 직계 후손이라는 주장을 섞어놓는 식으로 비슷하게 모호하다.

1300년대까지 살아남은 베스트셀러 중 상당수는 과거, 적어도 어떤 과거에서 시작된다. 『가윈 경과 녹색 기사』(아서왕의 영국), 초서의 『기사 이야기』(고대 테베와 아테네), 『법관 이야기』(노섬브리아의 엘라왕) 등이 그렇다. 하지만 이런 이야기가 그 시대 독자에게 지금 우리가 크림전쟁을 역사로 여기듯 진짜로 '역사'였을까? 아니면 레이디버드 출판사에서 발행한 '가장 인기 있는 동화' 속 위생적인 중세 마을에서 나온 이야기들에 더 가까웠을까? 내 생각에 역사소설이 비로소 실감할 수 있는 장르로 출현한 것은, 셰익스피어와 그의 동시대인들이 홀린셰드와 같은 역사가의 사료에서 배경, 이름, 플롯을 슬쩍해, 무대 위의 세상을 실재인 양 제시했을 때였다. 실존인물을 등장인물로 내세웠고, 그들이 허구의 인물들과 상호작용하면서 그 인물들에게 현실감을 부여했다.

18세기에는 유럽의 로맨스, 진짜 역사, 거짓말투성이 여행기에 의존해오던 데서 벗어난 초창기 영국 소설(『로빈슨 크루소』, 『걸리버 여행기』, 리처드슨의 『파멜라』, 필딩의 『톰 존스』)이 출간되었다. 몇몇 초기작이 '최초의 역사소설'이라는 타이틀을 놓고 접전을 벌이고 있다.

우선 대표적으로 월폴의 『오트란토성』(1764)처럼 과거가 역사적 재구성이기보다는 초현실적인 꿈 같은 풍경 역할을 하는 고딕 로맨스물이 있다. 앤 래드클리프의 더 '설명적인' 『우돌포의 미스터리』(1794)는 큰 인기를 얻어서, 사 년 후 제인 오스틴이 『노생거 사원』에서 고딕 로맨스를 흉내냈을 정도였다. 마리아 에지워스의 『래크런트성』(1800)은 앵글로-아일랜드계 귀족 가문의 4세대에 걸친 이야기를 1782년까지 따라가면서 최초의 현대적인 '가문 대하소설'로서의 역사소설을 강력히 표방한다. 월터 스콧의 베스트셀러인 '웨이벌리' 연작(1814년부터)은 이 장르를 놓고 다음과 같은 신통찮은 선언을 했다. "지금 현재인 1805년 11월 1일로부터 육십 년 전으로 내 이야기의 날짜를 정했으니, 독자들은 앞으로 펼쳐질 이야기에서 기사도 로맨스나 현대식 이야기를 접할 일은 없을 것이다. 나의 주인공은 예전과 같이 어깨에 쇳조각을 달지도 않고, 요즘 유행하는 긴 장화를 신고 본드 스트리트를 걷지도 않을 것이다. 나의 아가씨들은 옛날 발라드에 나오는 앨리스 부인처럼 '긴 자줏빛 옷자락'을 끌고 다니지도 않고, 최신 유행을 따라 원시인처럼 노출을 하지도 않을 것이다." 스콧은 구세계의 발라드를 피하면서 역사적 정확성과 훌륭한 서사 둘 다를 약속했다.

스콧의 역사적 정확성이 타탄체크가 에든버러를 방문한 조지 4세를 위해 만들어졌다는 이야기만큼이나 허무맹랑할 수도 있다는 사실은 접어두기로 하자. 사람들은 킬트를 입었고, 스콧이 쓴 스코틀랜드 역사는 수십 년 동안 거의 정전으로 여겨졌다. 스콧이 죽고 나서 십오 년 후, 또 한 명의 상업적인 소설가가 『바나비 러지』를 출간했다(그 소설에서 묘사된 사건인 1780년 고든 폭동이 있은 지 육십 년이 되는 때이기도 했다). 찰스 디킨스가 시도한 두번째 역사소설인 『두 도시 이야기』는 오늘날까지 2억 부 이상이 팔려서 장르를 막론하고 지금껏 가장 많이 팔린 소설 중 하나가 되었다. 20세기의 수문이 일단 열리자, 역사소설이 입맛대로 고를 수 있을 만큼 다양하게 쏟아져나왔다(스콧의 육십 년 법칙에 따라 역사소설의 자격을 인정받은 부커상 수상작 열두 편도 여기 포함된다). 패트릭 오브라이언의 '오브리-매투린' 연작, 로버트 그레이브스의 『나는 황제 클라우디우스다』, 조지 맥도널드 프레이저의 '플래시맨' 시리즈, 세라 워터스, 베릴 베인브리지, 힐러리 맨틀, 로즈 트리마인의 『왕정복고기』, 팻 바커, 서배스천 폭스의 『새의 노래』, 윌리엄 골딩의 『세상 끝까지』 삼부작 등이 있다.

왜 이렇게 역사소설이 꾸준히 인기를 끄는 것일까? 한 가지 이유는 내러티브를 입체음향처럼 전해주기 때문이다. 한 화자가 소설의 플롯에서 가장 높은 소리를 내는 동안 다른 화자가 역사의 플롯에서 저음을 연주한다. 두번째는 계보학적인 이유에서다. 역사가 지금 현재의 가계도라면, 역사소설은 역사 그 자체로는 불가능한 방식으로 지금의 세계를 비춰줄 수 있다. 소설의 핵심은 주관적 경험이며, 이 카드를 어떻게 써먹느냐, 당신이 누구인가에 따라 이는 장점이 될 수도, 단점이 될 수도 있다—마거릿 미첼의 『바람과 함께 사라지다』는 과거 역사의 장엄한 환기일 수도 있고, 해로운 모조품일 수도 있는 것이다. 이 장르가 인기 있는 세번째 이유는, 인간의 마음과 육체의 욕구는 거의 그대로지만 인간이 살아가는 사회는 시대와 문화에 따라 엄청나게 달라진다는 점이다. 다른 지배 체제와 규칙 아래에서 살아가는—우리가 그때 태어났더라면 우리 자신이었을 수도 있는—사람들을 보는 것은 그 자체로 대단히 흥미롭다.

왜 역사소설을 쓰는가? 작가의 동기는 범죄자의 동기만큼이나 다양하지만, 내 생각에 역사소설가의 유전자 코드에 모형 제작자의 괴상한 유전자가 들어 있지 않나 싶다—사라진 세계를 힘들게 재구성하는 데에는 쾌감이 있다. 두번째 이유는 진부하지만 간과되곤 하는데, 소설은 반드시 어딘가의 '언젠가'를 배경으로 해야 한다는 것이다. 그 선택은 현재, 미래, 과거로 제한된다. 세번째 동기는 골치 아픈 일을 굳이 해보고 싶다는 도전 의식(과 비뚤린 쾌감)이다. 골치 아픈 일은 우선 자료 조사다. 영화 제작자는 영화 배경이 십 년씩 과거로 돌아갈 때마다 제작 비용이 백만 달러씩 추가된다고 울적하게 말한다. 똑같은 원칙이 소설 쓰기에도 적용되지만, 달러가 아니라 '개월 수'가 추가된다.

역사소설가는 '배경이 되는 시기'에 엄청나게 많은 인간의 욕구가 어떻게 충족되었는지, 방의 조명과 난방은 어떠했는지, 식사는 어떻게 준비하고 옷은 어떻게 만들고 목욕은 어떻게 하고(혹은 안 하고) 신발은 무엇을 신고 이동은 어떻게 하고 범죄는 어떻게 처벌하고 병은 뭐라고 설명하고 연애는 어떻게 하고 피임은 어떻게 하고 신은 어떻게 섬기고 시체는 어떻게 처리했는지 알아야 한다. 하지만 조사의 결실로 몰스킨 수첩을 채워갈수록 점점 더 아리송해진다. "젠킨스에게 4륜 쌍두마차를 준비시키라 할까요, 아니면 부인께서 바퀴 두 개 달린 4인승 4륜 랜도 마차를 더 좋아하실까요?" 같은 구절을 만나면 죽음이다.

그다음으로는 언어가 걱정거리다. 역사소설 전체를 간접화법으로 채울 셈이 아니라면(뻑뻑이를 소화시키는 편이 더 쉬울 것이다) 등장인물이 언젠가는 입을 열어야 할 텐데, 입을 열면 어떻게 말을 할 것인가? 이것은 '~하지 않도록' 대 '만약을 위해서'의 딜레마다. 문장을 연결하는 '만약을 위해서'('나중에 시간이 없을지도 모르니 만약을 위해서 지금 먹어둬라'처럼)는 현대 영어 느낌이 나지만, 스몰렛의 영어로 '정확하게' 옮기면('우선 먹도록 하여라, 아이야, 늦어서 기회가 모습을 드러내지 않는 일이 없도록') 어쩐지 엉터리 같고 2010년에 쓰였다면 모방한 것처럼 보인다. 사실 〈블랙애더〉* 같은 느낌이 나며, 500페이지를 다 읽을 사람은 마조히스트뿐일 것이다. 역사소설가는 어느 정도는 방언 비슷한 말을 만들어내야 한다. 나는 이를 '옛날 말Bygonese'이라고 부르는데, 정확하지는 않지만 그럴싸하다. 소나무로 만든 새 옷장에 골동품 효과를 내

* 영국 BBC에서 방영한 사극 시트콤 시리즈.

는 바니시를 바르듯이, 만들어낸 것이지만 그나마 가장 나은 해결책이다.

보통은 will보다 shall을 더 많이 쓴다. 조건문이 나오고('제가 그를 봤다면 쏘아죽이고 말았을 겁니다'처럼), 옛날 학교 여자 교장이 쓰지 못하게 한 축약식 표현은 피한다. 일단 자신만의 '옛날 말'을 완성하고 나면, 이제 시대를 헷갈리는 실수가 이것을 망칠 준비를 하고 기다린다. 절대 쓰면 안 될 것들마다(중세의 성 건축업자가 불평한다. '중력은 우리 편이 아니야') 빠져나가려고 대기하고 있는 다른 것들이 있다. 내 소설의 편집자와 교정자는 고칠 것이 한 짐이었다. 봐줄 만한 실수도 있었다. 하늘이 보내주신 온라인 어원사전에 따르면 '사기치다'라는 동사는 '사취하다'처럼 1889년에 인쇄물에서 처음 등장했다. 다른 것들은 '벼랑 끝 전략'처럼 더 당혹스러웠다. 아, 그건 냉전시대에 나온 용어다.

미국의 퀘이커교도 소설가인 제서민 웨스트는 전통의 폭압에 대해 다음과 같이 적었다. "과거에 충실하다는 것은 살아서 맞는 죽음일지도 모른다…… 과거에 대해 쓴다는 것은 부활이다. 과거가 당신이 쓴 말 속에서 살아나고 당신은 자유가 된다." 나는 '자유'에 대해서는 모르겠지만 웨스트의 심각한 어투와 '부활'이라는 표현은 마음에 든다. 역사소설가는 원자료에서 우리가 역사라 부르는 인간의 내러티브만을 뒤지지는 않는다. 좋든 싫든 역사소설가 또한 결국은 과거를 다시 쓰는 것일지 모른다. 역사는 누가 뭐라 해도 진짜로 일어났던 일이 아니라(아무도 알 수 없다, 다 지난 일이다) 일어났다고 믿는 일일 뿐이다. 마크 로슨은 상당수의 미국인이 올리버 스톤 감독의 영화 〈JFK〉가 대통령을 암살하는 실제 음모를 있는 그대로 그려냈다고 믿는 사실을 들어 이러한 과정을 '올리버스톤 현상'이라 부른다. 어쩌면 이것은 역사소설의 흉곽 안에서 고동치는 역설일지도 모른다. '역사'라는 절반은 과거에 충실할 것을 요구하는 반면, 나머지 절반인 '소설'은 과거에 충실하지 않을 것을 요구한다—독특한 사람들을 생각해내야 하며, 그들의 행동을 꾸며내야 하고, 그럴싸한 거짓말을 해야 한다.

혹은 그것은 멋진 의상에 불과할지도 모른다.

옮긴이의 말

데이비드 미첼은 영국 작가지만 동양에 꽤 많은 관심을 보여왔다. 히로시마에서 영어 교사로 일한 경력이 있고 일본인 여성과 결혼한 영향일 것이다. 전작인 『클라우드 아틀라스』에서는 여섯 개의 이야기 중 하나가 근미래의 한국을 배경으로 한 SF였는데, 『야코프의 천 번의 가을』은 18세기 말~19세기 초 일본에서 동서양의 만남이 이루어졌던 역사에 초점을 맞췄다. 소설의 배경은 일본 막부가 네덜란드 무역상들의 출입과 교역을 허락했던 유일한 지역인 데지마다. 대원군처럼 쇄국정책까지 펴지는 않았다 하더라도, 서구 문물 수입에 적극적이었던 일본에게조차 이 낯설기만 한 외부 세력과의 조우는 엄청난 위험 부담을 감수해야 하는 사건이었다. 일본은 총기류와 의술 등에서 서구의 앞선 기술 수준을 간파하고 이를 받아들이고 싶었지만, 문제는 그것들과 함께 흘러들어올지 모를 서구의 문화와 종교로부터의 '오염'을 어떻게 차단하느냐였다. 받아들일 것은 받아들이고 거를 것은 걸러내고자 일본 막부가 짜낸 묘책이 바로 데지마였다. 데지마는 1636년 나가사키에 건설된 부채 모양의 인공섬이다. 교역 초기에는 시내에 살던 포르투갈인이 이제 이곳에 격리되어 살기 시작했고, 이후 네덜란드의 무역상사가 이 섬으로 이전하면서 데지마는 이백 년간 해외 교역 창구 역할과 더불어 일본이 바깥세상과 통하는 유일한 창 구실을 하게 된다. 길이가 120미터밖에 되지 않았고 높은 성벽으로 둘러싸여 출입이 철저히 통제되었다는 점에서 사실상 감옥 같은 곳이었다.

네덜란드가 유일하게 데지마에 출입을 허락받을 수 있었던 것은, 실리를 중시하는 상인 기질이 강한 네덜란드인들이 교역에만 신경썼을 뿐 일본 막부의 뜻을 어기고 기독교를 전도한다거나 일본을 무력으로 굴복시켜 자국의 영광을 빛내보겠다는 식의 이념을 개입시키지 않았기 때문이다. 소설에서도 나오듯, 일본은 입항하는 네덜란드 상인들의 짐 속에 혹시라도 기독교와 관련된 물품이 들어 있지는 않은지 이 잡듯이 뒤지는 등 서양과의 교류를 그들의 뜻대로 통제하기 위해 많은 노력을 기울였다. 네덜란드인들이 교역 외에 또 관심을 가진 분야가 있었다면 일본의 문화와 식생植生이었다. 엥겔베르트 켐퍼나 지볼트 등 네덜란드 상관 의사들은 일본에서 조사한 것을 본국에 소개했고, 그들을 통해 네덜란드의 의학과 천문역학 등이 일본으로 수입되면서 나가사키를 중심으로 난학이 꽃을 피웠다.

주인공 야코프 더주트는 가난한 집에서 태어나 인생 역전을 꿈꾸며 동인도회사의 직원이 되어 일본행 배에 오른다. 그의 꿈은 오로지 일본에서 돈을 벌어 네덜란드로 돌아와 가난뱅이 사윗감을 인정하지 않으려는 연인 아나의 아버지 앞에 당당히 서는 것이다. 그러나 한번 떠난 먼길을 돌아오기가 얼마나 힘든지, 새로운 세계 앞에서 뒤에 두고 온 것들이 얼마나 쉽게 잊히는지 이 야심만만하지만 경험 없는 젊은이가 알 리 없다. 야코프는 일본에서 새로운 사랑에 빠지고, 죽음의 위기를 넘기고, 상상도 못했던 모험을 겪으면서 청춘을 다 보내고, 정작 그를 일본으로 떠나게 만든 연인이 다른 남자의 아내가 되고도 한참이 지난 후에야 고향땅을 다시 밟게 된다.

이 소설은 자수성가의 꿈을 안고 고향을 떠나 낯선 세계에 발을 들인 순진하고 정직한 이상주의자 청년의 성장담이다. 데지마에 온 야코프는 전임자들의 부정으로 얼룩진 장부를 보고 놀라고, 불이익을 겪으면서도 불의와 타협하지 않으려 버틴다. 네덜란드 의사 마리뉘스로부터 의술을 배우는 일본인 여성 아이바가와 오리토에게 마음을 빼앗기지만, 그녀와 오가와 통역관의 관계를 눈치챈 후로는 할 수 있는 한 자기 힘을 다해 그들을 도우려 한다. 폭력으로 일본의 문을 열어젖히려는 영국 해군의 공격에 목숨을 걸고 홀로 맞서는 장면은 자신이 옳다고 믿는 신념을 지키기 위해서라면 어떤 희생도 마다않는 청년 야코프의 순수한 의지를 가장 잘 보여준다. 야코프가 부정과 불의와 타협하지 않고 타국에서 자기 길을 개척해나가는 모습은 자수성가 이야기를 읽는 재미를 준다.

이 소설을 읽는 또하나의 재미는 서로 다른 두 문화가 만나 뒤섞이는 과정에 대한 묘사다. 야코프는 데지마에 와서 오가와, 아이바가와 등 일본인들과 친구가 되어 일본어를 배운다. 그들이 서로의 언어를 배우는 과정에서 번역이 단순히 언어의 문제가 아니라 그 언어 밑에 깔린 이념과 문화의 문제임이 드러난다. 진정한 의미에서 소통이 이루어지려면 다른 문화를 이해하고 배우려는 관용과 열린 자세가 바탕이 되어야 하는 것이다. 나라의 엄격한 통제하에서도 아이바가와가 마리뉘스로부터 의술을 배우는 등 개인 간의 상호 교류가 이루어지며, 오가와의 어학 실력이나 아이바가와의 의술에서 보듯 그 수준도 상당히 높다. 일부 네덜란드 직원의 오만방자한 태도나 그들이 노예를 비인간적으로 다루는 모습에서는 서구우월주의와 인종주의가 엿보이지만, 야코프나 마리뉘스처럼 편견에서 벗어나 타 인종을 동등한 인간으로 대하는 이들도 있다. 이 소설의 미덕은 그러한 다양한 인간 군상의 모습을 편견 없이 그려낸다는 점이다. 부패하고 인종적 편견에 사로잡힌 네덜란드인도 있지만 네덜란드와의 교류를 이용해 자신의 잇속만 챙기려 하는 탐욕스러운 일본인도 있다. 말하자면 미첼은 서양의 제국주의자와 그 피해자인 동양이라는 식의 이분법적 구도에 맞춰 이 시기의 역사를 재단하기보다는, 변화의 흐름 속에서 무엇이 옳고 그른가에 대한 자신의 신념에 따라 각기 다른 선택을 하는 개인들의 이야기에 초점을 맞춘다.

서로를 최대한 이용하려는 양국 간의 갈등과 다툼 속에서도 국적과 인종, 언어의 벽을 뛰어넘어 진정한 이해와 소통을 통해 우정과 신의를 쌓아나가는 사람들에 대한 이야기는, 제국주의의 침략과 착취로 얼룩진 역사에도 불구하고 다른 문화 간의 소통과 번역의 가능성을 믿는 미첼의 낙관적 태도를 보여준다. 일본과 달리 너무나 급속하게 진행된 개방 과정에서 주도권을 잃고 폭력에 유린당할 수밖에 없었던 우리의 역사를 생각하면, 거의 대등한 위치에서 서양과의 협상을 이끌어갈 수 있었던 일본의 역사를 보며 아쉬움이 느껴지는 것이 사실이다. 개방에 성공해 근대화를 이룬 일본이 다른 아시아 국가들과의 관계에서, 그들이 접촉했던 서구 국가들의 방식 중에서도 가장 오만하고 폭력적인 방식을 택했던 것을 생각하면 더욱 그렇다. 과거 일본과 비슷한 고민을 했으나 결국 다른 선택을 하고 다른 결과를 맞은 우리로서는 일본 개항 시기의 모험담을 읽는 감상이 남다를 수밖에 없다.

다른 나라의 이야기를 통해 우리가 가질 수도 있었을 다른 가능성을 상상해보는 것과 함께, 소설에서 그려지는 야코프 더주트의 모험과 사랑은 자신의 선택이 예상치 못한 결과로 이어지곤 하는 삶의 아이러니에 대해 생각해보게 만든다. 야코프는 잠시 들렀다 떠날 줄 알았던 동양의 나라에서 거의 평생을 보내게 되지만, 그곳에서 현지인들과 쌓은 우정과 신망에도 불구하고 영원히 동화될 수 없는 이방인으로 남을 수밖에 없다. 아이바가와가 아닌 다른 일본인 여자와의 사이에서 낳은 아들을 남겨두고 고국으로 돌아온 야코프는 성공한 무역상으로서 새로운 가족을 꾸리고 사람들의 존경을 받으며 여생을 보내다 행복하게 눈을 감는다. 하지만 죽음의 순간 마지막으로 그의 기억을 스쳐가는 것은 아이바가와의 서늘한 손길이다. 어떻게 살아도 결국 삶은 회한을 남기는 것일지도 모른다. 『야코프의 천 번의 가을』은 실험적 기법을 즐겨 사용한 미첼의 이전 소설들과는 달리 평이하게 3인칭 관점에서 시간순으로 서술되었지만, 넋을 잃고 빠져들게 만드는 이야기꾼으로서의 그의 매력은 여전함을 새삼 확인할 수 있다.

송은주

옮긴이 **송은주**
이화여대 영문학과를 졸업하고 동대학원에서 박사학위를 받았다. 이화여대 인문과학원 HK연구교수를 거쳐 현재 건국대학교 글로컬문화전략연구소 연구원으로 재직중이다. 옮긴 책으로 『클라우드 아틀라스』 『블랙스완그린』 『광대 샬리마르』 『공포의 헬멧』 『술라』 『자비』 『서배스천 나이트의 진짜 인생』 『시스터 캐리』 『겨울 일기』 『선셋 파크』 『시대의 소음』 『동물을 먹는다는 것에 대하여』 『엄청나게 시끄럽고 믿을 수 없게 가까운』 『모든 것이 밝혀졌다』 등이 있다. 『선셋 파크』로 제8회 유영번역상을 수상했다.

문학동네 세계문학
야코프의 천 번의 가을 2

초판 인쇄 2018년 11월 14일 | 초판 발행 2018년 11월 21일

지은이 데이비드 미첼 | 옮긴이 송은주 | 펴낸이 염현숙

책임편집 윤정민 | 편집 황정숙 류현영 오동규 | 모니터링 이희연
디자인 윤종윤 이원경 | 저작권 한문숙 김지영
마케팅 정민호 정진아 함유지 김혜연 박지영 김수현 | 홍보 김희숙 김상만 이천희
제작 강신은 김동욱 임현식 | 제작처 한영문화사

펴낸곳 (주)문학동네
출판등록 1993년 10월 22일 제406-2003-000045호
주소 10881 경기도 파주시 회동길 210
전자우편 editor@munhak.com | 대표전화 031) 955-8888 | 팩스 031) 955-8855
문의전화 031) 955-8862(마케팅) 031) 955-2634(편집)
문학동네카페 http://cafe.naver.com/mhdn | 트위터 @munhakdongne
북클럽문학동네 http://bookclubmunhak.com

ISBN 978-89-546-5367-1 04840
978-89-546-5365-7 (세트)

www.munhak.com